불꽃 당신 김종학

〈모래시계〉〈여명의 눈동자〉PD의 작품세계와 연출철학

"살아서 전설이 되고 떠나서 역사가 된 당신"

불꽃 당신
김종학

글 오명환

걸작 〈모래시계〉, 〈여명의 눈동자〉, 〈동토의 왕국〉,
〈인간시장〉 PD의 작품세계와 연출 철학

방송인, 방송작가,
드라마PD
지망생들의 필독서

도서
출판 답게

책을 펴내며

불멸의 드라마 연출가 대한
오마주 또는 헌서

2013년 7월, 62세로 자진한 불세출의 연출가 김종학의 드라마 세계와 철학을 집대성한다. 1979년부터 33년간 연출한 34작품에 대한 구체적인 리뷰와 부문별 심층 연구다.

대표작 〈여명의 눈동자 1991〉, 〈모래시계 1995〉에 집중하여 시대를 향한 진중한 메시지를 돌직구로 던져낸 그의 작가정신을 부각한다. 지금 봐도 화면의 종횡비만 다를 뿐, 손색없는 연출, 영상, 음악 등의 구성은 여전히 감동적이다. 끊임없는 역사 참여와 사회 발언을 통한 그의 연출관은 마땅히 드라마 저널리스트 겸 리얼리스트로서 재평가되어야 한다.

본서에 많은 부분을 두 대표작에 할애했다. 현대사 50년을 연대기 순으로 갈파한 우리의 자화상이라는 점을 포함하여 드라마의 마에스트로 요소를 두루 갖춘 예술성 때문이다. 변함없는 드라마의 전범典範으로

써 뛰어난 작품성과 시대성도 보유하고 있다. 방송 후 약 30년의 간극을 극복해야 하는 부담을 크게 주지 않을 만큼 현실감도 살아있다.

상당수의 주요 작은 흘러간 옛 작품이 아니라 오늘의 세상을 말하기 위한 반사경이다. 불가항력적인 고통과 딜레마에 내몰리는 우리의 현실과 한국적 삶에 대한 김종학 식의 알레고리다. 이후 사반세기 간 이를 능가하는 드라마는 아직 나타나지 않고 있다.

〈모래시계〉는 2017년 9월에도 한 전문 채널에서 방송 중이다. 미국 영화 '바람과 함께 사라지다' 판처럼 말이다. 초방 때 12살짜리 꼬마가 34살 중년이 되어 다시 보고 있는 셈이다. 10년을 주기로 봐도 늘 새롭다. 처음엔 인물간의 대결을 통한 승패에 주목했고, 20대 시청은 시대 질곡과 인간 문제에 갈등했고, 30대 세 번째엔 왜곡된 역사와 진실 찾기에 부심했을 것이다.

종학은 드라마 60년사의 중간지점에서 가교 역할을 했다.

〈흑백에서 칼라. TV에서 영화, 아날로그에서 디지털 세계〉를 신속히 섭렵한 비주얼리스트, 낡은 기술이나 제도 관행을 빠르게 째고 새 지평을 향해 돌진했던 방송인이었다. 한국 드라마를 둘로 구분한다면 '김종학 비포 & 에프터'로서 하나는 김종학이 연출한 드라마요 또 하나는 그 밖의 작품일 것이다.

본서는 TV드라마 연출가에 대한 최초의 단행본임을 자임한다. 명품 드라마나 특정 작가에 대한 단편적인 연구는 많았지만 한 PD의 전 작품을 깊게 헤아리고 넓게 껴안은 흔적은 거의 없었다. 소위 '김종학론'

으로서 텍스트에 대한 다각적인 접근이다. 아울러 경박단소輕薄短小에 경도된 현 드라마 트렌드에 대한 성찰이며 우리 시대에 요구된 진정한 드라마 기능과 가치를 제고하는 조그만 계기가 될 것을 희망한다.

1988년, 연출작인 미니시리즈 〈인간시장〉의 종방연宴(종파티)에 우연히 동석한 적이 있었다. 걸쭉한 통음과 잡다한 뒤풀이가 어우러진 속에서도 그의 모습은 시종 진득했고, 발언은 매양 간명 또렷했다.

MBC재직 시, 그를 자주 만난 기억은 없다. 그는 3층 제작국이나 현장에 있었고, 필자는 6층 편성국에 자리했음으로 평소 마주칠 일은 많지 않았다. 다행히 그의 드라마를 놓치지 않고 편편히 섭렵했다. 맥과 호흡에서 항상 결決이 느껴지고 기氣가 살아있어서다. 그와의 깊숙한 만남과 내밀한 교감은 모두 작품 모니터를 통해서 이뤄졌다.

2018년, 5주기를 맞는다. 조용하다. 쓸쓸하다. 선구자의 평가는 사후, 그리고 세월의 터울을 먹고 돈다는데 그런 기색마저 없다.

한 시대를 풍미했던 대가大家를 언제까지 '임금체불과 송사의 벽을 넘지 못한 불행한 사업자'로만 방치해야 하는가. 드라마 계에 굵은 획을 그은 길라잡이, 두 세기 말초의 마지막 거장, 독보적인 루틴, 그리고 폭풍 시청률, 드라마 한류의 견인차, 부가가치의 다변화, 사전제작 예시 등 제작행태의 방법까지 새로운 기원을 창출한, 그래서 불행한 죽음마저도 후세에 교훈으로 남기고 간 그의 행적들….

점점 잊혀가는 그의 위상을 누군가가 재정립해야 하지 않을까. 걸작품에 대한 거시적 담론에서 미시적 내용까지 그의 콘텐츠 속에 가득한 정수를 재조명하고 미래 희망 가치로 보전하는 것은 당연한 명제다.

특히 드라마의 높은 선호도에 비해 〈기록, 비평, 증언〉의 3무無 현상이 여전한 풍토에서 명불허전의 내역과 미디어 의식을 함께 성찰하는 유의미한 작업도 된다.

2016년 5월, 지인 박철씨의 주선으로 여의도에서 유족 측과의 만남이 있었다. 김종학의 부인(장현선)과 첫 대면이었다. 사별 후 터널 속에 갇힌 3년, 저간에 몹시 어려운 생계와 핍박한 가족 사정을 청취했다. 안팎으로 딱했다. 부부 연은 칠겁七劫의 세월 속에 한 올, 두 올 짜여진 비단과 같다는데…, 그렇게 풀썩 끊고 떠난 사람이 무척 야속하고 원망스러웠다.

'이제 써서 남기는 수밖에 없구나….'

본 저술은 그 때 떠올렸다. 닳아버린 기억을 애써 되살렸다. 3주기를 맞아 분당 산소에서 추모사를 지어 낭송했다. 흩어진 비디오를 다시 챙기고 20여 년 전에 적어 둔 잡다한 메모와 스크랩을 엉뚱한 곳에서 찾아낸 것은 그나마 다행이었다. 암 투병을 뒤로 하고 1년 반 동안 종학에 빙의하여 집필 작업을 급물살에 태웠다.

그의 자유로운 영혼, 분방한 행보, 작품을 통해 일찍이 예증한 사건들이 속속 현실화되는 오늘날, 시나브로 드라마로서 역사 참여를 관철한 김종학을 생각하면 저술 행위도 그와 뜻을 함께하는 보람 있는 작업이라 생각한다. 종학과 그의 드라마를 사랑하는 수많은 사람들도 똑같은 생각일 것이다.

눈발 휘날리는 11월 끝자락에 제천시 그의 생가와 유년의 발자취가 서린 몇 곳을 다녀왔다. 산천은 의구하되 인걸은 간 데 없네…, 옛 시인의 말대로다.

본서는 단지 필자 한 사람의 견해에 그친다. 훗날 보다 다양한 시각과 전문 연구가 필요한 이유다.

졸고를 출판에 흔쾌히 연결해 주신 김이연, 박정희 작가님에 고마움을 표한다. 본 저술을 장소님 출판사 대표는 불교의 '천도재薦度齋' 라고 치켜세웠고 정훈 PD는 '씻김굿'으로 북돋아 주었다. 모두 다 망자의 영혼을 달래고 극락 영생을 비는 바람일 것이다.

어쨌든 그것은 동시대를 같이 살아온 불멸의 작가 김종학에 대한 오마주다. 그리고 5주기에 바치는 헌서獻書에 다름 아니다.

2018년 봄날에

오 명 환

세월은 길었고
시절은 열렸다
할 일은 걸렸고
갈 길은 멀었다
아, 김종학—
불꽃처럼 살다가
들꽃같이 슬어진
당신에게
이 책을 바친다

차 례

제1장 서론 치열한 역사의식과 시대정신

제2장   현대사 반세기의 고해성사

제5장　　　　비ᵝ언어 영상과 미완의 소재들

제6장　결론　입혼入魂주의와 연출철학

제7장   애도하고 추모함

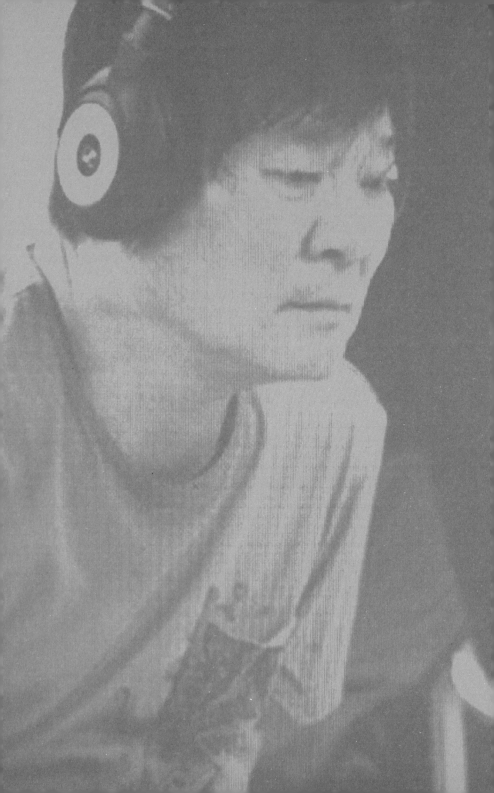

제1장

서론 – 치열한 역사의식과 시대정신

1. '오래된 미래' - 김종학은 죽어서 말한다

〈여명의 눈동자〉가 다시 부릅뜨기 시작했다. 〈모래시계〉는 지금도 그치지 않고 돌고 있다. 김종학은 다시 돌아오고 있다. 그가 드라마 속에 타임캡슐로 장착한 현대의 비극적 사건이 역사 진실의 규명이라는 사명을 띠고 오늘날 첨예한 아젠더로 부상되고 있어서다.

5·18 계엄군 진압 진상의 조사, 위안부 문제 합의 무효화와 평화의 소녀상, 북한의 핵 도발과 미사일 시위, 복지원 각 곳의 부정과 비리사건, 이 모두는 이미 25여 년 전에 종학의 드라마에서 진중하게 던져냈던 흑역사와 진실게임의 단초였다. 그의 주문은 시대적 소명의 '옵션'이었고 옵션은 다시 '미션'이 되어 오늘의 국가사회적인 화두로 떠오르고 있다.

오늘의 국가 사회적 내홍은 일찍이 종학이 드라마에서 주요 주제로 내세운 것들이었다. 그것은 결코 우연한 발상이 아니라 종학의 현실에 대한 역사 감각의 결실이다. 한마디로 그 경계를 아우르고 픽션과 논픽션을 연계하는 끈질긴 작업의 결과다.

상당한 아이템들은 잊혀진 과거가 아닌 '오래된 미래'로써 필연적인 관통성을 드러내고 있다. 오늘의 현실이 되레 종학의 드라마를 재평가하여 재소환하고 있는 셈이다. 몇 걸음 앞서 동시대의 아픔을 드라마에 녹여내는 그의 혜안이 새삼스럽다. 종학은 흘러간 과거의 물줄기로 현재의 물레방아를 돌리고 다시 미래의 향방을 묻고 있는 것이다.

'옛날은 가는 게 아니라 이렇게 자꾸 오는 것이다'

종학의 드라마는 끝나도 끝난 게 아니다. 그 메시지는 현대의 묵시록이 되어 30년 호흡을 여전히 이어가고 있다. 그래서 뜨거운 가슴과 차가운 머리를 병행한 시청자의 적극 참여와 성찰을 요구하기도 한다. 왜곡된 사실의 해석, 상처투성이 진실의 해법은 동전의 양면처럼 교묘한 변증관계를 조성한다. 드라마의 힘은 여기에 나온다. 그의 콘텐츠에서 인문학적 감동을 느끼게 되는 것도 이 때문이다. '긴 울림 또는 깊은 꽂힘'으로 종학은 죽어서도 말하고 있다. 그를 단순한 연출가 아닌 역사 저널리스트자 드라마 리얼리스트로 꼽은 이유도 여기에 있다.

2. 드라마 연출 30년, 장르와 소재 광폭행보

　2013년 7월 23일, 분당 소재 한 고시텔에서 62세의 생애를 스스로 마감한 그의 비보는 충격적이었다.

　1977년 MBC 입사, 1979년 주간 시추에이션 사극 〈암행어사〉의 조연출로 드라마에 입문한 그는 2012년 〈신의〉 제작까지 33년간 다양한 콘텐츠 메이커로서 독보적인 명성을 쌓았다.

　그가 연출한 작품은 총 34편에 이른다. 단막극(MBC베스셀러극장)에서 특집시리즈, 사극시리즈, 미니시리즈까지, 길게는 36부(여명의 눈동자)에서 50부(조선왕조 5백년 '회천문')까지다.

　28세에 드라마 데뷔 후, 33세에 연출한 〈동토의 왕국〉, 40세에 만든 〈여명의 눈동자〉, 44세에 내놓은 〈모래시계〉 등은 그의 독특한 드라마 정신을 반영하고 있다. 한마디로 그의 드라마 소재와 주제는 해방 전후부터 기산되는 우리 현대사를 원천으로 취하고 있으며 그 사건배경과 인물을 통해 시대적 명암을 조응하고 있다.

　1940년대부터 2000년까지 약 60년간의 현대사 코드는 일제와 해방, 전쟁과 이데올로기, 분단체제와 독재, 빈곤과 부패, 혁명과 쿠데타, 성장과 개발, 산업화와 민주화로 압축할 수 있다.

그것은 국내외 상황이 난마처럼 얽힌 혼란의 시대, 격동의 반세기를 관통한다. 다섯 대표작은 90년대 〈여명의 눈동자〉와 〈모래시계〉를 비롯하여 80년대 〈동토의 왕국〉, 〈퇴역전선〉, 〈인간시장〉까지를 포함한다.

그가 집착한 갈등구조는 시나브로 시대적 딜레마에서 추출된 인간군상에 의해 표징되었다. 그의 캐릭터는 이런 상징성을 띠고 시대와 정면으로 대응함으로써 기억권 내의 과거를 투영하고 삶을 성찰하는 힘을 발휘했다. 그런 힘은 드라마의 원초적인 오락차원을 넘어 다큐멘터리와 저널리즘의 영역까지 섭렵하여 다양한 TV기능을 구현했다.

불행히도 그에 대한 담론은 임금체불과 송사문제를 넘지 못한 실패한 사업가로만 각인되어 있다. 이에 반해 그의 작품평가는 뚜렷한 족적에도 불구하고 망각돼 가는 중이다. 그의 빈자리는 5주기 추도를 넘어 귀중한 자원으로서 심층연구를 통해 체계화해야 할 과제로 남는다.

본서는 더불어 한국 드라마 60년사에 남은 불후의 작품에 대한 리뷰와 평설評說을 시도한다. 김종학 드라마의 혼魂과 치열한 작가주의가 반영된 작품을 중심하여 그 세계를 연구하고 재평가함으로서 후계에 전승해야 할 드라마 가치와 정신을 부각하고자 한다.

3. 다섯 명작 드라마, 50년 현대사에 집중

그의 작품세계는 한마디로 〈모래시계〉를 정점으로 그 전·후반기로 대별된다. 그의 독특한 아우라와 작가정신이 반영된 작품은 1995년까지 전반기에 집중되어 있다. 후반기의 작품 경향은 '기술, 장르, 시장' 한계의 돌파를 통하여 한류를 의식한 외연 확장에 기울어 있는 편이다.

전반기 주요 드라마의 공통점은 모두 현대사를 관통한다. 매 편마다 장중한 시대적 파노라마를 싣고 있다.

그는 현대사야말로 드라마 그 자체, 그리고 소재의 보고寶庫로 보았다. 〈여명의 눈동자〉, 〈동토의 왕국〉, 〈퇴역전선〉, 〈인간시장〉, 〈모래시계〉의 다섯 작품은 상호 연관성을 갖고 순차적으로 현대사를 섭렵한다. 각각의 주인공들의 삶은 현대사 코드를 골고루 반영하면서 격랑의 시대를 살아온 엄혹한 역사를 운명적으로 대변한다. 더불어 그 역경은 흐름이 단절되지 않고 다음 시대와 세대로 이어지는 숙명적인 연계성을 보여주고 있다.

그는 역사의 행간을 통해 인간을 얘기하려 했다. 역사의 풍랑 속에서

인간의 구원과 회복을 꾀했다. 그리고 역사적 사건을 통해 진실을 밝혀
내려 했다

우선 〈여명의 눈동자〉는 1940년대에서 1950년 초반까지 일제 강점
기, 해방, 이승만 정부 수립, 한국전쟁 직후까지 격동의 10년을 아우르
는 대하드라마다. 세 주인공들은 역사가 굽이 친 시기에 운명적으로 만
나고 헤어지고 죽어간다. 그 시대의 물결에 맞서 도전하고 좌절하고 변
신하는 인간상을 통해 국가와 개인, 개인과 역사의 관계를 묻는다.

〈동토의 왕국〉은 1960년대를 거쳐 70년대까지 재일 동포 2세의 북
한 기행을 통해 장막에 가려졌던 김일성 왕국의 폐쇄성과 우상화를 영
상으로 공개했다. 〈여명…〉의 불행한 후예가 〈동토의 왕국〉으로 건너
온 것이다. 그것은 전쟁의 상처와 분단이 기형적으로 빚어낸 우상 집단
의 광기를 통해 비극적으로 투영된다.

일명 '반공드라마'로 분류된 이 작품은 쪼개진 조국의 이질성과 세
월의 멍에를 극명히 보여준다, 그리고 체제와 이데올로기에서 자유로
울 수 없는 현실을 상기함으로써 여전히 '현재 진행형'의 한반도 상황
인식을 강화한다.

〈퇴역전선〉은 1970년대 성장과 수출 일변도에 채찍질했던 박정희
정부의 경제정책의 허실과 우리 기업성장의 초법적 파행성을 목격케
한다.

〈인간시장〉은 1980년대에 20년 군사독재정권의 부패와 적체된 부
조리, 그리고 억압된 사회에의 총제적인 난국을 타개하는 캐릭터를 내

세웠다.

두 작품의 주인공들은 해방 후 누적된 현대사회의 계층별 모순과 반목이 낳은 기형아 성격을 띤다. 절대 권력과 욕망, 그리고 물신주의 만연은 어떻게 인간을 파괴하고 변질시키는가. 이에 대한 처방을 드라마캡슐로 제시하면서 인간성 회복을 내세웠다

〈모래시계〉는 그런 상황이 빚어낸 차세대들의 운명적인 투쟁을 엮었다. 90년대 중반까지 문민정부 출범에도 급격히 진행된 산업화와 민주화의 충돌, 그 투 트랙에서 불가피하게 직면한 개인의식과 사회가치관의 혼란, 군부독재에서 광주항쟁까지의 와중 속에서 엇갈린 젊은이들의 삶의 방식은 현대사의 질곡을 생생하게 환기한다.

종학이 역사에 몰두하는 배경은 우선 역사에 대한 통찰과 재해석을 통해서 역사에 참여하고 싶은 작가적 욕구다. 당대 소명의식의 발현으로 통념화, 파편화된 역사의 맥락을 탐색하고 그 행간을 나름대로 재구성하고 싶은 바람이다. 특히 현대사는 시대의 동반자로서 증거, 증인, 기록의 접근을 통해 새로운 사실과 진실을 밝히고 싶어 했다. 이른바 증언 욕구이자 증언 본능이다.

그는 일찍이 드라마의 목적은 '진실의 추구'라고 했다. 사회와 역사에 대한 끊임없는 물음을 통해 현대사의 뒤안길에 숨겨진 진실을 환기하는 힘을 드라마의 추동력으로 삼고자 한 것이다.

종학의 시간 개념은 매우 가변적이다.

마음속의 시간은 꼭 과거에서 미래로 앞으로만 가지 않으며 일정한

속도로만 가지도 않는다. 그 방향과 흐름은 역류할 수도 있다. 그 역행을 통해서 '어제의 일'을 바로 잡는 일이 다름 아닌 '오늘의 일'임을 주장한다. 드라마란 그것을 환기시키는 마중물로 간주한다. 즉 불행한 과거, 망각의 옛날을 현재로 불러낸 순간, 거기서 발하는 강렬한 에너지를 역사의 진보로 환치시키는 것이다.

'미래 맞이는 진정한 과거 돌아보기에서 시작한다'
'역사가 망각의 땅이라면 역사극은 상기의 땅이다'

다섯 작품은 이렇게 반세기 현대사를 연대기적으로 괄목함으로써 우리 과거와 현재를 승계하고 있다. 더불어 청춘의 삶과 방황, 고민, 갈등을 적나라하게 드러내어 시대적 아픔에 대한 사회적 성찰을 끌어냈다.
김종학 드라마 연구에 있어 이 작품들을 근간으로 삼는 이유도 여기에 있다.

〈모래시계〉이후 작품은 별도 재평가 필요

사후 김종학 평가는 작품에 대한 그것보다 외주제작 시스템에 대한 악순환 등 시장 구조와 사업적인 면에 편중해서 나타났다.
'왜곡된 드라마 시장의 희생자', '파행된 외주제도의 피해자', '임금 체불로 고발당한 사업자', '한류 집착으로 작가의식을 상실한 감독' 등이 그것이다. 갑작스런 죽음이 부른 충격과 그 후유증 때문이다. 이에 휩쓸려 정작 작품 연구는 실종되었다.

그의 전후반기 별 작풍作風 구분은 역시 〈모래시계〉를 정점으로 뚜렷이 갈라진다. 1983년~1995년까지 30대 초반에서 40대 중반에 이르는 12년간의 전반기는 방송사에 소속되어 기획과 연출에 전념한 시기다.

'모래시계' 이후 시대는 경영자의 입장과 사업자 시각으로 접근했다. 여기서 생산된 〈태왕사신기〉등 여섯 작품은 전반기와 확연히 다른 무늬를 띤다. 공동연출도 많았다. 작품성보다는 다목적 시장성을 달성하기 위해 출시 의도가 엿보인다.

따라서 후반기 작품은 '시대적 환경과 산업적 가치'를 포함한 복합적인 연구를 통해서 별도의 의미를 찾아야 한다. 본서에서는 그의 작가의식이 치열하게 작동한 전반기 작품들에 치중했다.

4. 김종학의 드라마 30년 연대기

1951년, 충북 제천에서 유복한 집안의 8남매 중 일곱째로 태어났다.

서울 휘문고와 경희대 신방과를 거쳐 MBC에 입사 후 예능부에 소속되어 오락프로와 이벤트 등 온갖 허드렛일을 도맡았다. 매사에 야무지고 깔끔했다. PD로서 종학의 성장통은 이 단계에서 거의 이루어졌다.

당초부터 목표는 드라마였다. 선친의 뜻을 거부한 '딴따라' 기질은 일찍이 전국고교 연극경연 수상과 대학교 연극반 연출 경력으로 튀었다. 1980년, 간곡한 뜻에 길이 열렸다. 고기가 물을 만난 격이었다.

첫 만남은 '대장금'으로 유명한 이병훈 PD와 야사극 〈암행어사〉의 조연출이었다. 장소섭외, 소품준비, 출연자 점검, 숙소잡기, 현장정리 등 막노동에 3D잡무를 척척 알아서 수행했다. 사통팔달의 조연출(AD)로 두각을 나타내자 선배PD들은 서로가 탐낼 정도였다.

연출 34편 작품별로 본 그의 현업 33년은 다섯 기로 구분할 수 있다.

1기 : 1982~1984, 닥치고 연출하기

간판격인 〈수사반장〉, 〈암행어사〉의 야외 촬영은 종학의 몫이었다. 조연출 2년간, 두세 편 드라마의 야외 제작은 모두 종학에게 떨어졌다.

1982년, 마침내 〈암행어사〉로 '입봉'했다.

이정길(어사), 임현식(방자)이 고정 출연한 로드 사극으로 상당 기간 야외촬영의 내공이 빛을 발했다. 여기서 홍콩영화를 방불케 하는 무술 액션을 시도하여 첫 눈길을 당겼다. 흑백TV 당시 불모지였던 무술을 데뷔작부터 독특한 자기류流를 선보여 '액션사극'을 밑거름했다.

82년, 박규채가 타이틀 롤인 〈박순경〉의 연출단 일원으로 이름을 올렸다. 83년부터 이어진 인물사극 시리즈 제작과 계기 특집극은 다시 그의 몫으로 떨어졌다.

'한국인 재발견시리즈' 세 편에 전심전력했다. 3부작 〈광대가〉에서는 판소리 대가 신재효의 생애를 그렸고 4부작 〈다산 정약용〉에 이어 2부작 〈고산자 김정호〉의 일대기 제작에 혼신을 쏟았다.

조정래 원작 6 · 25 특집 〈인간의 문〉은 양민 학살 20년 후, 한 인간의 과거 행로를 통해 인과응보를 생생히 부각했다. 1984년에도 닥치고 바쁘게 뛰었다. 5부작 3 · 1절 특집 〈조선 총독부〉에 이어 노인 문제와 가족 갈등을 심층화한 2부작 〈해 저무는 들녘에〉로 주목을 받았다.

〈빛과 그림자〉(2부작 1985)는 청소년과 문제가정을 다뤘다.

MBC베스트셀러극장 4화, 조해일 원작의 〈갈 수 없는 나라〉(1983)

는 첫 단막극 연출이다. 연속 살해된 재벌 2세 5인방의 행적을 미스터리로 다루었고 김성종 원작의 〈일곱 개의 장미 송이〉(1984)는 아내의 죽음을 추적하여 일곱 범인을 차례로 복수하는 내용이었다.

〈모계사〉(1983)는 김윤경, 최명길을 내세워 모녀의 판이한 인생관을 통한 내림의 운명을 비틀어 끊어버린다.

2기 : 1984~1986, 반공드라마 틀을 바꾸다

당시 '관제 드라마'로의 반공 드라마를 관행의 틀에서 벗어나 하나의 숨겨진 소재로써 적극 개발했다. 구동존이求同存異 전략이었다.

즉 공통성을 구하되 차이점을 둔다는 뜻으로 반공정신을 구현하되 좀 더 다른 작품을 만들고 싶었다. 이에 84년 〈동토의 왕국〉, 85년 〈영웅시대〉, 86년 〈북으로 간 배우〉의 연속 세 작품은 기존 틀을 크게 깼다.

하나같이 5부작에 북한소재다. 큰 스케일로 일관한 대하드라마인 점이 특징이다. 그의 장대한 그릇이 엿보이는 대목이다.

〈동토의 왕국〉에선 북한 실상을 담은 다량의 미공개 필름을 공개하여 경악에 가까운 화제도를 높였다. 6·25 35주년 기념작 〈영웅시대〉는 동족비극과 공산주의 허구성 폭로했고 〈북으로 간 여배우〉는 월북한 배우 문예봉의 일대기를 묘사했다.

희화되거나 과장이 많았던 기존 반공극의 분위기를 기념비적으로 일신했다. 극의 객관성과 리얼리티를 살리기 위해 주요 배역은 기존배우 아닌 연극인을 대거 기용했다. 세 작품은 반공 드라마에서 한 차원을 높인 '분단 드라마'로의 승격이었다.

3기 : 1986~1989, 미니시리즈와 송지나를 만나다

1986년, 높은 산만큼 계곡도 깊은 탓일까. 대작 연출 후 쉼표도 잠시, 3년차 이어온 장기 시리즈 〈조선왕조 500년〉의 순환 연출에 투신했다. 시리즈 6화로 광해군의 집정과 통치를 다룬 '회천문'(50회)의 큐를 잡았다. 광해의 복합적인 내면 묘사와 악군의 이미지를 상쇄했다. 이어 인조에서 현종까지 치욕의 양대 호란胡亂을 담은 7화 '남한산성'을 연출한다.

87년 2월에 신설된 역점 드라마 'MBC 미니시리즈'에 합류하여 김성종 원작의 〈아름다운 밀회〉(4부)를 냈다. 재벌가의 죽음과 상속음모가 얽힌 범죄 수사극이다. 이윽고 10화 〈퇴역전선〉(8부작)에서 과감한 모험을 걸었다. 당시 만화 경시풍조에 불구한 허영만 원작, 탐사르포 작가 출신 송지나의 기용은 위험천만의 무모한 조합이었다. 대기업의 문어발 약육강식의 생태와 이의 통쾌한 복수를 담은 내용은 편편이 관심을 끌어 망외의 흥행을 거두었다. '김종학 브랜드' 탄생의 신호탄이었다.

1988년 1월, 돈 조반니 원작 〈선생님 우리 선생님〉은 외국 번안극으로 벽지에 부임한 교장과 마을 사람들의 갈등을 다루었다.

5월, 김홍신의 소설 〈인간시장〉은 연출의 힘과 작가의 섬세함, 박상원의 현란한 액션을 교직한 3박자로 위력을 떨쳤다. 암울한 80년대, 혜성처럼 등장한 삼류 인생 장총찬은 도회와 식자층에서 연일 회자되었다. 그는 한국판 '슈퍼맨'을 대신한 정의의 사도이자 구세주로 떠올랐다. 쾌걸의 속 풀이로 오랜만에 묵은 체증을 날렸다.

10월, 〈우리 읍내〉는 읍장 직선제, 땅 개발과 이해를 둘러싼 인간군상의 갈등을 그렸다. 4편 모두 송지나가 극본을 썼다.

89년 봄, 이문열 원작, 이홍구 극본의 〈황제를 위하여〉는 '정감록'을 재구성하여 역사와 세상을 바꾸려는 조선판 돈키호테를 패러디했다.

7월, 김성종 원작, 김남 극본의 〈제5열〉은 범죄, 추리, 첩보, 액션을 혼합하여 체제를 위협하는 세력에 맞선 첩보 형사의 투혼을 그렸다.

미니시리즈 7편은 모두 짙은 사회성을 실어냈다. 현실과 사회제도의 부조리, 기득권의 횡포, 이에 대항하는 인간 도전을 굵고 힘차게 그려냈다.

4기 : 1990~1995 불멸의 대표작 2편 탄생

1991년 〈여명의 눈동자〉는 MBC 창사 30주년 기념작으로 전속 연기자를 총 동원한 36부 대작이다.

전 제작비 72억은 당시 혀를 내두른 거액이었다. 90년 5월부터 필리핀, 중국 등 최악의 촬영환경을 거치면서 예정보다 훨씬 늦은 91년 10월에 방송하여 해를 넘긴 1월에 종료했다.

일제, 해방, 전쟁을 통한 현대사의 소용돌이를 학도병 최대치(최재성), 위안부 윤여옥(채시라), 휴머니스트 장하림(박상원) 3인의 삶에 함축했다. 평균 시청률 44.3%, 매 편 최후의 10분까지 초인적 제작으로 드라마 역사에 한 획을 그었고 '드라마 왕국 MBC'를 공고히 했다.

반면 종학의 진을 빼고 30대 막바지 청춘을 몽땅 태워 날렸다.

1992년, 종학은 새로운 지평에 도전했다. 영화제작이었다.

야심기획 〈불사조〉는 1년 만의 어려운 탈고와 해외헌팅을 거쳐 촬영을 목전에 두었으나 경영진의 교체로 물거품이 된 것이다. 당연할 줄 믿었던 승진도 탈락했다. '회사 기여도와 처우'에 대한 회의감이 깊어졌다.

MBC에 대한 애증이 엇갈렸다. 자신의 입지를 키워 주었고 또한 눌러버렸다. 전부터 영입권유를 보류해온 SBS의 이적을 결행했다. 93년 5월이었다. 불세출의 블록버스터 드라마 〈모래시계〉는 이렇게 해서 탄생했다.

24부작 〈모래시계〉는 광복 50주를 맞는 95년 초입부터 화제를 몰았다. 주 4회(월~목/1.9~2,16) 8시 50분에 집중 편성하여 '귀가시계'로 불릴 만큼 주목도를 높였다. 평균 46.7%, 최고 시청률 64.5%로 한국 드라마 '베스트 원'이자 '온리 원'을 찍었다.

1970년대~90년대, 정경계의 비리에 맞선 강우석 검사(박상원)의 신념, 암흑가 박태수(최민수)의 좌절, 운동권 윤혜린(고현정)의 변신, 보디가드 재희(이정재)의 단심 등 독특한 캐릭터 플레이는 매 순간 놓칠 틈을 주지 않았다. 특히 광주항쟁 국면을 처음으로 본격 묘사하여 문민정부에도 불구하고 당국을 긴장시켰다. 고공행진의 선풍은 그의 관록과 함께 신생 4년차인 SBS의 존재감을 일거에 격상시켰다.

〈모래시계〉는 최정점에 섰다. 그 이상의 작품이 나오지 않고 있다.

5기: 1995~2012, 제작사 설립, 외주 6편 연출

명품 드라마 '모래시계'의 후광과 여운은 길고 오래 갔다. 차기 성과를 이어갈 후속 부담에 발상은 신중해지고 운신은 불편해졌다. 수양산 그늘이 삼백 리를 가듯, 모래시계 후유증은 삼 년을 갔다.

이 시기, 외연확대에 주력하여 영상 자원 인프라 조성과 관련 제작사 설립에 전심했다. 6편의 제작 드라마 납품도 병행했다. 모두 기대만큼의 결실을 보지 못했다.

1998년에 미니시리즈, 20부 〈백야 3.98〉를 SBS에 태웠다.

미,일,러 열강들의 핵무기를 둘러싼 음모를 그렸다. 최민수, 이병헌, 심은하, 이정재, 조경환, 송혜교, 신현준 등 빅 스타들을 기용했다. IMF의 늪에 빠져 제작비 압박과 기술투자가 빈약해질 수밖에 없었다.

1999년 16부 미니시리즈 〈고스트〉(SBS)는 컴퓨터 그래픽과 특수촬영을 구사하여 세기말 귀신이 출현한 공포물을 냈다. 장동건, 김민종,

명세빈, 김상중 등 쟁쟁한 얼굴이 나왔다.

2001년 16부 〈신화〉는 인생관이 판이한 세 젊음을 통해 야망과 성공을 다루었다. 김지수, 최강희, 이유진, 김태우가 주연했다.

2002년 26부 〈대망〉(SBS)은 HD제작으로 주말에 자리했다. 이요원, 장혁, 한재석, 손예진이 나온 조선시대 경제드라마로 야망, 사랑, 무협을 버무린 퓨전 사극이었다.

2007년 9월, 광개토왕 일대기를 환상의 퓨전으로 집약한 24부 〈태왕사신기〉는 MBC 전파를 타기까지 우여곡절 3년이 걸렸다. 한류를 의식하여 톱스타 배용준을 내세우고 400억에 가까운 전례 없는 직·간접비를 투입했다. 웅장한 CG와 판타지 액션을 구사하여 10여개 국에 수출했음에도 워낙 많은 씀씀이와 가성비 악화로 치명상을 입었다. 회사는 인수 합병되고 자신은 소송에 휘말렸다.

2012년 24부 〈신의〉(SBS)는 고려시대 무사와 현대 여의사의 시공을 초월한 사랑을 그렸다. 이민호, 김희선, 류오성, 이필립, 류덕환 출연에 130억을 투입하여 최첨단 3D영상을 도입한 벤처 작이다.

그러나 편성 미확정, 촉박한 해외촬영, 급히 식어버린 3D열기, 작가 교체 등 진통을 겪었다. 실패의 후유증은 컸다. 고소·투서·수사가 이어졌다. '마지막 작품'은 그의 명을 재촉했다.

그의 콘텐츠를 총괄해 보면, 장르와 소재를 두루 섭렵한 스펙트럼과 광폭행보가 읽힌다.

수사극, 반공(분단)극, 캠페인극, 계기특집극에서 전쟁과 암투로 점철된 현대 대하드라마를 창출했다. 미니시리즈에서는 추리극, 기업극, 번안극, 사회극, 환상극, 첩보극을 실현했다. 역사극도 야사와 정사, 인물극과 경제극 그리고 판타지와 퓨전까지를 포함했다. 후반에는 특수촬영과 첨단기술을 도입하여 한류 시장에 대응했다.

한편 빅 드라마와 병행하여 디지털 시대의 흐름을 타고 2008년에는 '스몰 드라마'로서 3분 전후의 웹 드라마를 채비했지만 결실을 보지 못했다. 그러나 드라마 장르에 대한 종학의 유연한 확장성이 드러난다.

그의 대표작은 누가 뭐래도 〈여명의 눈동자〉와 〈모래시계〉다. 개인 차원 뿐만 아니라 현대사의 징비극懲毖劇이며 한국 드라마 60년을 가름하는 빛나는 문화자산이다.

제2장

현대사 반세기의 고해성사

〈여명의 눈동자〉와 〈모래시계〉, 〈동토의 왕국〉과 〈영웅시대〉,

〈퇴역전선〉〈인간시장〉〈제 5열〉은 당대의 대표작이다.

모두 현대사를 묶어낸 명품 드라마다.

주제는 우리 지난 50년 반세기의 성찰을 통한 고해성사다.

그는 여기서 소재의 어려운 부분을 과감하게, 과감한 것을 의미있게,

의미있는 것을 재미있게, 재미있는 것을 진지하게 파고들었다.

1. 여명의 눈동자

– MBC창사 30주년특별기획. 방송 : 1991년 10월 7일 ~ 1992년 2월 6일
– 수목 드라마(밤 9시50분)로 방송

일제 강점기인 1943년 겨울로부터 한국 전쟁 직후인 1953년 겨울까지 10년의 세월을 거치면서 거대한 역사의 소용돌이 속에서 세 주인공 윤여옥, 최대치, 장하림이 겪는 인생역정을 그린 내용이다.

중국, 필리핀을 비롯한 동남아 각처에서 장기간 촬영으로 제작팀의 동선動線이 유별나게 길고 험난했다.

매사에 비협조적인 중국 공안원, 따라주지 않는 엑스트라, 예상보다 빨랐던 필리핀 장마, 딴청부리는 현지 사람들 등 도대체 내일과 다음이 보이지 않는 일정을 감당해야 했다. 두 달이 넘는 해외 촬영을 포함해서 드라마 방영 분량의 30%를 넘는 사전제작은 작품의 질과 완성도를 높이는 데 크게 기여했다. 사전제작의 분량은 방송사상 최장의 기록을 남긴다.

국내 촬영도 복잡하긴 마찬가지였다. 제주도에서 지리산, 목포, 횡계까지 전국 각처를 누비며 실제감과 현장성을 살려냈다. 단 2분 장면

을 위한 사흘 촬영은 다반사였다. 마지막 36회 편집은 방송 직전에 완료될 정도로 한결같이 빠듯했다.

'이럴 줄 알았다면 아예 처음부터 손대지 않았을 것이다….'

훗날 여명의 스페셜 프로그램에서 종학은 어렵게 말문을 텄다.

제작기간 2년 남짓은 20년의 혹독한 세월처럼 느껴졌다.

일제, 해방, 6·25를 한 통으로 묶어낸 소설을 처음으로 대하면서 그 스케일과 대하성大河性에 일거에 빠져들었다. 세 주인공의 인생유전은 '시대의 대변자'처럼 다가왔고, 역사가 맥동하는 파노라마의 밑그림은 생각만 해도 장엄한 것이었다. 드라마로서 시대적 소임과 연출가의 야심이 맞아떨어지면서 종학은 어언 '여명의 눈동자'가 되어버렸다.

36부작은 한편 한편을 영화처럼 찍었다. 36편의 영화가 연속 집약되어 종학 자신도 가장 소중한 결과물로 여기고 있다.

'김종학이니까 해냈다'는 소리가 여기저기서 들렸다. 그러나 40대 초입의 이 작업에서 종학은 완전 녹아버렸고 폭삭 닳아버렸다.

36부 대하극, 2년 4개월 역점제작

88년 서울올림픽을 마치고 1990년대에 들었다. 45년 만에 베를린 장벽이 무너져 하나의 독일이 탄생했고 소련이 붕괴되는 등 세계사적 일들이 벌어졌다.

군사정권의 종식에 이어 민주화 바람을 타고 대중문화도 급부상했다. 분야별 거대담론 속에서 자유로워진 개개인들의 욕망이 다원적으로 분출했다. 서태지가 일으킨 돌풍은 대중가요의 흐름을 크게 바꿨고 임권택 감독, 박상민 주연의 〈장군의 아들〉이 흥행에 성공하여 한국영화의 시리즈 부활을 알렸다.

방송가에도 지각변동에 의한 '새로운 시대'가 열리고 있었다.

다수의 프로덕션 창립으로 외주제작이 바람을 탔고 미니시리즈는 3년째를 맞아 탈 스튜디오 등 사전제작 환경을 크게 넓혔다.

1991년 12월 SBS 개국으로 10년 만의 민방 부활과 공민영 체제의 복귀를 알렸다. 지상파 KBS, MBC의 양강兩强구도가 종식되고 치열한 승부를 예고하는 방송 '후 3국시대'의 서막이 열렸다.

기존의 방송사에는 비상등이 켜졌다. 숱한 인력이 SBS로 빠져나갔고 전속제가 무너진 탤런트와 연예인들의 몸값은 고삐가 풀렸다.

MBC는 신생 방송사가 엄두내지 못할 대형 드라마로 선제탄을 날릴 계획이었다. 이것이 제작비 72억, 제작기간 2년 4개월의 대하드라마 〈여명의 눈동자〉의 등장 배경이다. 방송은 노태우 정권의 후기인 1991년 가을에서 이듬해 초까지였다.

원작은 원고지 1만 5천 장 분량의 김성종의 장편소설이다. 1975년부터 '일간스포츠'에 연재, 10여년 후 단행본 10권으로 발행되어 종학의 눈에 들어왔다. 당시 우리 현대사에 가장 아픈 부분인 일제, 해방, 6 · 25를 모두 통괄하는 데는 상당한 연구와 용단이 필요했다.

종학은 '역사와 인간', '전쟁과 운명'에 관한 아젠더를 드라마 몸체로 조립했다. 일제와 해방, 분단과 미군정, 해방공간과 좌우분열, 그리고 6·25 혼란은 현대사 초입의 가장 불행하고 암울한 부분이었다.

역사적 무게가 진중할수록 이에 대응하는 인간의 소중함을 띄우면서 역사가 경고하는 강렬한 메시지로 환치하고 싶었다.

'여명…'은 종학의 대표작이면서 SBS가 등장하기 직전, MBC의 황금기를 장식한 현대 드라마의 고전이다. 1991년은 '여명의 해'로 명명할 정도로 드라마 사에서 그 뛰어난 성과를 추인한 바 있다.

일제하의 황폐 공간, 양극 이념의 혼재와 사랑의 아름다움, 그것들과 어우러진 미적 형식, 세대를 뛰어넘는 깊은 감동은 방송 4반세기가 흘러도 잊을 수 없는 우리에게 하나의 사회문화사적 사건이 되고 있다. 당시 시청자들은 이전에 체감하지 못한 폭넓은 역사적 관심사와 만났고 그것이 작품 속에 녹아들어 내는 깊은 울림에 빠져들었다. 오래 경직된 이념의 억압과 정치혼란 속에서 진정한 삶의 방향을 고민하게 하고 세계와 자아에 대한 폭넓은 눈을 갖게 했다.

하나의 드라마 텍스트로써 역사의 엄혹성, 이데올로기의 허무주의, 그리고 사랑과 우정을 통한 인간 본성의 문제에까지 접근했다.

일제 강점기서 해방, 동란까지의 10년 민족 서사시

태평양 전쟁에서 연합군의 승리와 일본군의 패색이 짙어가는 1943년 말, 세 주인공 최대치, 장하림, 윤여옥이 각각 학병과 정신대로 끌려나가는 데에서 드라마는 시작한다. 이들의 행로는 이국만리 전쟁의 참화 속에서 '만남, 사랑, 이별, 대결, 죽음' 의 운명으로 얽혀간다.

중국 관동군에 편입된 대치는 수 없는 생사의 고비를 넘기고, 사이판까지 밀려간 하림은 미국에 장악된 포로수용소에서 여옥을 만난다.

일본군 패잔병 대치는 중국군에 의해 구조되고 다시 탈출해 팔로군에 입대한다. 그리고 조선의용군으로 옮겨 항일투쟁을 계속한다. 하림은 일본의 세균전을 저지한 공로가 밝혀지면서 OSS요원이 되어 여옥과 귀국하지만 해방직전 일본 경찰에 체포되어 모진 고문을 받게 된다.

해방 공간의 와중 속에서 셋은 각각 남과 북으로 갈라서게 된다. 대치는 해방을 맞아 소련군과 함께 평양에 입성하고 김일성의 친위대가 됐다가 대남 공작원으로 남로당에 가담한다.

한편 하림은 다시 미정보부 요원으로 일하게 되고, 대치와 재회한 여옥은 그와 결혼한 뒤, 그의 지시에 따라 미정보부 사무원으로 위장 취업하여 은밀히 정보를 빼낸다. 이윽고 6 · 25가 터지자 대치는 인민군으로 참전 중 퇴로가 막히자 지리산으로 숨어 들어간다. 토벌작전에 하림이 투입되면서 지리산 일대는 두 사람의 마지막 대결의 장이 된다.

주역들 열 차례 신분변화가 스토리 몸체

드라마의 서사구조는 삶을 위해 팔색조처럼 변하는 세 사람의 행장에서 오롯이 드러난다. 한 몸을 건사하는 것, 목숨을 부지하는 것 자체가 드라마의 기승전결과 직결되었다. 그들의 변신은 단순히 생존을 위한 것을 포함하여 시대의 변화를 웅변한다. 그들의 변신은 전편을 통해 각각 열 번 이상 나타나는데 이는 현대사의 빛과 그늘을 운명적으로 상징한다.

최대치(최재성)는 중국 유학 중, 고국에 들어왔다가 일본군 학도병이 되어 미얀마 침공의 선봉대에 선다. 이국 전선에서 영국군에 패주한 뒤 패잔병으로 방황하다가 중국 팔로군 합류한다. 그리고 민간학살을 감행하는 전쟁광으로 변한다. 탈출 뒤에 마적단 입단으로 연명하고, 결별한 뒤 북한군으로 전신한다. 이윽고 대남 공작원으로 남파되어 제주도 무장봉기군에 합류한다. 한반도를 둘러싼 공방전 속에서 지리산 남부군 대장으로 후방교란 작전을 벌이고 남한의 토벌군과 마지막 대결한다.

장하림(박상원)은 동경제대 의학부 재학생으로 일본형사에 의해 학도병으로 끌려간다. 관동군 731부대 의무병이 되어 인체실험을 목격한다. 사이판에서 탈영하여 미 연합군에 가담한다. 여옥을 만나 장래를 약속하지만 상황은 급변한다. OSS미군 정보원이 되어 북한 노동당원으로 잠입, 소련군 사령부에 침투해 첩보활동을 펴는 대북 스파이가 된다. 북한 탈출에 실패하자, 미군 앞잡이로 인민재판에서 사형수로 전락하나 북한 여장교 안명지(고현정)의 도움으로 목숨을 건진다. 미군 상륙으로 의무 봉사단원이 된다. 마지막엔 지리산 공비 토벌대장으로 투입된다.

윤여옥(채시라)은 독립군(최불암)의 딸로 17세에 위안부로 강제 차출된다. 남경 주둔 관동군 15사단에서 치욕의 세월을 보내다가 최대치를 만나 임신한다. 그가 버마전선으로 투입되자 생이별한다. 재회를 위해 무거운 몸을 이끌고 사이판 위안부 모집에 응한다. 그곳에서 하림과 조우하고 출산 후에 둘은 새로운 삶을 꿈꾼다. OSS 미 정보부대에 출입하면서 기생으로 변장, 일본 미하라 대위를 납치하는 데 역할을 한다. 결국 조선인 일본형사 최두일(박근형)에 발각되어 총살 위기에 처한다.

6·25 발발로 석방, 제주 피난을 거쳐 북쪽으로 이동 중 아들을 잃는다. 해방정국과 좌우대립, 남북대결 속에서 미군의 정보를 대치에게 제공한 가책으로 괴로워한다. 귀향 후 고아원 보모가 되고 남하한 대치를 찾아 지리산으로 향한다.

세 사람은 우정과 애정을 교환하는 지순한 사이에서 피할 수 없는 삼각관계가 되고 서로를 제거해야 하는 관계로 변한다.

'난 열심히 살았어, 또다시 산다 해도 그렇게 밖엔 할 수 없을 거야.' 최후의 셋은 모두 지리산에서 조우함으로써 길지 않은 생애의 마지막을 가름한다. 부상당한 빨치산들을 돕던 여옥은 대치를 구하려다가 총에 맞고 그 품에서 스러진다. 중상을 입은 대치도 하림이 바라보는 가운데 고달픈 생을 마감한다.

1943년에서 1952년까지 10년간 세 사람은 각각 열 번 이상의 신분세탁을 통해 목숨을 부지한다. 그들이 한 번씩 변절할 때마다 역사의 물결은 출렁거렸고, 역사가 너울거릴 때마다 그들의 행적도 예측불허의 상황으로 변했다.

변신은 무죄다. 이런저런 인생유전은 자기 의지와 관계없이 생존을 위해 정체성을 포기하거나 변절할 수밖에 없는 절박한 시대를 대변한다. 그들의 생애는 우리의 가족, 친척, 이웃에 해당되지 않는 예가 없는 보편적인 시련으로 당대의 모든 조선인이 감내한 역경을 함축한다.

간단없이 계속되는 전신과 변신의 무쌍無雙함은 시대의 무상無常함을 상징한다. 국가불안과 혼란이 개인의 그것으로 똑같이 대체되면서 비극성을 고조하는 구조다.

그러나 그들의 10년 여정은 해피엔딩으로 끝나지 않는다. 남긴 문제와 숙제는 다음 세대의 몫으로 던져진다.

다섯 가지 범주에서 본 인간상

"시대와 인간"

종학은 이 드라마를 통해 일제 말기 시대인 3년간(1943~1945), 해방 공간과 혼란시대인 4년간(1946~1949), 6 · 25동란의 혼돈시대인 3년간(1950~1952)으로 10년 한 시대를 응시하고 있다. 강산이 변하는 10년 세월에 100년을 느낄 만큼 인간의 우여곡절이 굽이친다.

시대는 인간을 만들고 인간은 시대를 만든다.

시대는 어떻게 인간을 만드는가? 그리고 인간은 어떤 시대를 만들어 가나? 이런 물음은 새롭지도 않거니와 새삼스럽지도 않다. 무릇 대하

드라마는 모두 이 두 요소의 갈등과 마찰을 통해 그 빛과 그늘을 보고 있기 때문이다.

전광용의 소설 '꺼삐딴 리'는 시대가 만든 카멜리온적인 인간상을 적나라하게 표현한다.

주인공 이인국은 제국대학을 졸업한 엘리트 의사로 친일행적에 힘입어 성공가도를 달린다. 해방이 되고 소련군이 진주하자, 친일파로 낙인되어 투옥된다. 때마침 창궐한 이질 병을 제압하고 수많은 죄수들을 구제한다. 소련 장교는 그 공을 크게 인정하고 캡틴(꺼삐딴) 리로 칭송하면서 아들마저 소련 유학을 보내준다. 6·25가 발발하자, 재빨리 월남하여 친미파로 거듭난다. 브라운 미국 대사에게 고려청자를 선물하고 신뢰를 얻으면서 끝없이 미소를 짓는다. 그는 시대가 만든 최고의 기회주의자다.

〈여명…〉의 세 주역 역시 '시대와 삶'이라는 틀에서 헤어나지 못한다. 당대 조선인의 희로애락을 담은 초상을 대신하고 있지만 화려함, 교활함, 신속함으로 처신하는 꺼삐딴 리와는 전혀 다른 삶의 궤도다.

대치는 중국 유학생에서 일본학도병, 중국 팔로군, 마적단, 소련군, 탄광부, 조선의용군, 대남 봉기군, 빨치산으로 전전하면서 최후를 맞는다. 하림은 동경 재학생에서 학도병, 관동군, 탈영병, 연합군, 미군정보원, 노동당원, 사형수, 의무봉사원, 빨치산 토벌대장으로 변신한다.

여옥은 일본군 위안부에서 사이판 전출, 미군 사무원, 기생, 사형수, 피난민, 고아원 보모로 마지막 생을 마감한다. 신분변화는 모두 그 시대와 상황이 배태한 일그러진 모습, 그 자체다.

"전쟁과 인간"

처음부터 전쟁터로 끌려간다. 마지막도 전장의 죽음으로 끝난다.

2차 대전에 연합군과 일본군, 해방이 빚어낸 일제잔재와 좌우대결, 그리고 한국동란은 '격동 현대사 10년'을 고스란히 지배하는 키워드다. 전 36부가 온통 탄흔과 화약내음에 찌들어 있다.

유체이탈의 전쟁광이 되어 자행하는 무고한 집단학살
인간 살상용 도구로 인간을 실험하는 잔혹함
굶주림으로 인육을 먹고 날 뱀을 잡아먹는 극한상황

전쟁은 살아남기 게임이다. 내가 먼저 살아야 한다. 주역들은 남녀 불문하고 살기 위해 보호복을 갈아입고 총칼을 품는다. 전황이 달라지고 소속이 달라지고 따라서 옷장이 달라진다. 정의나 애국심은 다음 순서다. 내가 살기 위해 총을 겨누고, 도망치고, 투항하고, 탈출해야 한다. 그러는 사이 인간은 전쟁광이 되고 미친 살인마가 되기도 한다. 조국 아닌 적국 일본을 위해 소진해야 하는 위안부 여옥의 전쟁은 더욱 처연하다.

'나 내일 떠나.'

'나는요…?'

'살아 있어. 살아 있으라구… 알겠지? 살아서 내 애를 낳아 줘.'

대치는 여옥에 절규처럼 외친다. 끌려온 여옥은 생존 자체마저도 더 이상 희망일 수 없는 기로에서 대치를 만나고 사랑하게 된다.

대치의 전쟁은 살육전과 침투전을 비롯해서 기습전, 게릴라전, 야전 산악전, 민간 학살전, 육박전 등을 망라한다.

하림은 세균전, 첩보전, 유격전, 토벌전에 앞장서고 여옥은 위장전, 스파이전, 척후전에 잠복 투입된다.

'여명의 눈동자'의 제목은 '여옥의 눈동자'를 통한 '전쟁과 인간'이 더 걸맞다.

"국가와 개인"

영화 '쉰들러 리스트'의 쉰들러는 국가(독일)의 명을 거스르고 폴란드에 있는 유태인 1천여 명을 생환시킨다.

'라이언 일병 구하기'에서 미군은 다수의 희생을 무릅쓰고 그의 구출작전을 수행하지만, 목표에 달한 순간 라이언은 뜻밖에 귀국을 거부한다.

'더 록'에서 미 해병 여단장 허멜 장군은 조국에 복수를 선언한다. 베트남전에서 극비작전 중 전사한 전우들의 유가족들에 보상을 요구지만 관철되지 않아서다. 형무소가 있는 섬에서 80여 명을 인질로 잡고 동지들과 대량 살상용 미사일을 도시 심장부로 조준한다.

세 작품은 모두 '국가와 개인'의 관계를 묻고 있다.

국가는 개인의 생명을 담보하되 그것을 지켜주는 않는다. 죽고 살고 다치고 남는 문제는 개개인 몫이다. 국가와 정부가 소유한 공권력이란 전쟁수행에 집행되는 동원력일 뿐이다. 개인은 총알받이의 일선에서 복종과 희생만 강요당한다. 그리고 훗날 전몰 유공자로서 몇몇 서훈을 수여하는 것으로 가름한다.

이 드라마는 '왜 총칼을 들고 전장 터에 나서야 하나…'의 동기부여가 없다. 국가와 정부가 없는 시대이기 때문이다.

조선 학도병이 겪는 이중 고초가 따른다. 해방 이후, 국가도 국민도 혼돈 속에 빠져들었다. 결국은 남과 북으로 쪼개져 주역들은 서로 겨누는 적군으로 만난다. 6·25 이후는 국군보다 미군이 훨씬 돋보인다.

대치는 전 편을 통해 네 개 국가의 소속군이 된다. 일본군, 중국군, 소련군 그리고 북한군이다. 패잔병, 탈영병으로 전전하면서 소련군을 만나 구제된다. 그리고 남한군과 대결에서 최후를 맞는다.

그는 조국에 총부리를 돌려 댐으로서 조국에 복수하는 형태를 띤다. 혼란한 조국이 낳은 기형아가 되어 조국을 향해 분노를 뿜어낸다. 그리고 자신이 먼저 죽는다. 조국의 품으로 돌아와서 맞는 죽음이 더욱 비감스런 이유다. 이는 현대사 10년의 혼란을 단적으로 상징한다.

하림은 일본 731 방역부대에 배치되어 생체실험과 세균전 실험대상으로 끌려온 '마루타'라는 군상과 마주치면서 곤혹에 빠진다. 그리고 탈출하여 미군에 합류한다. 〈대치와 소련, 하림과 미국〉의 조우는 두 인생의 결정적인 변곡점이 되고 만다.

"역사와 인간"

사실과 진실이 규명되어야 역사 평가가 가능하다. 조작, 은폐된 역사는 역사의 죄다. 밝혀지지 않는 역사는 오늘까지를 지배하고 있다. 제주 4·3사건, 여순사건, 위안부 문제 등 드라마가 공개한 역사적 사건은 일단락된 듯하지만 해결하지는 못했다.

진실의 일부는 은닉되거나 왜곡되어 있다. 4·3사건은 2018년으로 70주년을 맞는다. 위안부 문제는 50년 만에 비로소 공론화되었다.

'진실에는 나의 진실, 너의 진실, 그들이 말하는 진실, 그리고 진실 그 자체가 있다.'

장 자크 루소가 역사적 기억과 진실의 관계에 대해 남긴 냉소적 비유다. '나의 진실'만이 절대적 진실이 될 수는 없음을 암시하는 이 말은, 각자의 기억을 근거로 하는 '진실싸움'이 얼마나 어려운가를 보여준다.

종학이 추구하는 진실은 '진실 그 자체'였다. 이 규명이 어려우면 최소한 '그들이 말하는 진실'에 접근하고자 했다. 이것도 안 되면 '너의 진실'을 취했다. 드라마 기획 전 단계에서 이런 '진실 찾기' 작업은 상당한 수고와 발품을 요했다. 종학이 갖는 최소한의 역사의식의 발현이다.

"때로는 질문이 생길 수도 있을 거야. 과연 역사는 발전하는 것일까? 나와 이 역사는 무슨 상관이 있단 말인가? 그러나 후회를 해서는 안 돼. 자네도 나도 옳다고 생각하는 일을 하고 있지 않나. 우리 같은 사람들이 있어서 역사는 발전하는 거야. 후회할 게 뭐가 있어. 질문 같은 건 몇 십 년 뒤에 편안한 세대에 사는 후세들이 하면 되는 거야."

드라마 종영 이후에도 앙금처럼 남은 김기문(이정길)의 한마디 대사다.

"이념과 인간"

해방 후의 피할 수 없었던 국론분열은 있는 자와 없는 자로 갈라져 결국 좌우의 대립의 온상이 된다. 드라마는 6 · 25 전후에 벌어지는 현대사의 가장 민감한 부분을 외면할 수는 없었다.

이념의 화약고로써 '좌익의 영웅화' 논란이 부각되었다.

최대치의 행적을 둘러싼 평가다. 종학이 억울해하는 부분도 바로 이 대목이다. 전쟁하의 생존을 통해서 인간의 소중함을 내세운 기획의도가 한 순간 밀려났기 때문이다.

'내가 스스로 선택한 적은 없어, 처음부터 그렇게 된 거야…'

왜 공산당이 되었냐는 여옥의 질문에 대한 대치의 답변이다.

이 드라마에는 판에 박힌 2차원적 이념의 대결을 넘어, 다양한 면모의 공산주의자를 목격하게 된다. 매양 악의 화신만은 아니었다. 동지를 위해 희생할 줄도 알고, 인간 애정을 지닌 착한 심성도 보인다.

생존싸움에 사상이나 이념은 부질없다. 일본군이든 공산주의자든 등장인물 모두에 생존문제는 불가침의 기본문제가 된다. 명운이 달린 상황에서 피조물은 누구나 똑같아진다. 마지막 보루인 생명보전은 선택의 문제가 아니라 본연의 문제다.

"그냥 그 주의가 싫어요. 무슨 말인지 알아요? 공산주의, 무슨 사상,

무슨 주의…, 사람 빼고 사상만 있는 게 난 싫어요"

북한에 첩보원으로 침투한 하림을 돕는 명지(고현정)는 이념에 대한 환멸을 이렇게 토로한다.

영화 '군번 없는 용사' (1966, 이만희 감독)는 남북으로 갈라진 이념의 대립을 한 가족의 비극에 투영했다. 형은 반공 유격대장이고 동생은 인민군 보위부 부관이다. 아버지은 형을 지원하고 어머니은 어느 편에도 설 수 없다. 피할 수 없는 대결에서 누군가는 죽음을 맞이한다. 이념 사수냐, 가족보호냐의 갈림길이다. 국가비극과 형제비극, 개인비극을 동일시한 것이다.

한운사 작 '남과 북'에서는 한 인민군 장교가 귀순한다. 남북으로 헤어진 옛 애인을 찾아서 투항해 온 것이다. 알고 보니 그녀는 부대장의 아내였다. 세 사람은 한자리에서 만나지만 누군가가 죽어야 하는 상황이 닥친다. 사랑을 위해 이념과 신분 따위를 과감히 버린 그는 용감하고 순박한 인간으로 귀의해 있다.

'만약 날 구한 게 소련군이 아니라 미군이었다면 지금 자네 자리에 내가 있었을 거야.'

제주도에서 하림과 만났을 때 대치의 한마디다. 대치가 중공군이 된 것이나 소련군, 인민군이 된 것 모두 그가 공산이념에 충실해서 그리된 것은 아니다. 상황과 시대가 그렇게 몰고 갔을 뿐이다.

종학은 이념이나 체제 등의 테두리에서 벗어나 돌처럼 구르고 잡초처럼 짓밟힌 사람 모습 자체를 객관적 입장에서 묘사하려고 했다.

'다시 보고 싶은 드라마 1위'의 가치와 평가

여명의 눈동자는 대한민국 드라마 30년사에 한 획은 그은 평가를 받는다. 장기 기간, 대형 투자에 따른 대작 드라마의 효시를 보였다. 작은 이야기만이 아닌 사회와 역사를 장대하게 다룰 수 있다는 TV의 가능성을 확인해 주었다. 또한 사전제작, 현지 로케이션 등 획기적인 시도로 새 지평을 열었다.

작품 속에 등장하는 북한, 일본, 미국, 중국, 소련(러시아)의 배경은 70년이 지난 오늘날에도 그 강도와 형태만 약간 바뀌었을 뿐 여전한 5각 파도의 위세를 벗어나지 못하고 있다. 허구와 때를 초월하여 이 드라마가 원초적인 공감대를 보전하는 힘은 여기서 나온다.

당초 종학의 기획서는 몇 차례 반려되었다. 엄청난 제작 규모와 난이도에 선뜻 동의할 간부나 경영진이 없었기 때문이다. 때마침 1990년 SBS의 개국 바람이 불자, MBC는 맞불 전략으로서 대작大作에 눈을 돌리게 되었다. 종학의 숙원이 이뤄지는 순간이었다.

1989년 10월부터 창사 30주년 특집극으로 기획에 들어가 그다음 해인 1990년 5월 3일부터 MBC 정동스튜디오에서 첫 녹화에 들어갔다.

첫 해외 촬영은 그 해 5월 30일, 필리핀(27일간)부터다.

중국은 수교(1992년) 전이라 되는 것도 없고 안 되는 것도 없는 나라였다. 91년 2월 하순, 대치 군대가 중국 낙양성 진입하는 한겨울 장면에서는 중국 공안부가 덜컥 제동을 거는 바람에 생고생했다. 길 없는 길을 열면서 하루 3~4갑 담배 연기만 날렸다.

크게 보면 전반은 3·1절과 8·15특집극, 후반은 6·25특집을 합친 형태를 띠었다. 평균 시청률 44.3%를 기록하며 역대 드라마 평균 시청률 8위에 올랐으며, 마지막 회(1992.2.6)는 60%대를 기록, 다시 보고 싶은 MBC 드라마 1위에 선정되기도 했다.

너무 감상적으로 그렸다는 평에도 불구하고 음지에 있었던 위안부 할머니들이 양지로 나올 수 있는 계기를 만들었다. 드라마에서 위안부는 세 명이 등장한다. 여옥과 봉순(오연수) 그리고 남양군도의 선임 위안부(이미경)로 모두 비명에 죽었지만 최근 일본과의 위안부 협상문제로 다시 살아나고 있다.

방송 후 호평과 악평이 교차했다.

정밀한 연출, 비장한 연기와 중후한 영상미는 상찬된 반면 악평은 선정적이고 폭력적인 면에 집중되었다.

'… 두 전쟁 속에서 살아간 인간들의 이야기를 하고 싶었다. 주인공들의 만남은 우연 필연을 떠나 우리 역사 한 단면이다. 요컨대 사람의 소중함을 강조하고 싶었다. 4천만 시청자에 설파할 용기 없었지만 다큐멘터리에 강한 송지나 작가에 대한 믿음으로 던졌다.

정신대나 위안부에 관한 구체적 상황, 731부대의 정확한 자료, 학도병들의 소소한 일상…, 모든 게 빈약했고 알 수도 없었다. 그럼에도 인간말살의 광기와 죄악을 묻어둘 수는 없는 노릇이다. 되풀이 되어선 안 되는 역사에 대한 강한 경고가 필요했다. 이 의문을 하림을 통해 제기했고 시청자 공감을 유도했다. 폭력성과 선정성만 지적할 일은 아니다.'

종학의 해명이다.

특히 제주 4·3사건을 실상을 모르던 층에게 알리게 되는 계기가 되었다. '항쟁의 정당성'을 드러내지 못했다는 지적도 받았지만, 사건의 일부 공개와 진압의 부당성 묘사, 미 군정 실책의 폭로 등 그 시절에 쉽게 다룰 수 없었던 사실을 새로운 각도에서 보여주었다는 평가였다.

'731부대'의 생체실험, 손목 자살, 굴비처럼 엮고 사살하는 잔혹한 장면에 비난이 따랐다.

한반도를 종횡한 각국 군인들의 종합세트가 되었다. 학도병, 일본군, 관동군, 조선의용군, 독립군, 중국군, 팔로군, 영국군, 중국 국부군, 마적단, 소련군, 인민군, 북파공작원, 전투경찰대, 남부군(빨치산), 미군, OSS 요원, 국군, 토벌군….

따라서 인물의 행장과 변신에 따른 의상과 분장 준비가 가장 바쁜 업무가 되었다. 현장에서 재봉틀을 동원한 전례 없는 일도 벌어졌다.

비주얼 쇼크를 부른 두 장면

두 남녀가 난징에서 헤어지기 전 철조망을 사이에 두고 나눈 소위 '철조망 키스신'은 아직까지도 화제를 몬다.

'… 여옥은 저쪽에서 나오고, 대치는 이쪽으로 들어가고. 서로 간에 얘기하고 고개 내밀고, 손만 잡다가 마지막에 헤어지는데 어떻게 할 수 없으니까, 저쪽에서 다른 보초가 오고. 그러니까 시간은 급하고, 그래서 대치가 철조망을 밟고 올라가서 머리를 당겨서 키스를 하는 장면이었다. …'

최재성의 24년 만의 회고담이다.(OBS 2014.12.22)

당시 중국 하얼빈에서 촬영할 당시 수많은 중국 군중들이 보는 앞에서 촬영했다. 노골적인 10초 클로즈업 장면에 방송위원회가 선정성을 이유로 제동을 걸었다. 종학은 지금까지의 표현의 한계에서 한 걸음 더 나아간 것일 뿐이며 그것은 말초적 자극보다는 전후의 극한 상황에서 벌어진 불가피한 행위였다고 해명했다.

패잔병으로 방황하면서 굶주림에 지친 대치가 실제로 뱀을 산 채로 잡아서 껍질을 벗겨 뜯어먹는 장면이 고스란히 노출되었다. 촬영 후 입안의 비린내 제거와 구충제 복용으로 고생했으나 '자극적, 혐오, 참혹한' 장면이 과연 안방드라마로 적합한가에 대한 논란이 일었다.

결국 '주의경고'를 받는 것으로 마무리됐다. 종학이 금기를 깬 한국 드라마 최초의 두 리얼 신은 그렇게 힘겹게 고비를 넘었다.

27년 전에 방송한 이 드라마는 향후 광복절이나 6·25 특집극으로 다시 나타나도 손색이 없다. 이미 시청한 사람에겐 추억과 더불어 자신과 당대를 진지하게 반추할 수 있는 계기를 부여한다. 젊은 세대에겐 바로 한 세대 전의 실체적인 이야기를 영상으로 짚어주게 되어 현대사에 대한 리얼한 체험이 된다. 상당수의 학교에서는 실감나는 역사 공부로써 시청을 권장하기도 했으며 한 고등학교에서는 역사 교재용으로 비디오 구입을 요청하기도 했다.

1992년 제19회 한국방송대상 드라마 TV부문 최우수 작품상과 프로듀서상(김종학), 미술상(윤상준)을 각각 수상했다.

동년 백상예술대상의 TV대상을 비롯, 작품상, 연출상(김종학), 남녀 연기상(최재성, 채시라), 촬영상(조수현), 인기상(박상원)을 획득했다.

같은 해 2월, 채시라는 동국대학교 졸업식에서 '여옥 역을 맡아 학교의 명예를 높인 점'을 인정받아 총장으로부터 공로상을 받았다.

김종학 연출후기 : '드라마 제작 자체가 전쟁이었다'

1989년 10월의 첫 기획부터 1992년 2월 6일, 전 36부의 마지막 방송까지 2년 4개월, 편당 직접 제작비 6천만 원, 국내외 연기자 286명, 국내외 엑스트라 연 2만여 명, TV 사상 최고의 제작비, 최장의 제작기간, 27일간의 필리핀 촬영, 55일간의 중국 촬영 등 여러 부문에서 '여명의 눈동자'는 새로운 기록을 남기기에 충분하다.

그러나 연출을 하면서 병원으로 숨어버리거나 잠적해버리고 싶은 때가 한 두 번이 아니었다. 외형적 규모에 눌려서 견딜 수 없었던 시간들, 필리핀 정글에서 독충과 수면부족으로, 중국의 만만디慢慢的에, 장기간 촬영으로 인한 배우·스탭과의 갈등으로, 그러나 끝은 있었고 그 끝에 와있는 변모된 스스로를 발견하며 토마지 디란페두사가 '살쾡이'에서 말했던 것과 똑같은 말을 하게 된다.

'모든 것이 원래대로이기 위해서는 모든 것이 변하지 않으면 안 된다'

또한 참여한 전 스탭. 캐스트가 각기 '여명의 눈동자'라는 집단의 일부였고 또한 그 드라마가 각자 개인을 대표한 시스템이었다는 점이 이 조그만 이정표라고 만들 수 있었던 원동력이라고 생각된다.

"캐스팅"

예측할 수 없는 일정에 전적으로 몸을 맡겨 줄 수 있는 공산주의, 자본주의 이전의 순진함이 남아있는 얼굴, 참신함과 연기력의 뒷받침은? 어느 시대에 맞출 것인가? 해방 전의 모습에서 20대로 출발할 것인가? 해방 후의 모습에서 30대로 출발시킬 것인가?

이 모든 것을 종합해서 '박상원, 채시라, 최재성'의 그림은 그려졌다. 그러나 이 작품의 주인공은 이 세 남녀가 아니다. 일제-해방-6·25로 이어지는 격동기의 현대사 그 역사의 뒤안길에서 매몰되어간 인간들의 자유를 향한 절규와 생존의 의미가 이 작품의 주제였기에, 이 드라마의 주인공은 드라마의 전면에 등장한 '장하림, 윤여옥, 최대치'가 아닌 작품의 시간과 공간을 메운 그 주변 인물인 것이다.

끝없는 폭력을 휘두르다가 일본이라는 군국주의의 제도적 폭력에 희생되는 오오에와 구보다, 죠센징 경찰을 거쳐 해방된 공간에 나타나는 스즈키, 머슴 출신으로 빨치산에 입산한 덕재에 이르기까지 각기 다른 상황을 표출하며 전체의 작품을 성격지어 준 인물들이 주인공이다.

현장에서의 나의 즉흥 연출은 큰 비중을 차지한다.

촬영은 대개 전날 밤 혹은 다음 현장으로의 이동 중 찍을 장면을 상상한다. 그러나 다음날 현장에 도착하면 그 상상을 백지로 되고 항상 새로운 그림을 그리게 된다. 연기자와 카메라의 움직임이 그려지면 카메라 포지션을 정하고 연기자의 움직임을 기다린다.

그 움직임에 따라 카메라의 위치도 바뀌고 나 역시 연기자와의 즉석 토론을 거쳐 나의 생각도 바꾼다. 그래서 가끔 조감독으로부터 얘기를 풀어나가는 데 없어서는 안 되는 대본 부분에 대해 충고를 받기도 하지만, 나의 즉흥이란 최종적으로 픽션과 다큐멘터리를 결합시키는 것이다. 현장에서 연기자와 연기자, 연기자와 그가 맡은 인물, 연기자와 연출 간에 강렬한 감정이 흐를 때 비로소 살아있는 드라마를 찍게 되는 것이다.

본 드라마에서 많은 부분을 즉흥에 의존했지만, 연기자의 혼신을 다한 전력투구와 그 조화를 이룬 부분이 전체에 생명을 불어넣은 것이라 생각된다.

"헌팅. 국내 촬영"

작가와 부분 구성을 통해 추출된 상황과 그에 따른 촬영준비는 1989년 12월에 시작된다.

최대치의 관동군 15사단, 장하림의 동경시절과 731부대, 윤여옥의 정신대(위안부) 숙소 등 증인도, 기록도 전무한 상태에서 막연한 상상력으로 접근하기엔 역부족이었다.

예컨대 하림이 복무하게 되는 731부대 장면을 보자.

첫 학도병 부임지며 팔로군의 습격을 받는 야전병원은 전곡에서, 탈출 후 미다 대위를 만나는 곳은 중국의 도화향이며, 731부대의 중간 연락지점인 백화료는 하얼빈의 철도국, 본격적인 731부대는 목포 구 교도소, 세균 보존실과 실험실은 옛 국립보건원과 구 고려대 의대, 부대 각종 사무실은 구 제일은행 명동지점, 부대 관사는 군산의 제철소 관사를 이용하는 등 우리나라 전국 곳곳에서 이루어졌다.

하림이 생체해부 실험(정동 세트)과 관동 실험(구 목포 교도소)을 마치고 미다 대위의 방(구 국립병원)에서 보고를 끝낸 후 걸어나오는 복도(구 제일은행 명동지점)와 들리는 관사(군산), 백화료(중국 하얼빈)로 나오는데 작품상은 하루지만 촬영은 1년이 걸리는 것이다.

그러나 이러한 일련의 헌팅(전국의 필요한 장소만을 엮은 사진첩이 10권이 넘는다), 부분적으로 재현한 오픈세트(동경거리로 탈바꿈한 구룡포 등), 수원의 KBS 오픈세트 활용으로 작품의 사실성을 높일 수 있었으나 진실 접근은 실패했다고 생각한다. 좀 더 많은 증인과 자료의 발굴로 진실된 정신대 문제의 접근, 해방 후의 인식이 바꿔지는 바람이 남아있다.

"해외 촬영"

촬영에 참여한 모든 이들이 작품의 기획의도를 몸으로 부딪치며 경험할 수 있었던 실험장이고 그 시대를 살았던 이들의 숨결이 남아있는 바로 그 현장, 학도병으로 정신대로 운명 지어진 하림, 대치, 여옥의 첫 전선이며 버마에서 생존한 대치와 공산주의의 만남, 그리고 사이판 함락으로 미국을 만난 하림과 여옥의 OSS의 훈련이 이루어진 중국과 버마 임팔작전에의 투입…, 패배와 더불어 삶과 죽음의 극한상황에 놓여진 대치, 731부대의 세균전을 온몸으로 막아내는 하림과 위안부로 남방에 온 여옥의 운명적인 만남이 이어지는 곳인 필리핀.

이곳은 작품의 공간적 배경만이 아닌 역사의 현장에서 느끼는 정신적인 긴장을 불러일으킨 곳이다.

이 배경을 위한 해외촬영은 낭만적인 출발에서 암울한 전도를 맞게 된다. 축적된 경험이 전무하고, 정보량의 절대부족이 가로막은 것이다.

해외 촬영에 필수적인 전문 코디네이터 하나 없는 현실에 탄식할 뿐이었지만 각국의 대사관을 통한 접근, 그래서 얻어진 각국의 프로덕션, 방송사, 개인자격의 코디네이터와 전화, 팩스를 이용하여 정보를 교환하기 시작했고, 4월 초 최종수 부장과 함께 일본, 태국, 홍콩, 필리핀 네 나라를 찾아간다.

수교가 없는 중국은 멀리 배회하며…, 이 과정에서 일본 촬영은 포기한다. 상대적으로 비싼 물가와 시대물이 갖는 공간적 한계(일본도 시대극은 오픈세트를 사용하며 로케이션은 엄두도 못내는 실정이다)를 체감했기 때문이다.

버마의 임팔작전, 사이판의 촬영은 하나로 묶어 필리핀으로 결정했다. 싼 인건비와 베트남 전쟁영화(미국)에 참여한 훌륭한 스탭의 구성이 그 이유였다.

5월 중순, 본격적인 국내 촬영과 더불어 제작을 맡은 이강훈과 미술감독 서정남 부장이 2차 답사를 마치고 총괄적인 계약을 체결한다.

밤을 새워가며 조정되는 금액, 그에 따라 결정되는 스탭의 질이 처음 부딪치는 해외촬영의 고비가 되며 돈과 작품의 질은 비례할 수밖에 없는 외국의 엄연한 현실에 눈을 뜨게 된다. 그로부터 닥쳐오는 현실은 가히 살인적이다. 확실히 정하지 못했던 몇몇 로케이션 장소로 인한 혼란, 예정보다 한 달 반 앞당겨진 장마, 무장한 신인민군 출현에 가슴 졸임, 매일 새벽 5시 기상과 연일 계속되는 야간 촬영으로 부딪치는 필리핀 스탭과의 갈등 등.

그러나 우리보다 앞선 서구적 시스템에 놀랐던 것도 많다. 어쨌든 이 많은 우여곡절과 난관 속에서 첫 촬영은 무사히 끝난다.

'처음에는 우리가 과연 이 작업을 해낼 수 있을까 그리고 그 끝은 있는 것일까 생각했습니다. 그러나 촬영은 시작됐고 과정마다 수없이 계속되는 회의가 있었지만 우린 해냈습니다. 도와주신 당신들의 신께 감사드립니다.' 필리핀 스탭과 마지막 미팅에서의 인사말이다.

'촬영 55일, 한국 참여인원(연기자 포함) 33명, 현지 연기자 78명, 중국현지 스탭 78명, 단역배우 포함 현지 엑스트라 5천명, 촬영지역 하

얼빈, 상해, 소주, 계림…'

이상과 같은 외형적 사실만으로도 〈여명의 눈동자〉의 중국 촬영은 새로운 기록을 남기기에 충분하다. 그러나 미수교국이며 오랫동안의 적대적 이미지의 중국은 단순한 수치로 설명하기엔 너무나 복잡하고 막연할 뿐이다.

40일간 헌팅을 마친 '장장長征' 팀의 도중하차로 장춘長春영화사와의 접촉이 무위로 끝나고 새로운 라인을 만나기까지 10개월, 우리의 이름이 아닌 홍콩영화사 이름으로나마 촬영하기까지 소요된 1년은 단절의 역사만큼이나 어려운 걸음걸음이었다.

또한 그만큼의 촬영상 어려움은 상상을 초월한 것이다. 한국적인 조급함과 순발력은 낙후된 교통수단과 중국식 생활방식으로 무력하기만 하고, 예상치 못한 문제점들이 언제 어떤 식으로 나타날지 모르는 불안한 상황이었다. 결국은 무엇을 얻느냐가 아닌, 무엇을 버리느냐의 반복되는 선택을 통해 하나의 작품을 만들어간 정신적, 육체적 고통의 연속이었다.

지금 돌이켜보면 지옥훈련을 받고 난 기분이다. 물론 공간적 상황에서 얻어지는 훌륭한 배경, 시간을 갖고 기다리면 어느 시점에선가 각 부분들이 자연스럽게 하나로 모아지는 묘한 시스템을 체득한 것 등은 귀중한 중국에서의 체험이다. 어쨌든 중국 촬영은 그 당시 우리가 이루어야 할 목표 그 자체였으니까.

1991년 3월 11일의 연출일지를 인용해 본다.

'… 12:20, 하얼빈 출발, 베이징 도착은 3시간 20분의 지루한 연착 끝에 저녁 땅거미가 질 무렵이다. 도착한 후 또 다른 장소가 주는 최소한의 호기심마저 상실한 채 뭔지 모르는 막연한 불안감만이 온몸을 지배할 뿐이다. 투지를 불태울 마지막 기력조차 없어진 걸까? 중국은 정말 거대한 적이다. 중국이라는 거대한 바다에 빠져 허우적대는 나 자신의 모습, 누구에게도 구원을 요청할 수도 할 길도 없는, 시간만으로도 해결할 수 없는 절망, 처절한 절망감이 억누를 뿐이다. 신이여! …'

(1991. 3. 11. 베이징 공항에서)

2. 모래시계

- 24부작, SBS 방송 : 1995년 1월 9일~2월 16일
- 송지나 극본, 제작 : SBS프로덕션

70년대 말부터 90년대 초까지 전국을 무대로 하여 한국의 정치, 경제를 지배한 실세들과 조직폭력계에 대항하는 청년검사의 시련, 암흑가의 한 젊음이 헤쳐가는 여정, 그리고 한 여인의 행로를 통해 격동기 사회의 단면을 심도있게 묘파한 작품이다.

'뉴미디어 원년의 해'에 나타난 세기의 명작

1995년은 뉴미디어 시대를 선언하는 원년이다. 케이블 전문 채널이 우후죽순처럼 등장하여 '다매체, 다채널' 사회가 열렸다.

30년 넘는 군부정권의 터널이 끝나고 문민정부를 맞아 다양한 드라마 공급원의 개발과 금기소재에 대한 도전이 나타났다.

전년에 김일성이 사망했다. 성수대교 붕괴에 이어 삼풍백화점이 붕

괴되어 한동안 국민적 멘탈 붕괴가 이어졌다.

공직의 청렴 상을 그린 중국 드라마 '포청천'이 인기를 끌었다. 서민 드라마 〈한지붕 세가족〉이 8년 만에 종영했다. MBC가 시도한 병원 드라마 〈종합병원〉과 스포츠 드라마 〈마지막 승부〉, 러시아 유민사를 다룬 〈까레이스키〉가 주목을 받았다. 새 스타로 심은하, 장동건, 손지창, 신은경, 이종원, 이상아 등이 떠올랐다.

〈여명의 눈동자〉가 MBC에 의한 신생 SBS의 제압용이었다면 〈모래시계〉는 SBS의 약진을 알리는 신호탄이었다. 4년 시차를 두고 두 드라마를 종학이 연출했다는 것은 퍽 의미있는 아이러니다.

신생 SBS는 서울 일원을 방송권역으로 하는 로컬방송이었으며 난시청 지역이 많아 존재감이 덜 한 상태였다. 95년 5월은 부산을 비롯한 광역도시 다섯 곳에 지역 민방이 창립하여 2월에 방송이 끝나버린 〈모래시계〉에 대한 재방송 요구를 한층 높였다. 요컨대 모래시계는 전국방송으로 확산하면서 서울과 지방의 민방 여섯 곳을 도약시키는 디딤돌이 되었다.

주 4회 연속하는 전례 없는 대형편성(월~목)으로 집중도와 몰입도를 높여, 평균 45.3%라는 놀라운 시청률을 기록했고, 수도권 시청자들의 귀가시간을 앞당겨 모래시계 신드롬을 일으켰다

종학은 시청자를 당기는 세 가지 요소를 들추었다.

시대적 배경이 7·80년대인 까닭에 시청자들이 누구나 경험한 시기

여서 피부로 느낄 수 있는 점, 민주화 운동처럼 그동안 TV에서 다루기 꺼려했던 소재를 여과없이 다루고 있기 때문 시청자들이 공감할 수 있는 부분이 많은 점, 그리고 당시의 사회문제에 뿌리를 둬 상대적으로 흥미를 끌 만한 볼거리가 많이 깔려있다는 점이었다.

(동아일보 1995.1.22)

전 24부 패키지로 출시되어 본방 후에도 국내외 비디오 시청이 급증했다. OST의 테마 음악과 함께 드라마 판권개념을 새롭게 확장했다.

2011년 SBS 창사 20주년 맞아 시청자(2천 명)의 '가장 보고싶은 SBS 드라마' 조사에서 1위를 차지했다.(2위 청춘의 덫, 3위 천국의 계단)

김종학의 사후, 화제와 이슈를 부각하여 드라마 전문 채널인 SBS 플러스에서 모래시계 스페셜 방송과 함께 전량 앙코르 방송했다.

1995년 백상예술대상에서 TV부문 대상을 비롯, 연출상(김종학), 극본상(송지나), 연기상(최민수), 신인상(이정재)을 수상했다.

〈모래시계〉는 〈여명의 눈동자〉와 더불어 '드라마 클래식'에 해당한다. 높은 평가를 받는 데에 시간 구애를 받지 않는 항구성을 지녀서다. 한 시대를 풍미하는 동시적同時的인 현대 드라마는 다수 있었지만, 두 작품은 시대를 초월해서 기억되는 통시적通時的인 작품, 즉 고전이 되어가고 있다.

'좌절, 방황, 고뇌'에 찬 386세대의 청춘상

"〈도입부〉–조폭과 검사로 갈라선 죽마고우"

전학생 태수(김정현)는 통과의례를 강요하는 센 놈들을 차례로 제압하고 타교생들과도 맞장을 떠 싸움꾼으로서 불패의 존재를 떨친다.

모범생 짝꿍 우석(홍경인)의 도움을 받아 육군사관학교에 지원하지만 아버지의 좌익전력이 드러나 낙방한다. 요정 마담으로 태수 하나를 보고 사는 어머니(김영애)는 괴롭고 외로운 삶을 이기지 못해 반지 하나를 남기고 세상을 뜬다. '공부냐, 싸움질이냐'의 선택도 끝났다. 태수가 믿는 것은 오직 하나 자신의 주먹뿐이었다.

'넌 대학 가, 난 안 가'

그래서 우석은 대학생으로, 태수는 어둠의 길로…, 그렇게 갈라선다.

우석 아버지(김인문)는 물려받은 땅을 지키려다가 개발정책의 방해꾼으로 몰리고, 협동조합의 함정에 걸려 비료 도둑의 누명을 쓰고 고향을 뜬다. 잘못된 세상 바로잡는 한풀이는 오로지 아들을 법대에 보내는 것뿐이다.

1972년, 캠퍼스는 박정희 정권의 유신철폐를 주장한 데모대와 체루탄 연기로 자욱하다. 우석(박상원)은 교정에서 경찰에 쫓기는 운동권 학생 혜린(고현정)을 구한다. 그녀는 수배되어 도피 길에 우석의 하숙집으로 숨어든다. 둘은 자연스레 친구가 되었고 애정을 쌓아간다. 그리고 죽마고우 태수(최민수)가 찾아오면서 셋은 한 방에서 소주잔을 마주한다.

혜린의 아버지 윤 회장(박근형)은 카지노 대부로 정보기관과 결탁하여 정치자금을 대고 야심을 키운다. 그는 라이벌들을 비정한 방법으로 쓰러뜨린다. 어린 혜린이 납치당해도 딸의 목숨보다 돈을 더 중히 여기는 야멸찬 모습을 보인다. 그 충격으로 아내는 쓰러져 숨을 거둔다. 납치된 혜린을 구한 것은 조직을 배신한 재희(이정재)였고 그 대가로 혜린의 보디가드가 되어 목숨 걸고 본분을 다한다.

혜린의 아버지에 대한 증오와 원망은 깊어간다. 정보부 장도식(남성훈)은 윤 회장에 데모꾼인 딸 관리를 채근한다. 아버지의 분노는 혜린의 가출을 재촉하고 결국 우석의 자췻집 옆방에 기거하게 된다.

태수는 박성범(이희도)의 부하가 되어 건달패에서 상당한 지위와 신뢰를 확보한다. 고향 동료 이종도(정성모)의 꾐에 빠져 라이벌 노주명 일파를 흉기로 제압하려다 성범에게 죽도록 얻어맞는다. 그는 주먹세계에서 동업자끼리 지켜야 하는 최소한의 질서와 윤리를 강조한다. 그렇지 않으면 한낱 양아치로 전락한다는 것이다.

"〈발전부〉-5 · 18 전야, 계엄군과 시민군으로 마주친 두 사람"

사법시험을 치던 날, 우석은 태수를 잡으러 온 형사들을 온몸으로 저지한다. 위기는 모면했지만 시간에 늦어 시험에 낙방한다. 별수 없이 귀향하여 군에 입대하고 광주항쟁에 투입될 공수부대로 전입한다.

노동환경 개선과 밀린 임금 지불을 내걸고 야당 당사에서 데모를 벌인 YH여공들에 태수 일행이 닥친다. 해산작전에 깡패 동원령을 받은 것이다. 아수라장에서 태수는 여공 편이 된 혜린을 발견하고 가까스로 현장을 탈출시킨다. 두 사람은 서로 놀라움과 실망감을 금치 못한다.

1980년 5월, 태수는 주먹세계를 청산한 부하 진수(이희성)의 초대로 광주로 내려간다. 계엄군의 몽매한 수색작전이 시작되고 무고한 시민들이 속속 연행되는 것을 목격한다. 이윽고 도시항전과 투석전이 벌어지고 주요시설이 불탄다. 진수, 명수 형제의 시민군 가입과 태수의 합류로 피투성이가 된 금남로 현장은 긴장이 고조된다. 결국 공수부대와 시민군과의 야간전투 와중에 우석은 태수를 조준한 마 중사(조형기)의 총부리를 밀어제친다. 비극은 도청을 사수한 명수의 죽음으로 한 층을 더한다. 형제의 어머니 양산댁(김을동)은 이 참혹한 사실을 세상에 알릴 것을 간곡히 부탁한다.

한편 시골 항구에서 은신한 혜린은 정신이상이 된 여공의 신고로 경찰에 체포된다. 운동권 계보를 밝히라는 강요에 배신자가 되어 풀려나고 동료들이 잡혀오는 것까지 목격한다. 혜린은 자폐증에 거식증으로 폐인 직전까지 이르나 재희의 지순한 보살핌으로 정상을 회복한다. 성범에게 소외된 종도 역시 배신자가 된다. 성범은 낚시터에서 잡혀가 모진 물고문을 받는다.

전두환 정부(5공)가 출범한다. 혜린은 동료들의 싸늘한 시선을 뒤로하고 휴학한다. 자책감, 자학증에 헤어나지 못해 혼술로 폭음하다가 태수의 도움으로 구제된다. 이를 계기로 두 사람은 바이크를 타고 거리를 누빌 만큼 가까워진다. 혜린은 홀로서기를 결심하고 취업한다. 태수는 어머니에 받은 반지를 혜린에 끼워준다. 결혼 허가를 받으려고 윤 회장에 나타난 두 사람에 다시 분노가 폭발한다. 이윽고 태수는 정체 모를 괴한들에 잡혀 삼청교육대에 강제 수용된다.

"〈갈등부〉–운동권 혜린, 카지노 대부의 후계자가 되다"

'인간 개조장….' 삼청교육대에서 태수는 삭발당한 후 모진 강압훈련을 견딘다. 라이벌 노주명(현길수)과 부하 정인재(송금식)도 끌려온다. 노주명은 개(犬)가 되는 수모를 당한다. 태수의 동료애는 교관들의 뭇매를 자초하고 독방신세가 된다. 혜린은 아버지에 차용증을 쓰고 3백만원을 빌린다. 이 돈으로 태수를 빼낼 요량이다. 우석은 마 중사를 통해 편법으로 출소 가능성을 타진한다.

그사이 세 사람은 심야의 탈출을 결행하지만 인재는 철조망 부근서 사살되고 둘은 빠져나간다. 화물열차에서 몸을 실은 노주명은 수치심과 절망감을 이기지 못하고 밖으로 몸을 던지고 태수는 군 순찰대에 체포된다.

전역 후 귀향한 우석은 사법고시를 포기하려다 아버지와 동생에 호된 지청구를 듣는다. 계엄군으로서 사람을 죽이고 뇌물을 건넨 자괴감 때문이다. 아버지의 임종 후 상경하여 조용한 하숙집에서 시험에 몰두한다. 하숙집 딸 선영(조민수)의 관심이 각별해진다. 종도는 윤 회장 카지노의 영업부장을 거쳐 승승장구한다.

태수는 방면되어 세력을 재규합하고 우석은 사시에 합격한다. 혜린은 능숙한 카지노 딜러로 거듭나면서 속임수를 쓰는 외국손님을 적발할 만큼 노련해졌다. 고객들의 대화를 엿듣고 주식에도 투자한다.

태수는 교육대 징용이 윤 회장과 종도의 짓임을 알게 된다. 혜린을 만나서 사랑을 확인하지만 혜린은 반지를 돌려주고 떠난다. 노주명의 장례식에서 정인영(손현주)을 비롯한 부하들은 태수의 휘하에 들 것을 자청한다. 우석은 태수의 장래를 걱정하면서 새 출발을 종용한다.

'네가 말하는 옳고 그름의 기준이 뭐야?'

태수는 초지일관 자기 길을 가겠다고 완강히 버틴다. 그리고 야당 지구당 창당을 차례로 방해한다. 우석의 첫발은 순탄치 못하다. 검사장(조경환), 지검장(박영지) 등 상사들의 존재가 만만치 않다.

장도식은 거물이 된 윤 회장의 용도폐기를 암시한다. 이윽고 윤 회장의 대항마로 박승철 회장(김진해)이 등장하고 태수를 끌어들인다. 정리대상이 된 윤 회장, 태수는 종도를 윽박질러 전 사업체를 탈취하려 한다.

지리산 종합 레져타운 프로젝트는 윤 회장에서 박 회장으로 넘어간다. 밀려난 윤 회장은 그동안 상납한 고위층 명단(블랙리스트)의 폭로를 빌미로 정보부 강 실장(김병기)과 흥정을 건다. 스위스에 예치된 '큰 어른'의 구좌도 말소하겠다는 으름장을 놓다가 오히려 역습에 말린다.

지리산 현장 답사를 마친 박 회장은 귀경길에 뜻밖의 죽음을 당한다. 종도가 연출한 위장된 교통사고였다. 사건을 맡은 우석은 청부살인으로 결론짓고 범인의 자백을 받아 윤 회장을 소환하기로 한다.

"〈위기부〉-각각 적이 되어 제 갈 길 가는 세 사람"

우석과의 옛정을 상기하면서 혜린은 아버지의 선처를 부탁하지만 대답은 칼처럼 차갑다. 그와 오랜만의 만남도 서먹해진다.

태수는 종도를 압박하여 혜린을 건드리지 말라고 경고한다. 윤 회장은 주주총회에서 혜린을 소개하고 자신의 후계자임을 시사한다. 혜린은 아버지에 읍소한다. 모든 돈 다 버리고 식구끼리 조용히 편히 살자고….

'안 돼, 돈은 자식 같은 거야, 내가 낳고 내가 키워왔어.'

윤 회장은 강 실장과 최후의 담판을 건다. 블랙리스트에 관심 갖는 사람이 너무 많다는 협박과 함께 15살부터 좌판 장사로 시작하여 미군부대 물건을 빼돌려 피눈물 난 돈을 벌어왔다고 설파한다. 그러나 한방에 거부당한다. 윤 회장은 기자회견을 열고 폭로전을 계획하지만 취재 방해에 걸려 텅 빈 회견장의 충격 속에서 심장마비로 쓰러진다.

카지노장에 들이닥친 압수수색과 세무조사에 혜린은 아연하다. 아버지 장례식에 나타난 태수와 장 부장에게 증오만 더 한다. 그녀는 본격적으로 가업을 일으킬 결심을 굳힌다.

우석은 담당 사건이 특수부로 이첩되자 사표를 낸다. 당초 그렇게 이용만 당하는 시나리오였다. 카지노 주총에서 만장일치로 선출된 새 경영자는 혜린 아닌 태수였다. 혜린은 정면대결을 선언하고 블랙리스트를 찾아오는 데, 미행한 종도 일당에 탈취당하고 다시 장도식에 전달된다. 부장 검사는 여전히 종도 편을 들고 있는 낌새다.

당초 우석을 연모해 온 신문기자 영진(이승연)은 노골적인 고백을 해

보지만 한마디로 거절당한다. 종도는 광주에 돌아와 건설 폭력계를 장악하고 여론은 규합하며 세력을 키운다. 우석은 부친상을 당한 선영에게 청혼하고 마침내 결혼에 성공한다.

'상식대로 사세요, 생각기보다 어려울 거요, 서로 격려하세요.'

검사장(조경환)의 주례사를 뒤로하고 태수는 그들의 행복을 빈다.

혜린은 뒤집기에 성공한다. 우호 주주인 해암(전운)이 그의 지분 10%를 혜린에 지원함으로써 과반을 넘어선 것이다. 새 경영자로 탄생한 혜린에게 찾아온 시련은 규칙위반에 따른 영업정지 처분이었다. 장 부장은 뜻을 따라 주지 않은 혜린을 철저히 파멸시킬 것은 태수에게 지시한다. 일주일 후면 파산될 위기에 봉착한다. 나타난 태수는 이미 혜린의 적이었다.

'그쪽이 이겼어요, 축하해요.'

혜린은 폭음을 하면서 태수를 힐난한다.

'복수가 아니야, 널 갖기 위해서야, 이렇게 하면 널 가질 줄 알았어!'

뜻밖에 들려온 태수의 격한 반응이었다.

광주로 전출된 우석에게 든든한 동지가 가세한다. 베테랑 장 형사(장항선), 백곰 백 형사(이두일), 의리파 조 순경(김보성)이었다.

"〈반전부〉–뇌물 상납 '블랙리스트'의 공방으로 급전"

태수는 카지노와 호텔, 나이트클럽의 사업권 등 재산을 부하들에 양도한다. 그리고 남은 돈으로 혜린을 비밀리에 도울 심산이다.

광주에서 우석과 종도는 다시 부딪친다. 언론은 물론, 이곳 법조계 고위층까지 끌어들인 종도, 우석이 넘어야 할 벽은 너무 높다. 그러나 그 유착관계와 건설업계의 담합 부조리를 정면에서 돌파하기로 한다.

혜린은 다시 해암의 도움을 받아 부도직전의 회사를 구하고 영업정지를 풀기 위해 태수와 담판을 벌인다. '전부냐 전무냐'의 선택기로에서 태수는 말없이 혜린의 제안을 받아들인다. 그것은 강 실장과의 대화를 유도하여 육성을 녹취하는 작업이다. 밖에서 대기한 차내에서 재희가 녹음기를 작동하고 강 실장과 장 부장에게 스위스 은행 돈 다 주겠다고 말문을 튼 혜린은 태수와 결혼도 하겠다고 호언한다.

'이제 와서 왜 항복하지? 자네가 정치를 뭘 알아? 기업에 애국자금 내놓으라고 했을 뿐이야, 저 여자 카지노장 전부 몰수해.'

녹취 증거로 함정에 걸려든 강 실장은 아연하다. 이제 피차간의 절벽 승부다. 태수는 야당 대회 방해죄로 외국에 피신하려다 체포된다. 우석은 태수 면회를 통해 진실을 알게 된다. 지검장은 우석을 달래지만 듣지 않는다. 종도 일당은 우석의 집을 찾아가 뇌물공세로 회유하지만 선영에게 통할 리가 없다. 선영은 납치된다. 조 순경이 이들을 추적하여 우여곡절 끝에 구출한다.

'난 4·19 세대야, 난 변절자야, 행동이 결여된 지성은 옳지 않아, 지난 20년 내 나름대로 행동해왔어.'

장 부장은 혜린에 자기 속내를 비친다. 뒤늦게 태수의 헌신적인 사랑을 깨달은 혜린은 블랙리스트를 미끼로 태수를 빼내려 하지만 장 부장은 오히려 종도를 이용, 혜린을 제거하려 한다. 더 이상 방치할 수 없다고 판단한 우석은 종도를 긴급 구속하나, 종도를 감싸고도는 상사들은 또 하나의 적이었다. 우석은 언제든지 법복을 벗을 각오다.

태수 감방에 들어온 부하는 뜻밖에 정근(정명환)이었다. 형님과 언제 어디서든 함께 하겠다는 단심이다. 우석을 찾아온 혜린은 종도와 맞대면을 청하고 블랙리스트 복사본의 행방을 채근한다. 신상의 불리를 느낀 종도는 고개를 떨구고 리스트는 혜린의 손에 다시 들어온다. 그리고 우석에 전달된다.

종도는 예정대로 보석으로 풀려나지만 장 부장은 리스트 행방을 알고 대노한다. 태수는 부하들의 도움으로 호송버스에서 바이크로 탈출하여 종도를 향해 질주한다. 혜린은 재희에 제주도의 땅을 양도하며 이별을 고한다. 긴 세월 자신을 지켜준 고마운 뜻이 담긴 보상이었다. 그러나 종도 일당이 혜린을 납치할 것을 예감하고 공항에서 발길을 급히 돌린다. 어두운 창고 속에서 일전이 벌어지고 집단 린치를 혼자 감당하지 못해 쓰러진 재희에 종도의 일격이 가해진다. 피투성이로 구급차에 실린 재희는 혜린의 몸부림 속에서 눈을 감는다.

"〈종결부〉–죽음과 속죄로서 말하는 진실 그리고 미래"

우석은 결자해지를 위해 다시 서울로 파견된다. 윤 회장과 태수의 전비를 조사하여 매듭을 지어야 한다. 임신 3개월의 선영이 위로의 시선을 보낸다. 장 부장은 강 실장에게 책임 추궁을 당한 끝에 혜린을 납치한다. 남산 길에서 바이크를 탄 태수가 이를 저지하고 한바탕의 격투 끝에 혜린을 구출한다. 둘은 별장에서 마지막 밤을 아쉬워한다. 태수는 해외 탈출을 꾀하는 종도를 추격하여 부두와 페리호 선내에서 긴 공방전 끝에 그의 숨통을 끊는다. 그리고 경찰차에 몸을 싣는다.

우석은 돌연 정보부로 연행된다. 담당 검사의 비행을 밝혀 수사차질을 노리는 맞불 전략이다. 학창시절부터 모든 행적에 흠잡을 것이 없다.

'카지노 대부의 비밀장부 수사 중, 검사 실종'

이는 영진이 특종기사로 내건 머리 제목이었다. 그러나 데스크에 의해 전면 취하된다. 그녀는 이를 시민일보에 제보하고 이튿날 가판을 통해 배포되어 세상을 떠들썩케 한다. 정보부도 난리가 났다. 덕분에 풀려난 우석의 공세가 가속되고 강 실장은 구속된다.

'난 국가를 위해 헌신했다. 이건 정치 음모다, 난 희생양이다. 언젠가는 내 충정을 알아줄 것이다.'

재판장 내 강 실장은 당당한 척했지만 4년 실형을 면치 못한다. 증인석의 장 부장도 고개를 떨군다.

우석은 태수 사건에서 손을 빼려고 했지만 검사장은 그의 나약함을 단호히 질타한다. 태수도 다른 사람이 아닌 우석이 맡아줄 것을 간청한다. 노태우 정부(6공)가 출범한다.

혜린이 모래시계를 다시 놓는다. 가느다랗게 내려가는 하얀 모래알갱이, 이윽고 태수에 사형을 구형하는 우석의 목소리가 떨리고 손길도 멈춘다. 형장으로 끌려나가며 자꾸 돌아보는 태수의 눈길에 날아가는 새 떼만 무심하다.

'나 떨고 있니? 내가 겁날까 봐 그게 겁나.'

태수의 마지막 멘트였다. 어둠 내린 지리산, 태수의 유골을 날리는 혜린과 우석이 희미하게 보인다.

몇 가지 관전 포인트

〈모래시계〉는 크게 보아 다섯 그룹 간의 혼전이 주축을 이룬다.

1. 최민수, 이희도, 정성모가 주축이 된 조직 폭력계 : 사사건건 완력과 폭력으로 타개한다.

2. 박상원, 조경환, 장항선을 중심한 검찰계 : 공권력의 정점에서 수사권, 고소권을 발동한다.

3. 고현정, 박근형, 김진해를 중심한 카지노 재벌계 : 그것은 금력과 재력을 상징한다.

4. 김병기와 남성훈이 속한 국가 정보계 : 권력의 화신이다. 공작과 사찰 등 월권을 행한다.

5. 광주항쟁과 삼청교육대의 진압군^群 : 무력과 병력을 발동한다.

스토리보드는 권력과 완력, 공권과 재력, 그리고 무력 이 다섯 군^群들의 합종연횡과 이합집산이다. 서로 불편한 관계지만 때로는 필요악이다. 그들 간에 유착과 결탁, 회유와 협박, 방해와 견제, 그리고 배신과 제거가 서로 교착한다.

언필칭 마피아(조폭)의 불법, 금피아(카지노 재벌)의 범법, 관피아(공권력)의 편법, 검피아(검찰계)의 탈법, 군피아(군부)의 초법 행위가 난마처럼 얽힌다. 다섯은 모두 둘째가라면 서러울 갑^甲들이다. 엘리트 갑들의 게임, 혹은 수퍼 갑이 되려고 기를 쓰는 전쟁이다. 이들은 우리 현대사를 지배해온 파워 집단이지만 위법사례는 법치사회가 무색할 정도다. 무소불위의 카르텔이 무너지고 그들만의 리그가 시작된다.

종학이 제시한 관전 포인트는 리그전을 통해 게임의 진상을 고발하는 데에 있다. 그리고 힘의 방정식을 통해 우리 사회현실의 이면을 직시하고 인간관계를 성찰하는 데에 있다.

강적끼리의 대결 결과는 승자가 없고 종결도 없다.

조폭은 상실감만 남았다. 카지노는 타격을 받았다. 정보부는 응징을 당했다. 검찰은 상처를 입었다. 군부는 모르쇠로 발뺌하고 있다.

이 게임은 일단락만 있을 뿐 여전히 계속 중이다. 픽션에 그치지 않는 현실과의 호환성이 매우 커서다. 실제로 그들의 힘은 소멸되지 않고 보다 지능적이고 보다 정교하게 강화되고 있는 중이다.

삼강오륜三綱五倫과 캐릭터 관계성

드라마에 설정된 캐릭터와 인간관계의 해법을 곰곰이 뜯어보면 삼강오륜이란 벼리가 드러난다. 이 유교정신은 빛바랜 옛 가치관이 아니다. 종학에겐 매우 유효한 원리며 '여명의 눈동자' 등 여타 작품에도 이 강목을 차용하고 있다.

주인공 우석, 태수, 혜린은 당초부터 부자유친父子有親의 틀 속에 내림해 있다. 세 아버지는 한결같은 가부장권으로 자식의 운명을 가름한다. 태수의 경우, 죽은 아버지의 과거가 산 아들의 미래를 결정한다.

군신유의君臣有義는 등장인물의 의식을 철저히 지배하고 있다.

조폭, 정보기관, 군, 카지노 계에서 가정에 이르기까지 각 보스들은 모두 맹주의 권위로 군림한다. 상하 간, 선후배 사이의 의리와 상명하복도 완연하다. 정연한 위계질서, 태수의 통 큰 리더십, 혜린의 변신, 재희의 순애보는 여기서 나온 결실이다. 거기에 동전의 앞뒤 같은 덕목이 장유유서長幼有序다. 오늘날로 치면 연공서열年功序列에 해당한다. 우석의 상사에 대한 항명, 종도의 배신은 이의 역행에서 비롯한다.

붕우유신朋友有信은 바로 이 드라마의 테마로서 우석과 태수의 우정으로 완성된다. 죽마고우의 힘은 삼청교육대와 광주항쟁에서 구명에 성공하지만 사회정의를 가름하는 법정에서는 무기력해진다.

부부유별夫婦有別은 무릇 남녀관계로 우석과 선영의 가정생활, 태수와 혜린의 동반관계에서 잘 나타난다. 서로를 존중하고 신뢰하되 결코 방탕하거나 혼잡하지 않는다. 종학의 연애감정은 몹시 절제되어 있다.

다섯 항목은 인륜의 기본적이고 포괄적인 도리를 명시하고 있지만 종학은 그 도그마에 맹종하는 것만은 아니다. 오히려 그 위기와 붕괴를 통해 캐릭터의 갈등을 조장하고 스토리 전개를 결속해간다.

오늘날 오륜의 해법은 역동적으로 변하고 있다. 양성평등과 개인존중의 현대사회에서는 정면으로 충돌하거나 엇박자를 내는 측면도 갖는다. 종학의 드라마는 바로 이런 충돌과 틈새를 보고 있는 것이다.

헤르만 헤세의 두 캐릭터와 유사 구조

2017년 3월 10일, 절두산 순교성지에서 전 SBS 윤혁기(가브리엘) 사장의 1주기 추도식이 열렸다. 〈모래시계〉를 방송했던 당시 SBS 사장이었다.(1994~1998)

미사를 주도한 김남철 신부는 비디오 전량을 시청한 뒤 매우 감명을 받은 듯했다. 그는 우석과 태수의 우정을 헤르만 헤세의 '지와 사랑'에 등장한 주인공 나르치스와 골드문트와 비유했다.

독실한 신앙심을 통해 완전한 삶을 구현하려는 나르치스, 그는 냉정한 이성으로서 평화와 안식을 구현하는 타입이다. 반면 아티스트 기질을 가진 골드문트는 방랑과 충돌을 통해서 삶을 시험하는 자유분방한 타입이다. 그의 영혼은 자유로운 감성 속에서 발동한다.

'… 친구여, 우리 둘은 해와 달이며 바다와 육지라네, 우리의 목표는 서로 결합하는 것이 아니라 서로 다름을 인식하고 서로를 존중하는 것을 배우는 데서 시작되지 않을까.'

둘은 현실이든 작품 속이든 대저 서로 상반되는 개성으로 나눌 수 있는 인간형이다. 각자의 가치를 강요하거나 무시하면 서로 충돌하고 때로는 적대관계가 된다. 그러나 인간은 나르치스와 골드문트의 속성을 다 갖으며 그것이 조화를 이룰 때 삶은 유연하고 풍요로워진다. 삶이란 이분법적인 선택이라기보다는 통합과 포용의 연속이기 때문이다.

사형대에 오르기까지 자신을 고집한 태수와 이를 수용한 우석, 헤세의 그것처럼 2원적인 사상을 대변하는 주인공들은 현실과 이상, 생과 사에 대한 자아를 각자 삶의 방식을 통해 실현해 간다.

〈모래시계〉에 대한 김 신부의 관점은 종교적 차원을 초월한 이른바 내재적 접근으로서 휴머니즘이다. 그리고 헤세처럼 주요 캐릭터끼리 상대방을 인정하는 똘레랑스 정신을 강조한 것이다.

작품성, 흥행성 겸비, 드라마 새 패러다임

무엇보다도 '프리랜서 PD의 첫 흥행작', '프로덕션 시스템의 장점을 최대로 발휘한 작품'이란 점에서 주목을 끌었다. 뉴 미디어 시대를 맞아 향후 PD의 홀로서기, 그리고 독립 프로덕션의 활성화에 단초가 되었기 때문이다.

둘째, 드라마 연출자들은 '제작 방법과 제작 관행을 바꾸자.'는 한결같은 목소리를 냈다. 모래시계는 내용, 소재뿐만 아니라 제작 형태에서도 관행 파괴의 모델이 되었다. 연속극 6편을 하루에 녹화하고 60분 드라마 2편의 야외촬영도 하루에 감수해야 하는 현실을 타박했다. 폭력 묘사의 기준과 한계에 대한 고민도 가중되었다.(문화일보 1995.2.7)

완성도는 시간투자로 넉넉한 사전제작에서 보장되며, 고품질과 고투자는 비례 관계라는 결과론에 동의했다. 또한 '시청률과 작품성은 반비례 한다'고 치부해온 지배 정서를 뒤집었다. 두 요소는 비례할 수 있다는 가능성을 본 것이다.

셋째, 대작^{大作}화, 대형화 추세가 가속되어 드라마 형태가 양극화되는 것을 우려했다. 작품성과 흥행성 등 드라마에 너무 많은 것을 요구하는 향후 기대는 결코 '꽃길'이 될 수 없었다. 일상성보다는 극성^{劇性}, 대사 위주에서 영상위주로 변해야 하는 계기도 부담스러웠다.

'… 고증은 열심히 했지만 현실에 대한 이해는 부족했다. 결국 핵심은 암흑가의 카지노, 정치깡패의 폭력성을 치밀한 계산과 고도의 테크닉으로 구사한 멜로극이다. 한마디로 상업방송의 승리다.'

이런저런 혹평에도 불구하고 드라마 수준을 한 단계 높인 점을 인정했다. 마마보이나 유약한 남자들만 들끓은 드라마에 모처럼 새로운 남성상을 세워보았다. 최종회에서 연출가들을 긴장시켰다. 부장검사 구속 부분이 10여 분 삭제된 것은 '외압'을 암시하는 석연치 않은 일이었다.

그러나 '모든 드라마를 모래시계처럼 만들 수 없지만 그래서도 안 된다.'는 데서 드라마 PD들의 고민도 드러났다.

한류 수출과 마케팅의 '큰 손'

TV사상 가장 돈을 많이 번 점이 주목거리였다.

편당 제작비는 1억5천이 아닌 8천만 원 전후였다. 광고료 15초당 444만 원, 24개 완판, 광고수입 25억, 협찬으로 전체 제작비의 30% 확보, 지상파 방송만으로 제작비를 너끈히 건지고 나머지 판매는 순수익을 배가한 점도 가성비 측면에 대단한 성과였다.

드라마 콘텐츠에 대한 새로운 패러다임과 외연 확장이 주목되었다. 즉 드라마는 〈내수용, 단회용〉이라는 패턴에서 〈수출용, 패키지용〉으로서 전환이며 이는 곧 주제와 내용의 글로벌화를 촉구하는 것이다.

일찍이 한류 단초를 목격했다. 1회용 프로그램에서 다회용 콘텐츠로서 '원소스 멀티유즈'의 개념을 모처럼 실감케 했다.

드라마는 전년도 MBC 히트작 〈사랑이 뭐길래〉가 중국에 처음 수출되었는데 편당 1천 불 정도에 머물렀다. 그러나 미, 러. 홍콩 등을 상대로 5만 불에서 최고 20만 불을 호가하는 수직상승을 보인 것은 망 외의 수확이었다. 종학은 '당초 국제시장의 입맛을 염두에 둔 보편적인 얼개와 영상구성을 의도했다'고 밝혔다. (홍콩 TV B, 스타TV, 20~25만 불, 러시아 오스탄키노TV 5~10만 불, 미국 전국케이블 TV CTI, 일본 NTV에 계약추진 등)

이는 2000년대 들어 일으킨 한류 붐을 일찌감치 실증한 것이다. 그뿐만이 아니었다. 드라마의 다변화된 마케팅이 주목되었다. 25만 장 이상 나간 음반판매, 비디오 판권, CD롬 등의 현금수입은 드라마의 부가가치를 증명하는 중요한 아이콘이 되었다. 일석다조一石多鳥, '드라마로 큰 돈벌이'를 웅변한 것이다.

'… 〈여명의 눈동자〉는 우리 드라마의 격과 수준을 일거에 높인 명작이었다. 이같은 PD는 당대에서 두 번 나오기 어렵다. 〈모래시계〉처럼 드라마의 '현대화, 세계화, 고급화'를 통해서 실질적으로 한류를 견인한 공로자는 김종학이었다.'

이종수(전 SBS 제작본부 드라마총괄 이사)는 이렇게 회고한다.

드라마 대 영화비평가의 눈

"우리 자화상 그리기에 성공한 드라마 "

정중헌 (조선일보 문화2부장)

드라마의 선풍은 美 ABC가 76~77시즌에 방영한 미니시리즈 〈뿌리〉 때의 상황과 흡사하다. 당시 실무자 프레드 실버만은 12주로 나눠 방송할 예정이던 주간시리즈 〈뿌리〉를 8회 연속 편성하여 상업적인 성공뿐만 아니라 작품성도 평가받았다.

〈모래시계〉 역시 24부작을 주 4회씩 집중편성, 첫 주부터 폭발적인 시청률을 기록하며 화제를 모았다. 우리 이야기란 점에서 〈뿌리〉보다 공감 폭이 더 넓다.

그동안의 대하극 대부분이 원작을 소재로 한 것과 달리, 작가 송지나는 유신과 5공의 암울했던 한 시대를 살아간 군상들의 얘기를 오리지널로 써내는 저력을 보였다. 빤히 보고 겪으면서도 말하지 못했던 가까운 시절의 이면들을 대담하게 파헤쳤고 박진감 넘치는 전개와 유려한 영상으로 펼쳐낸 김종학의 연출 솜씨는 확실히 독보적이다.

한마디로 작가의 저항주의와 연출자의 폭력 미학으로 빚어낸 70년대의 우리들의 자화상이다. 두 콤비는 군사정권의 후유증에 포커스를 맞춰, 한 시대가 인간의 행로에 어떤 굴곡과 명암을 남겼는지 드라마 형식을 통해 그려내고 있다. 더불어 시청률을 철저히 의식, 중장년층에는 동시대의 정서를 자극시키고, 젊은 층에는 절제된 대사와 스피디한 영상적 볼거리로 도전하는 철저한 흥행성까지 노리고 있다.

그러나 유신과 광주항쟁으로 이어지는 역사의 진실들을 형평있게 그려낼 수 있느냐에 대한 의구심이 뒤따른다. 언젠가 반드시 문학이나 예술로 다뤄져야 할 소재지만, 아직은 좀 빠르다는 생각 때문이다.

특히 매회 보여지는 폭력들을 시대라는 이름으로 정당화시키려는 위험요소도 안고 있다. 간간이 이들 콤비의 전작인 〈여명의 눈동자〉와 유사한 분위기를 형성한다는 점이 눈에 띤다. 카메라 움직임, 주제음악에서 그럴 뿐 아니라 연기자 역시 당시와 겹침으로써 앙상블은 나아졌지만 신선미는 감소시키고 있다.

대사 없이 음악으로 처리된 영상이 주는 시공의 설득력, 강약으로 대비시킨 연출효과, 전편에 깔리는 페이소스는 시청자의 가슴을 아리게 한다. 여기에 소년기의 태수 역을 맡은 김정현의 드라이하면서도 우수 어린 표정연기가 인상적이고, 성인 최민수가 보여주는 몰입연기는 이 드라마에 생기를 불어넣어 줄 만큼 일품이다.

김영애(어머니)와 김정현의 강둑 정경, 박상원과 최민수의 병원 앞 대화, 빨래하는 고현정을 바라보는 최민수의 연기들은 뇌리에 박힐 만한 명장면들이다. 리얼한 얘기에 리얼한 연기가 〈모래시계〉의 장점이다.

(조선일보 1995.1.17)

"영상미학의 성과와 한계, 상업영화 공식 충실히 답습"

김영진 (영화평론가)

과도한 폭력을 안방에 노출한 비판, 그리고 역사적 사실을 멜로드라마의 틀 안에서 희석시킨 비난을 면키 어렵다. '여명의 눈동자' 처럼 인물의 삼각구도를 축으로 역사의 장을 통과해가는 장치가 비슷하다.

그럼에도 한드의 수준을 한 단계 격상했다. 영화기법을 TV드라마에 도입하여 역동적이고 깊이 있는 영상을 이끌었다.

그러나 영화적 기법은 끊임없이 움직이는 촬영기나 빠른 편집호흡만으로 보증되지 않는다. 여기서 즐겨 시도한 영상기법은 역동적인 만큼이나 혼란스럽고 세련된 만큼 독창적이지는 않다. 몇몇 핵심되는 장면들은 원전을 갖고 있다.

마지막 숨을 거둔 순간까지 혜린을 찾는 재희의 시점에서 화면이 점점 흐려지다 결국 암흑으로 끝나는 장면은 할리우드 영화 '로보캅' 의 주인공 머피가 죽는 모습과 빼닮았다.

태수가 교수형 당하는 장면은 프랑스 영화 '암흑가의 두 사람' 을 연상시킨다.

스타카토식으로 짧고 빠르게 끊어낸 폭력장면은 '영웅본색' 으로 유명한 우위썬吳宇森의 전매특허로 할리우드에서조차 모방하고 있는 홍콩 느와르의 고전적 수법이다.

그러나 문제는 이 드라마의 박진감을 살려주는 영상기법이 독창적인

가 또는 그렇지 않은가에 있는 것은 아니다. 기존의 드라마에서 보지 못한 세련된 영상기법이 곧 작품의 완성도까지 보장하는 것처럼 평가하는 성급한 시각이 문제다. 그런 평가는 이 드라마에 대한 상투적인 도덕적 비난만큼이나 안이한 것이다.

'모래시계'를 보고 한 편의 영화를 보는 것 같이 느낀 시청자들의 감각은, 잘못된 것은 아니지만 정확하지는 않다. 엄밀히 말해서 모래시계 성공은 영화적 기법을 도입한 덕택이 아니라 시청자에 익숙한 비디오의 매체 특성을 최대한 활용했기 때문이다. 일테면 NHK의 광주항쟁 기록 화면이나 대통령선거 유세 화면을 끼워 넣는 다큐기법은 영화보다 해상력이 훨씬 떨어지는 비디오 매체의 단점 때문에 오히려 현실감을 높여주는 효과를 거두었다.

등장인물의 파란만장한 운명이 그토록 감동적으로 다가온 까닭은 곧 인물의 감정과 심리에 이야기를 종속시키고 맥락은 희석시키는 상업영화의 공식을 충실히 따른 결과다. 그 결과 성공적이었다고 평가될 수 있었지만 결코 완벽한 모범은 될 수 없다.

벌써부터 모래시계의 아류를 걱정하는 목소리들이 들린다. 윤기 나는 포장술을 작품의 전부로 착각하는 제작태도를 향해서다. 영상예술은 그 이상을 보여 줄 수 있고 또한 그래야하기 때문이다.

(한겨레 1995.2.22)

신드롬 현상 그리고 반향과 평가

시청률 최고 64.5% 기록, '귀가시계'로 신풍속도 조성, 방송위원회 (위원장 김창렬) 방송 직후 심층 토론회 개최, '모래시계 사회현상'에 대한 최초의 여론조사, 대서특필, 중앙 일간지, 방송 중 관련 기사 신문당 14.2건 취급, 프리랜서 PD와 독립프로덕션의 첫 흥행 성공작 예시, 전국 방송화 앞둔 SBS, 전 지역에 채널 인지도 일거 상승, 미·러·일·홍콩 등 15개국에 수출 계약으로 첫 다국 판매, 전직 대통령(전두환, 노태우) 및 측근들의 곤혹 반응, '모래시계가 끝나면 무슨 재미로 사느냐'는 후유증 심화, 이 모든 것은 드라마 사상 전례 없는 기록이자 후폭풍이었다.

모래시계의 사회현상의 분석, 최초로 시청자 조사

중앙일보는 자체 여론 팀(팀장 김행)을 가동하여 서울 및 수도권 주거 1006명을 대상으로 "모래시계의 사회현상"에 대한 전화조사를 실시하고 그 결과를 사회면과 기획면에 각각 7단 전면을 할애했다.

'5공화국 고발이 인기 요인-85%', '현대사 성역^{聖域}에 호기심 폭발' 양면에 각각 띄운 큰 제목(헤드라인)이었다.

가장 인상 깊은 장면으로는 광주 민주화 운동을 필두로(37.5%), 삼청교육대(23.2%), 사랑과 우정(13.4%), 조폭들의 싸움(7.3%), 정치세력들의 부패상(4.8%), 카지노 장면(3.1%)를 꼽았다.

'역사에 대한 책임을 느끼면서 보았다'는 의견은 70~80년대에 청년기였던 30~40대 남성층에만 국한되지 않았다. '역사적 책무의 느낌'은 모든 시청자 66.6%가 답변했다.

드라마에서 다루지 못했던 현대사의 가장 극적인 부분을 포착한 점, 권력층 캐릭터 차용으로 현실감을 살린 점, 조직폭력과 카지노 등 특수층의 내막을 과감히 들춰낸 점을 성공요인으로 꼽았다.

암울한 정치상황 속에서 혼란했던 자신의 아이덴티티를 찾아보는 기회를 제공한 점이 적중했다.

사회로부터 끝없이 배척당한 태수의 저항(45.5%), 정의를 실현하는 우석(26.5%), 온몸으로 부딪치며 이중의 삶을 보여준 혜린(12.0%), 묵묵히 사랑을 실천한 재희(80%)에 각각 깊은 공감을 나타냈다.

또한 광주항쟁, 삼청교육대, 정치자금 관련 정권의 비도덕성, 정치깡패 동원 및 공권력의 남용… 등이 사실보다 축소묘사 되었다는 점, 그리고 5공 비리를 철저히 조사하여 처벌해야 한다는 의견이었다(60% 이상). 우리 국민은 역사의 평가를 잠시 덮어 두었을 뿐 결코 잊지 않고 있었던 셈이다. 이로써 드라마는 정치권의 부패와 파행을 돌아보게 하는 묵직한 영상고발임을 증명했다.

(중앙일보 1995.2.9)

"주 시청 층 30대, 광주항쟁에 가장 민감"

7부와 8부에 집중 묘사된 5·18 민주화 항쟁 장면에 가장 높은 관심과 깊은 반응을 나타냈다.

첫 소재 취급, 실감 영상, 다큐멘터리 수법, 일본 NHK의 기록화면 삽입 등 기대 이상 생생하고 충격적인 화면이었다.

989년에 〈광주는 말한다〉(KBS, 남성우 연출), 〈어머니의 노래〉(MBC, 김윤영 연출)등 어렵게 다큐멘터리로 방송된 바 있지만 드라마로 처음 극화된 점은 높게 산다.

PC통신(천리안, 하이텔)에 나타난 의견은 크게 세 가지다. 실감 있게 그렸다. 역사배경이 설명되어 있지 않다. 너무 과장된 게 아닌가? 설마 그렇게까지 했겠느냐는 놀라움이었다. 젊은 세대들이 민감했다.

'광주문제가 15년 만에 드라마로 등장할 수 있다는 것에서 문민정부를 실감한다. 마침 5·18 관련 검찰수사도 있고 하니 뒤늦게나마 이 드라마를 기폭제로 하여 동안 은폐된 광주의 진실과 항쟁에 대한 재평가가 이뤄져 희생자와 가족들에 위안이 됐으면 한다.'

(시민의 투고 장동신, 서울 은평구 갈현동, 중앙일보 1995.1.27)

당시 아무것도 하지 못한 무기력한 자신이 부끄러워 잠을 이루지 못했다. 15년간 일방적으로 은폐된 사실이 얼마나 많겠는가, 이제 공영방송이 다큐를 만들어 역사의 진실을 밝힐 차례다. 공수부대 시위대 투입의 배후세력에 대한 묘사가 없어 알맹이가 빠진 느낌이다.

(한겨레 1995.1.20)

역사적 사건을 과감히 다루었지만 항쟁원인이 제대로 기술 안 돼 막연한 분노만 불러일으켰다. 사실 재연을 지나치게 다큐적으로 집착, 승화된 이미지 부여가 이뤄지지 못했다. 신군부의 집권 시나리오에 의한 계엄확대 등 역사적 의미보다 개인에 초점이 맞춰진 것은 드라마의 한계였다.

(중앙일보 1995.1.20)

3각 관계나 천박성이 넘치는 우리 TV드라마 시장에 '모래시계'는 분명 이물질이다. 단순한 오락성을 넘어 광주학살을 주도한 신군부의 핵심들을 '안방 법정'으로 끌어들여 국민들이 재심再審하도록 하는 기회를 제공하고 있다는 점에서 더욱 그렇다.

(문화일보 1995.1.24)

제작진은 전 24부 중 3개 부에 묘사된 광주얘기가 지나치게 부각되어 당혹스럽다고 했다. (조선일보 1995.2.6)

TV를 가장 보지 않는 3039 세대를 가장 많이 본 세대로 흐름을 바꿨다. 남녀 공히 30~39세(남자 24%, 여자 31.3%)가 열중 시청했고 화제를 생산했다.

(중앙일보 1995.2.17)

특히 남성 시청자의 적극 시청이 두드러져 '드라마 시청자는 여성'이라는 불문율도 깼다. 요컨대 작품 여하에 따라 잠재 시청자 5% 이상을 높인다는 사실을 확인했다.

"신문 칼럼에 나타난 담론"

넥타이 맨들의 아픈 원原체험 상기

넥타이 맨 중년 남성들이 직장에서 TV연속극을 화제에 올리기란 그리 흔치 않은 일이다. 충격의 뇌관은 70~80년대 사, 다시 말해 우리가 막 빠져나온 터널의 핵심을 건드리는 데에 있다.

당시 무자비한 진압장면은 영화 '로메로'나 '살바도르'를 봤을 때의 진한 감동을 연상시킨다. 세 주인공은 막강한 폭력적 구조 악惡속에서는 똑같은 피해자요 동병상련의 환자들이었다. 정보공작, 고문, 구속, 배신, 순교자적 죽음…, 이런 악몽들이 모래시계에서 다시 한번 당시 세대들을 흠칫 놀라게 만들고 있다.

이 세대는 이제는 모두 체제의 일각에서 일상적인 삶을 살고 있다.

어느 시인 말마따나 '잔치는 끝난 것'이다. 그러나 그때의 아픔은 그들의 내면 깊은 곳에 '무위식의 의식'으로 잠복해 있다. 때로는 되생각하고 싶기도 하다가 이내 다시 변화된 현실 속에 그것을 파묻어 버리고 싶은 착잡함, 이 착잡함은 일종의 후유증이다. 그리고 그것은 역사에서의 '선한 역할'과 '악한 역할'의 의미가 무엇인가를 헷갈리게 하기도 한다. 그러나 우리는 그런 역사의 병病으로부터 치유돼야 한다. 치유는 흔히 최면 속에서 '아픈 원原체험'을 되살려 보는 방법으로 수행된다.

어쩌면 그것을 모래시계가 대행해 주고 있는지 모른다. 다시는 되살리고 싶지 않은 것을 억지로 되살려 봄으로서 그것을 넘어서는 것. 이 치료 효과가 얼마나 적중할지 지켜볼 일이다.

(조선일보 칼럼 만물상 1995.1.20)

냉정한 역사 반추 기회

… 드라마와 현실은 구별되어야 할 것이다. 드라마는 현실에 가까울 수는 있어도 현실은 아니기 때문이다. 하지만 현실이 아닌 드라마가 때로는 준엄한 역사의 심판자가 될 수 있음을 알고 있다.

드라마에서 패배자가 곧 역사의 승자이기도 하다. 모래시계에서 무엇보다도 중요한 것은 역사를 냉정하게 바라보고 반추할 여지를 갖게 했다는 사실이다. 통증과 긴장과 분노는 오히려 절제되어야 아름답다. 그래서 모래시계의 과거가 현실로 다가오는 것이 아니겠는가.

(한국일보 '지평선' 1995.1.28)

아쉬움 남는 대단원의 처리

허구 그 자체로 보지 않고 현실로 받아들이게끔 했다, 김수현류와 또 다른 살아있는 영상 언어를 구사한 힘 때문이다. 세 주역은 우리 현대사에 큰 위치를 점하는 사건의 한복판에 서 있다. 소재주의, 충격주의에 대한 긍정적인 입장에서 현실적으로 선택된 소재가 시청자들을 사로잡았다.

'광주를 다루고 있는 사실이 이처럼 화제를 불러일으키는 자체가 비극이라고 생각한다.' 라는 송 작가의 말에 동의하면서도 '광주의 처음과 끝이 있어야지 가운데만 툭 떼어 놓으면 되느냐.' 는 아쉬운 항의도 동감한다.

'꼭 보내야 했어? 이사람 하나 보내서 달라진 게 뭐지?' (혜린)

'아냐, 기다려봐.' (우석)

이는 지리산에서 태수를 보내며 마지막으로 나누는 대화다. 두 사람을 끌어온 성격 자체에 전형성 내지는 일관된 사상이 없었다는 느낌을 인정하더라도 24부의 대미를 장식하기엔 아쉬움만 남는다.

(노영란, 민주언론운동 협의회 간사, PD저널 68호 1995.2.24)

전직 두 대통령 및 국방부의 반응

'관심 없다….' (전두환), '드라마일 뿐….' (노태우)

반응은 냉담하다. 애써 외면한다.

두 전직 대통령은 평소에 드라마는 거의 보지 않고 뉴스만 본다고 한다. 전두환 측은 '5공을 매도하는 수많은 사례 중 하나일 뿐 굳이 화제를 삼을 이유도 없다.' 는 반응이다.

그럼에도 연희동 쪽의 분위기는 어둡다.

지난해 12 · 12 수사로 여론의 포위를 당한 데 이어 모래시계 강진強震은 여전히 연희동 관계자들의 심사心思를 흔들어 놓고 있다.

민정기 비서관은 '80년대 위기의 시대상황에 담긴 진실을 읽어내는 데는 실패했다.'고 주장하면서 소위 신군부와 광주와는 관계가 없다고 못 박았다. 허화평(민자당 국회의원)은 '일본 NHK의 광주장면은 관련 없는 여기저기 상황을 끼워 맞춘 모자이크인데 검증 없이 내보냈다.'며 시비가 끝나지 않은 역사의 미묘한 상황을 위험한 상업적 시각에서 접근했다고 비판했다.

익명의 민자당 의원은 '군과 권력을 폭력집단으로 묘사한 것은 현 정권(YS정부)이 추구한 5 · 6공과의 차별화 의도와 같은 맥락에 있다.'고 하면서 '염군厭軍정서를 심어줄까 걱정이며 이는 부메랑처럼 결국 현 정권의 부담으로 돌아올 것….'이라고 말했다.

연희동 측은 '드라마 방영 시점이 묘하고 현 진행 중인 검찰의 5 · 18 수사에 어떤 파장을 던질지 주시하고 있다.'며 '가상의 드라마가 검찰 수사에 영향을 준다면 12 · 12 수사 때와는 달리 이 문제를 정면 대응할 것.'이라고 밝혔다.

(중앙일보 1995.2.18)

드라마의 열풍을 반영한 한 네 컷 시시만화가 일간지에 연속 등장했다. 중앙일보의 '왈순아지매'와 동아일보의 '나대로 선생'으로, 만평 속 주인공은 모두 전직 대통령들이었다.

한편, 광주항쟁 진압장면의 자제를 요청한 군은 곤혹스런 분위기였다.

'문민시대에 들어 군의 위상과 역할이 변한만큼 지나치게 자극적인 모습을 묘사하는 것은 군에 대한 국민의 인식에 부정적인 영향을 끼칠 우려가 있다. 누구에게도 도움이 안 된다.'

국방부(軍)의 시각은 당연히 이런 식이었다.

방송사(SBS)에 정훈 관계자를 보내 군 관련 묘사에 절제와 신중을 요청했다. 군 내부 일각에서도 '지나간 상처를 건드리지 말라 – 과거를 냉정히 되돌아 볼 필요가 있다.'로 엇갈린 의견이 들렸으나 대체적으로 곤혹스런 분위기였다. 방송사 측은 '계엄군의 진압과정에 대해 충분히 고증을 거쳤으며 이미 방송분량의 80%가 제작돼 있는 상태…'라 외부 요청에 의해 내용을 변경할 의향이 없음을 밝혔다.

(동아일보, 경향신문 1995.1.21)

제3장

역사의 신화, 인간사의 우화

1. 1983년 말 석 달간 단막극 3편 연출

1983년은 드라마계와 종학에 특별한 해다.

〈전두환 정권 출범, 언론 통폐합, TV컬러화, 공영방송 체제〉의 3년째를 맞아 드라마도 그 이념을 실현하는데 예외일 수 없었다.

종학은 이 해에 단막극 〈MBC베스트셀러극장〉 2편, 한국인 시리즈 2편, 6 · 25 특집극, 새마을 특집극 등 6편을 제작했다. 결혼 3년 만에 첫 딸 민정을 보았다.

1980년 시작한 KBS의 단막극 〈TV문학관〉은 문학과 영상의 만남을 화두로 90분 대형화, 필름화, 올로케화의 기치를 내걸었다. 3년째 100회를 넘어서면서 원작(단편소설) 소재의 고갈을 드러냈다.

한편 1983년 11월, MBC는 이에 대응한 단막극 〈MBC베스트셀러극장〉을 일요일 밤 10시대에 신설했다. 문학의 순수성과 예술성을 살린 TV문학관(토요일)과 달리 대중성과 흥행성을 앞세워 차별화된 단막극을 내놓았다. 같은 해 3월에 출범한 〈조선왕조 500년〉(신봉승 극본, 이병훈 연출)과 함께 쌍벽을 이룬 역점 드라마인 만큼 종학은 첫 연출그

룹에 들어가 4화, 7화, 9화를 연속 제작했다.

당시 복수의 연출자들은 각색자와 연대하여 좋은 원작을 탐색한 후, 정밀 제작하는 형식을 취했다. 작품 선택은 자유로웠지만 성과에 따른 책임도 함께 져야했다. 종학은 주저 없이 미스터리 추리극 두 편을 선택했다. 〈수사반장〉을 제작하면서 추리소설을 탐독해 온 절호의 기회를 여기서 살린 것이다.

〈갈 수 없는 나라〉 (1983.11.27 김남 극본)

'겨울여자'로 일약 유명해진 조해일의 신문연재 소설(1978년)을 잡았다. 종학으로선 원작이 있는 단막극의 첫 연출이었다.

주제는 성性과 부富의 '타락'이다.

원작자도 '이 사회의 어떤 타락의 기운을 묘사하기 위해' 썼다고 했다. 사회 전체가 안고 있는 고질적 부패, 도덕성 상실, 인간규범이 파괴되는 상황을 포착하여 현실의 부조리와 추리형식에 대입했다.

과연 인간은 왜 타락하고 어디까지 타락할 수 있나. 저지른 잘못은 언제까지 숨길 수 있나? 신은 나의 추함을 내놓고 회개하지 않으면 그 과거는 내가 인식하지 못할 때 나를 조종하는 어떤 힘이 되어버리지 않을까? 이런 배경을 다섯 재벌 후계자들의 의문의 죽음을 통해 뿌린 대로 거두는 응보의 엄중함을 강조했다.

첫 회, 재벌 5인방 중 한 명이 호텔 나이트클럽에서 살해된다. 이를 밝히기 위해 초년병 기자 한동희와 그의 연인인 반경식 형사가 동분서 주한다. 그 과정에서 모델 채나영과 얽힌 복잡한 관계들이 드러난다. 그들의 노력에도 불구하고 나머지 네 사람이 연쇄 살해되고 범인이 누군지 절정에 달하는 순간, 그 용의자마저 의문의 추락사하면서 미궁에 빠진다.

종학은 여성의 성적인 개방과 재벌 2세들의 문란함을 폭로했다. 그런 만큼 자칫 흐르기 쉬운 통속적인 분위기를 절제했다.

〈모계사〉 (1983.12.18 이린 원작, 류청오 극본)

'… 부여잡은 어머니 손 하도 가냘파 돌아보니 그 얼굴에 눈물 고였네, 모녀 기타가 ~ 울고 갑니다.'

이 작품은 이런 신파조 멜로가 아니다. 전 여성에 바치는 새로운 서사시다. 이 작품을 택한 이유는 청순가련함을 거부하고 운명을 스스로 개척하는 강인한 히로인에 매료되었기 때문이다. 종학의 여인상에 딱 들어맞는 DNA의 발견이었다.

'베스트셀러극장'의 제7화 째로 제작한 이 작품은 최초자 최후로 다룬 종학의 여성 테마다.(김윤경과 최명길 – 중견과 새 얼굴의 연기자를 모계의 당사자로 내세웠다)

이 작품은 엄마와 딸의 고리, 흔히 말하는 울고 가는 '모녀 기타'와 거리가 멀다. '엄마는 딸의 미래다'라는 통설을 거부한다. 어머니는 팔

자소관 또는 체념이 지배하는 내림의 운명을 끊으려 한다. 딸도 천륜의
굴레서 탈피하고 싶다. 모녀관계에서 엄마는 딸에게 아들의 일부를 찾
고, 딸은 엄마에게 아빠의 일부를 찾는다. 가족극에서 단골로 등장한
부전자전이 아닌 모전여전의 새로운 해석을 통해 현대 모계사母系史를 쓰
고 싶었다.

굵직한 남성테마에 매달려 온 종학에겐 여성 주제는 퍽이나 껄끄러
운 작업이었다. 가족소설의 섬세함과 내면의 움직임을 디테일하게 잡
아내는 것이 생소하고 낯설었기 때문이다.

1981년 MBC탤런트로 입사한 최명길을 2년 만에 주연으로 픽업했
다. 지적인 풍취와 자기중심이 확고한 그녀에게 감성적인 연기보다 논
리적 흐름을 요청했다.

〈일곱 개의 장미 송이〉 (1984.1.15 김남 극본)

제9화 째 〈일곱 개의 장미 송이〉는 여러 의미를 갖는다.

우선 추리작가 김성종과의 첫 만남이다. 종학은 김 작가의 작품인
'여명의 눈동자'를 비롯, 4편이나 영상화했다. 가장 많은 편수다.

'갈 수 없는 나라'에서 타락을 다루었다면 이 작품은 인간의 '광기와
복수'를 다룬다. 가장 원초적인 복수 본능을 위해 살인을 정당화한다.

일곱 명의 치한들에게 짓밟힌 아내 청미는 유산 끝에 자살한다. 미술
전공인 아내는 며칠 밤을 새워 그려놓은 일곱 개의 몽타주로 단서를 남

긴다. 남편 최구는 일상을 포기하고 오로지 범인들을 찾아 밤거리를 헤매는 고독한 늑대가 된다.

전편에 가득한 공포와 전율, 마약조직과 형사들의 추적을 따돌리고 차례차례 복수의 칼을 휘두르며 유유히 사라진 자리에는 검붉은 장미 한 송이만 덩그마니 놓인다. 아내의 영전에 바쳐지는 장미는 죽음과 살인을 부르는 저주의 부적으로 등장한다.

제 5, 6, 7의 장미를 꽂을 때 미궁과 혼란은 극에 달한다.

교도소에 수감된 일곱 번째 범인을 찾아 스스로 범행을 저지른 주인공의 모험, 어느덧 살인마와 도망자가 돼버린 그에게 이름 없는 한 소녀와 청년의 등장이 의외의 반전을 유도한다.

'살인을 하려거든 두 개의 무덤을 파놓아라' 일본속담이다.

죽은 사람은 일곱 범인에다 예기치 않은 둘이 추가되어 모두 아홉이 된다. '갈 수 없는 나라'에서 죽은 사람은 다섯, 이 작품과 합하면 열네 명이다. 두 단막극을 통해 자그만지 열네 명이 죽음을 연속한다.

종학의 드라마 속 사생관死生觀엔 용서와 관용이 별로 없는 듯하다.

2. '분단 드라마' 창출

"새로운 소재주의 – '분단 드라마' 로 환골탈태"

'분단 드라마' 의 장르와 범주를 새롭게 창출했다.

북한을 소재로 한 내용은 당시 '반공 드라마' 로 분류했다. 반공 드라마는 물론 관제용어다. 기획의도와 발상, 그리고 소재와 구성까지 전 과정은 국가목적에 충실할 수밖에 없는 태생적 순환 속에 있었다. 여기엔 정책홍보, 관치방송, 상명하달 같은 냄새가 짙게 배어 있다.

종학은 이러한 관제의 판박이 틀을 깨고 자기의 공법을 내세워 새 물꼬를 트고 싶었다. 굳이 명명하면 '분단 드라마' 다.

반공, 또는 승공은 이미 공산주의 배격을 전제한 국가의 기조다. 반공 드라마는 이런 뜻에 부속하여 그 목적을 구체화하는 것이다. 그러나 '분단' 은 한반도의 역사적 사실과 객관적인 인식에서 출발한다.

'분단 드라마' 란 문학계에서 나온 용어다. 드라마계에서 사용하는 보편적인 용어는 아니다. 분단시대 문학의 준말인 '분단문학' 이라는 합성어가 본격적으로 다루어지기 시작한 것은 1980년대.

문학평론가 임헌영은, 광복 후 분단시기에 우리 민족이 겪는 모든 갈등과 고뇌를 극복하고자 민족의식에 입각해서 창조하는 일체의 문학행위로 분단문학을 규정함으로써, 분단으로 인해서 일어날 수밖에 없는 민족 내부의 모든 갈등과 근본적 모순을 다룬 문학을 분단문학으로 보았다.

지난 세월, 분단은 시대상황의 변화에 대응하여 내적인 성숙을 이루어 왔으나, 때로는 이성을 마비시키는 숨은 그림자로 자리해 왔다.

분단 주제의 문학이나 드라마의 공통점은 과거 지향적, 끝없는 이질감, 그리고 비극적 종말이었다. 종학이 간과할 수 없는 부분이며 이유다. 그는 분단드라마는 분단으로 빚어진 민족적인 상처와 아픔을 극복하는 의식을 총괄하는 것으로서 단색적인 반공 드라마와 구분하려고 했다.

반공극에 대한 오랜 관행을 답습하는 것, 그리고 일방적인 소재와 자료를 받아 구성하는 것은 방송사나 연출자 개인에게 가장 안전한 장치가 된다. 그래서 반공극과 대공드라마는 전개가 어슷비슷하고 결론도 획일성을 띄워왔다.

여기에 종학의 의식은 좀 달랐다. 잿빛 일색의 반공극 대열에 한 통속으로 편입된 것을 거부하고 다른 색깔에 다른 무늬를 입히고자 했다. 오랫동안 붙박이가 된 '반공극 – 국책 드라마 – 목적극 – 계몽극'의 기존 프레임을 을 벗어나고 싶었다. 흑백TV부터 전래된 제작패턴과 고착된 시선을 돌려세웠다. 이는 휴전선이 엄연한 분단국가의 현실에서

'사실의 공개와 폭로' 그 자체만으로 드라마가 성립할 수 있다는 소신이었다. 오히려 단순한 해법과 셈법이었다.

"분단 드라마 3편의 탄생 배경"

1984년부터 86년까지 약 3년간, 종학은 이른바 '반공 드라마'의 연속 국면에 들어선다. 드라마 연출 입문 후 5년째에 마주한 남북소재는 그로서 퍽 무겁고 버거운 작업이었다. 편당 300분이 넘는 대작을 소화해야 했다. 단막극도 아닌 5부작 세 편의 '북한의 만남'은 '가보지 않은 길'의 여정이었다. 먼 길, 험한 길은 두렵지 않지만 '길 없는 길'은 겁나는 길이었다. 모두 5부작 전후의 대작으로 1984년부터 해마다 1편씩 연속 집중하여 3편을 냈다. 세 작품은 모두 원작을 근저하여 정밀 제작한 것이 특징이다.

당시는 전두환 정권(5공화국)의 중반기를 맞아 4년 후 서울 올림픽 준비에 전 방위적 노력을 쏟고 있을 때다. 6년 전인 1978년 1월과 7월에 영화배우 최은희와 신상옥 감독이 각각 홍콩에서 납북되어 반공 분위기가 높아졌다.

때마침 종학에게 북한 소재에 대한 새로운 환경을 접했다. 종전 반공극의 구태를 벗고 독자적인 컨셉을 창출하는데 변곡점이 된 요소는 두 가지였다.

하나는 KBS가 행한 1983년 6월 말부터 시작한 '이산가족 찾기' 생방송이다. 남북으로 33년간 갈라진 가족의 극적인 해후는 통곡, 회한,

눈물을 동반했다. 장장 138일, 454시간 방송과 10만 이상의 이산가족의 참여, 1만 명이 넘은 상봉장면 등은 국내외적인 '초유의 사건'이 되어 한반도에 30년간 잠재해 온 비극을 실감케 했다.

2월엔 북한공군 이웅평이 미그 19기로 귀순했고, 5월엔 중국 민항기가 춘천에 불시착했다. 9월엔 사할린 상공에서 KAL여객기가 소련의 미사일에 맞아 269명이 사망했다. 10월엔 미얀마 아웅산에서 대통령을 수행한 고위관리 18명이 북한의 시한폭탄에 숨졌다. 반공전선은 휴전선 안팎에만 국한하지 않고 세계 각처로 산재했다.

종학은 이런 사태를 접하고 드라마가 따를 수 없는 '사실의 힘'을 절감했다. 픽션의 한계도 간파했다. 엄연한 사실 앞에 드라마는 얼마나 무력하고 허망한 것인가. 가장 감동있는 드라마는 사실에 근저한 것이라는 사실이 새삼스러운 것이었다. 이는 드라마 연출의 커다란 추동력이자 용기가 되었다.

또 하나는 KBS2에서 매주 화요일 초저녁에 방송 중인 〈지금 평양에선〉(1982.11~1985.5)의 '뛰는 모양새'였다.

제목대로 왕국의 태자인 김정일의 전횡을 중심하여 그들만의 의뭉한 우화를 정면에서 폭로한 내용이었다.

종학은 반공극으로서 한 시리즈 최장기간을 기록한(199회) 사실에 주목했다. 또한 40%가 넘는 시청률의 배경은 '로동신문'의 기사를 토대로 세미다큐 형식으로 재구성한 점을 주목했다. 더불어 현존하는 우상체제를 다루면서 당시까지 김모, 최모의 표현에 그친 북한 권력자들의 실명을 그대로 공개한 점도 괘념했다.

파머 머리 김정일의 포악한 '미친 연기'를 눈여겨보았다. 천하의 변덕장이로 야욕과 주색잡기에 탐닉한 악역의 화신에 감탄했다. 후계구도에서 밀려난 김일성 동생 김영주, 장녀이자 장성택의 처 김경희, 후처 김성애, 항일투사로 서열 3위 오진우, 모스크바 대학 출신의 외교통 김영남, 김일성의 종매부인 양형섭, 인민무력성 부상 최현, 납북된 여배우 최은희 등의 면면이 주목을 끌었다.

실명 공개는 역설적으로 북한 왕국의 동정을 알려 사실감을 높이는 데 크게 역할 했다. 이런저런 장막에 가려진 사실의 공개 자체만으로도 시청자의 눈을 끌기에 충분했다. 그러나 북한 소재가 '블랙 코미디'로 탈각한 것은 초유의 일이었다. 재래적인 '심각 무드'를 걷어내고 김정일을 개그맨처럼 희화화한 점은 그 파격성을 인정하면서도 선뜻 동의하기 어려웠다. 그들의 광기에 대한 격하와 폄훼의 의도를 모른 바는 아니지만 사실성에는 반한 것이기 때문이다. 어쨌든 이 작품은 반공극 제작을 앞둔 종학의 눈에는 역설의 가이드라인이 되었다.

여기서 그가 꺼내 든 비장의 카드는 완전 차별화 전략으로 '낯설기'에 의한 '낯설기'의 접근 요법이었다. 영상과 출연자의 낯설기와 북한 실체의 낯설기를 일치시켜 드라마의 주목도와 화제성을 높이는 의도다. 북한 속살을 드러낸 필름의 최초 공개, 연극배우 투입으로 리얼리티 제고, 북한 여행기의 눈을 통해 본 북한 사회와 인민들의 실상을 자연스럽게 드러냈다. 이 기획 의도는 적중했다.

〈동토의 왕국〉 5부작 (1984년)

재일조총련 수뇌 간부였던 김원조의 '북한 환멸기행'(1983년)이 원안이었다. 북송된 가족을 찾아서 북한 방문 중 겪게 되는 경험과 소회를 편 내용이다. 반공극의 한계 때문에 이 작품의 드라마화는 '한번 검토 쯤…'에 머물었고 오더를 받은 유흥렬 드라마 부장은 고심 끝에 소재를 종학에 던졌다. 이 기행기에서 종학은 해석보다는 우선 사실을 알리는데 일관했다.

두 조국의 대립, 형제국 아닌 적대국, 동토의 현실, 분단극복 의식의 반영이라는 개념을 구체화했다. 김일성, 김정일 부자에 대한 우상화, 고통받는 주민들의 모습도 부각했다. 북한 공산주의에 대한 환상은 환멸로 변한다.

'이것이 북한이다', '남북적십자 회담', '만경봉호', '피바다 공연', '금강산' 등 다섯 편의 미공개 영상자료를 드라마에 독점 제공했다.

초유의 일이었다. 이는 평양거리는 물론, 김일성 생가, 평양 대극장, 가극 피바다, 평양 백화점, 탁아소, 김일성 동상, 평양역 등의 생생한 모습을 시청자에게 첫 공개하는 계기가 된다.

야외녹화 첫날, 방송사와 간첩신고 센터로 수많은 문의전화가 걸려왔다. '평양대극장'의 촬영지 장충단 국립극장에 걸린 대형 김일성 초상화와 인공기 그리고 구호가 쓰인 붉은 현수막을 보고 놀란 시민들의 전화였다. 김일성 생가와 만수대를 위해 경주 안압지와 보문단지에 오픈세트를 세웠다. 수용소 신은 옛 대전 형무소에서, 평양역은 전주역에서, 만경봉호는 전남 완도에서 각각 촬영했다.

그런가 하면 등산가들도 두려워하는 설악산 계곡으로 연기자들과 50여명의 엑스트라를 끌고 올라가 금강산 신 촬영의 모험을 걸기도 했다.

충격 속 관심, 동토의 왕국, 북한필름 삽입, TV반공극 사실화 접근

(조선일보 1984.9.15)

동토의 왕국, 반공 드라마의 새 방향 보여줬다. 사실성 높아 공감 불러

(동아일보 1984.9.17)

다큐멘터리 진수보인 동토의 왕국, 생생한 현장감 일품, 재미에서도 성공

(중앙일보 1984.9.17)

동토의 왕국, 반공 홍보물을 사실적, 실증적 수준으로

(조선일보 사설 1984.9.16)

방송평이라면 물어뜯는데 익숙한 신문들이 보인 반응으로서는 매우 각별한 것이었다. 북한기와 실제 영상이 공개된 사실이 신문의 사설에 언급되고 국회 상임위원회서 논란에 올랐다. '반공 드라마' 의 새로운 패러다임을 알리는 순간이었다.

10년 후 〈여명의 눈동자〉와 〈모래시계〉를 제작한 김종학의 저력은 이때부터 잉태되고 있었다.

〈영웅시대〉 5부작 (1985년)

1982년 9월부터 1984년 6월까지 '세계의 문학'에 연재한 이문열의 장편소설을 극화했다. 종학은 문학지 게재를 종료한 지 1년도 안 된 '화제와 논란'의 중심에 섰던 작품을 6·25 35주년 특집으로 치켜들었다.

이 해는 KBS도 60년대의 문제작인 최인훈의 〈광장〉을 내세워 맞불을 놨다. 2부작 김홍종 연출로 낸 〈광장〉은 이념에 희생된 인간의 파국을 다루었다는 점에서 〈영웅시대〉와 맥을 같이 했다.

공산주의자가 주인공이 된 것도 이례적이었다. 그의 뿌리는 남쪽이면서도 사상은 북쪽에 기우는 이중성을 통해 한반도의 원초적인 비극을 묘사했다.

당시는 소위 방송사별로 '계기 특집극'이 연례화된 시절이다. 6·25, 8·15, 3·1절을 비롯, 설날과 추석날 등 계기를 맞아 특별한 대작을 기획 방송했다. 6·25 특집극은 3년 전인 1982년 연좌제법이 폐지되었음에도 여전히 민감하고 조심스러웠다.

〈영웅시대〉는 동경 유학생이자 영남지방 대지주의 외아들인 주인공이 해방 후, 사회주의에 대한 이상을 갖고 월북하여 자기 모든 삶을 걸었다가 체제의 모순에 좌절한 끝에 죽음을 맞게 되는 비극이다.

이문열 작가의 가족사를 배경한 것으로, 남로당 박헌영의 직계인 아버지를 주인공 이동영에 투영했다. 1950년~54년, 이동영은 4남매의 아버지로 전쟁 당시 서울 S대 농대학장으로서 월북, 다시 남하하면서 파란을 겪는다.

그의 아내 조정인은 엄친반가의 조신한 규수로 18살에 시집왔다. 친정집은 3대가 한집에 살 정도로 준수하고 완고했다.

어머니은 영남세가의 천석꾼 대지주의 종부로 34살에 청상이 되었다. 4남매를 낳았지만 모두 죽고 동영만 살아남는다.

안나타샤 모스크바 공산대학을 졸업한 인텔리 여장교다. 전장터의 죽음 일보에서 동영과 조우한 뒤 사상적 동반자가 된다. 평양에 입성하여 당의 책임비서가 되면서 남녀 관계로 발전한다.

서사구조는 남과 북의 두 축으로 나뉜다. 북쪽 축은 주인공의 행적이며 남쪽 축은 가족의 몫, 즉 어머니, 아내와 자녀들의 고난과 시련이다. 친척이나 동장, 촌로 등 평범한 인물들을 통해서도 사회주의 이념이 어떻게 인간들을 파멸시키는지를 생생히 보여준다. 인물 간의 대위법을 통해 전쟁과 이념을 중층적으로 조명하여 '중요한 것은 이념이 아니라 인간' 이라는 주제의식을 강렬히 부각했다.

'빨갱이'(구시대의 용어지만 지금도 여전히 유효하다)가족이 전쟁 중 겪는 참상, 남한 군경의 엄혹한 구금과 학살, 인권침해 문제에 대한 평행묘사…, 당시 남북한에 대한 공평한 묘사조차 허락지 않았던 언론, 출판 검열에 드라마 〈영웅시대〉도 비켜나갈 수는 없었다.

당국의 원본 수정 요구, 그리고 원작 충실주의를 고집한 종학은 그 조율과정에 진통을 겪었다.

연출가는 묻는다. 영웅이란 시대상황과 인간이 합작된 괴물인가?

해방과 전쟁공간에서 '미친바람'으로 돌출한 혁명 운동가들, 그리고 선행관념으로 함몰된 '잘못된 지주 아들'의 말로가 슬픈 종막을 알린다.

실제 많았던 우리 가족사에 기초하여 좌우갈등의 문제를 밀도 있게 다루면서도 쪼개진 가족과 조국 현실을 통해 개인과 국가의 관계를 물었다. 전쟁에 의한 물리적 변질이 아닌 정신적, 사상적 변절, 그리고 그 허실이 오늘날도 계속되는 딜레마를 부각한 것이다.

이동영은 〈광장〉의 주인공인 이명준과 비교되었다.

일찍이 월북하여 대남방송에 등장하는 아버지 때문에 명준은 경찰서에 불려가서 부자간 내통여부로 온갖 조사와 구타를 당한다. 어언 빨갱이로 몰린 그는 남한 현실에 환멸을 느끼고 애인 윤애도 뿌리친 채 월북한다. 그러나 거기서도 사회주의 제도의 굳어진 공식 명령과 복종만이 있을 뿐, 활기차고 정의로운 삶은 찾을 수가 없었다. 그가 원한 진정한 삶의 광장은 없었던 것이다.

그는 남과 북에서 이념의 선택을 시도했으나 어느 곳에서도 진실을 발견하지 못하는, 일종의 허무주의적 방황에 처한다. 북의 애인 은혜와의 사랑에서 이념의 무의미함을 다소 보상받지만, 그것은 개인적 삶의 한정된 행복일 뿐이고 진정한 의미의 광장은 사라지고 없었다.

그는 새로운 삶을 찾기 위해 전쟁에 뛰어든다. 전장에서 은혜를 잃고 자신도 포로가 된다. 남이냐 북이냐의 포로 송환의 갈림길에서 마침내 중립국을 택한다. 그의 광장은 남쪽과 북쪽 어느 곳에도 없었다. 포로들을 싣고 낡지나를 지나는 인도 상선에서 바다에 몸을 던진다.

그 역시 이동영처럼 대학 엘리트 사회주의자로서 사상적 양면성과 방황을 통해 이념의 허구와 허무함을 강조하고 있다.

〈북으로 간 여배우〉 5부작 (1986년)

이기명 원작, 이철향 각색으로, 명배우 문예봉(1917년~99년, 82세)의 일대기를 통해 북으로 간 예술인들의 실상과 최후를 보인다. 북한의 대표 가극 '피바다' 공연 필름과 연극, 그리고 문예봉이 출연한 영화장면을 삽입했다.

함흥 출생인 그녀는 한국영화의 여명기인 1930~40년대 최고의 스타였다. 1932년 16세에 이규환 감독의 〈임자없는 나룻배〉로 데뷔, 나운규와 함께 열연해 스타덤에 올랐다.

이후, 한국 최초의 발성영화 〈춘향〉과 〈인생항로〉, 〈수선화〉, 〈나그네〉 등에서 주연을 맡으며 미모와 감성연기로 해방 직전까지 '3천만의 연인'으로 이름을 날렸다. 1936년 〈장화홍련전〉, 1937년 〈사랑에 속고 돈에 울고〉를 쓴 극작가 임선규와 결혼했다. 해방 후 남편과 좌익 연극계에 가담하다 1948년 3월 함께 월북했다.

1949년부터 북한의 극영화 〈내 고향〉, 〈빨치산 처녀〉, 〈금강산 처녀〉 등 수십 편의 영화에 출연하여 1952년 북한 최초로 공훈배우가 되었다. 김일성의 특별배려를 받으며 연극의 김선초, 무용의 최승희와 함께 북한 공연예술을 이끄는 트로이카로 인정받았다.

한 배우 생애를 통해 분단 비극을 본 종학은 캐스팅에서 또 한 번 담대한 모험을 건다. 문예봉 역에 새 얼굴 권병숙(후에 권재희)을 기용한다. 쌍꺼풀이 없는 달걀 얼굴의 미인형에 맞춰 실물에 근접한 배역이었다. 타 배역은 〈동토의 왕국〉처럼 전원 연극배우를 기용하여 낯설기 효과를 노렸다.

남편 임선규는 국립극단 배규빈, 배우 황철은 극단 광장의 이승철, 여배우 김선영은 실험극장의 한상미, 작가 한설야 역은 국립극단 허현호, 그 외 동랑레퍼토리 여무영, 국립극단 전국환, 김재건 등 120명의 연극배우를 대거 동원했다.

(동아일보 1985.9.4)

월북, 납북된 예술인 작품에 대한 해금조치는 1988년에 들어서다.

백석, 김기림, 정지용, 한설야, 홍명희 등의 작품이 그때서야 비로소 풀렸다. 해금조치 3년 전, 예술인의 묘사나 작품의 노출이 금기시된 시대에 한 여배우를 등장시킴으로서 그 벽을 깼다는 점에 의의가 크다.

"분단 드라마의 새로운 평가 – 종속변수를 독립변수로"

세 작품의 공통점은 우선 주인공들이 모두 공산주의자로서 월북한다. 북한의 실체를 공개하고 그 실정을 묘사하지 않을 수 없는 과제가 전제된다. 사실 탐사와 이를 충분히 보전해줄 영상 제작은 필수적이었다. 종학은 이를 충실히 수행하기 위해 종전에 없던 자료 필름을 발굴했다.

둘째, 당국의 협조와 간여를 동시에 받았다. 〈동토의 왕국〉과 〈북으로 간 여배우〉는 영상자료 제공을 받아 크게 성공한 반면 〈영웅시대〉는 끊임없이 간섭과 대본 수정의 요구를 받았다.

레드 콤플렉스에서 헤어나지 못한 당시로써 공산주의자의 행적이 주축이 된 드라마는 객관적인 묘사에 불구하고 그 자체가 불편한 것이었다. 대지주의 아들, 동경 유학생 출신의 지성인, 천석꾼의 집안이 빨갱이가 되고 거꾸로 지탄을 받는 설정은 역설적인 만큼 불편했다. 더구나 주인공을 둘러싼 주요 인물은 아나키시트(무정부주의자)와 볼세비키(극단 혁명주의자), 그리고 소련파 장교다. 그들의 언행은 공산주의자들의 강력한 메시지가 되어 반공노선의 '역린'을 건드리곤 했다. 불타는 얼음, 동그란 네모라도 만들어내는 강골 김종학은 문학과 영상의 차이에서 비롯된 간극을 뼈저리게 느꼈다.

셋째, 종말은 허무하거나 비극적이다. 체제에 대한 동경과 환멸 사이에서 방황하다가 끝내는 적응하지 못한 채 패배자가 된다. 최인훈의 '광장'처럼 주인공은 남에도 못가고 북에도 가지 못한 채 방황하다가 결국 제3국으로 가는 선택을 통해 전쟁 후 시대적 모순을 부각했다.

반공극이란 종속변수를 분단극이란 독립변수로 격상했다.

진영의 논리, 일방통행에 함몰된 반공극의 교도주의를 깨뜨리고 신소재 드라마로서 기치를 올렸다. 그 작업은 엄연한 분단현실을 바탕한

'새로운 소재주의 제시'라는 수준 격상을 의미했다. 올림픽 개최국으로서 국가적 성숙과 시청자의 눈높이, 특수 목적에 앗긴 시민의 '알권리' 회복 등이 잠재된 동력이었다.

전쟁의 체험 세대와 미체험 세대를 막론하고 일단은 진실 알리기에 치중했다. 이는 갈라파고스 섬에서 맴도는 반공 드라마의 해방을 의미했다. 드라마의 보편가치의 귀속으로서 현대사와 인간문제로 규정한 결과다. 분단의 극복, 민족의 동질성 회복, 통일 추구에 유익한 가치의 제고 등은 자연스럽게 따라오는 덕목이었다.

3. 미니시리즈 7편으로 사회 발언

"현대사회의 신화와 우화"

1987년 2월에 신설된 〈MBC미니시리즈〉는 당시 30대 기수인 3김金 (김지일, 김한영, 김종학)이 주도한다. 그들은 100일 만에 한 작품을 제 작하여 6~8 작품이나 출시하는 놀라운 열정을 보인다.

종학도 그 해 8월에서 1989년 8월까지 만 2년에 걸쳐 7작품을 연출 했다. 30대 후반에서 발휘된 무서운 저력이었다. 그중 4편은 송지나 극 본이다.

80년대 신군부 독재정권, 암울한 현실에 대한 조롱과 풍자 그리고 시원한 해법으로 가슴을 뻥 뚫어주는 〈인간시장〉과 〈황제를 위하여〉는 '유쾌 상쾌 통쾌함'을 아우르는 뉴 히어로이즘의 발현이다.

〈인간…〉은 종학이 만든 현대사회의 신화神話로 간주한다면 〈황제…〉 는 당대 사회에 대한 우화寓話다.

〈퇴역전선〉, 〈아름다운 밀회〉는 재벌의 민낯을 그린 일종의 기업드라 마다. 〈선생님 우리선생님〉, 〈우리읍내〉는 제목대로 우리 동네의 이야기를 그린 우리 자화상이다. 〈제5열〉은 영화 문법을 대입한 스릴러다.

〈인간시장〉 (1988. 김홍신 원작, 송지나 극본)

1983년 가을 100만 부 돌파, 총 560만 권 팔린 슈퍼 셀러다.

'22살의 자서전'으로 주간한국에 연재된 장편소설을 8부작에 압축했다. 한풀이와 원풀이 - 이 작품은 종학이 최초로 판타지 액션의 형식을 빌린 현대 신화다. 무명배우 박상원을 일약 장총찬에 봉하는 것은 또 하나의 외로운 결단이었다.

영화 '람보'와 '인디아나 존스'가 캐릭터의 모티브가 되었다.

미국은 많은데 우린 왜 없나? 프로야구 출범 3년 전후, 언제까지 해태 타이거스의 강타자 김봉연이나 김성한에 해원을 기대해야 하나? 지금 우리에게 필요한 작은 영웅은 누구일까. 그 궁리 끝에 찾아낸 것이 장총찬이다. 캐릭터에 매료된 대표적 예다.

"시대가 엄혹했으니까. 사람들의 울분을 대신 해소해 줄 존재가 필요했는데 그게 장총찬이었다. 인간시장 같은 소설이 읽히는 시대는 불행한 시대다. 진심으로 이런 책이 읽히지 않는 시대가 빨리 와야 한다고 생각했다." 원작자(김홍신)의 말이다.

장기와 인신매매단, 강간범, 사이비 종교, 신종 사기범, 관제깡패, 밀수꾼 등 사회의 독버섯은 여기저기 너부러져 있다. 갑을 사회, 가진 자와 못 가진 자. 누린 자와 못 누린 자, 대화보다는 복종만을 요구하는 도무지 끝이 안 보이는 싸움이 전개된다. 다양한 무협, 신출귀몰한 장총찬이 온갖 사회악을 분쇄하는 데에 몸뚱이 하나로 부딪친다. 권총보다 강한 장총 찬 사내, 그래서 장총찬은 시원한 해결사로 돌출한다.

22살 자서전 속에는 홍길동처럼 활빈당도 없거니와 해 뜨는 섬 율도국도 없다. 오로지 약자를 돕고 악의 응징과 정의실현을 위해 외롭게 투쟁할 뿐이다.

'네가 장총찬인 줄 알아 인마?'

그즈음 만용을 부리거나 몽니를 부리는 녀석들은 종종 이런 호통을 들었다. 총찬 만큼 현란하게 싸우지는 못했지만 실제로 전국 방방곡곡에서 대학생들이 사회 불의와 맞서고 전직 대통령을 체포하겠다고 경찰의 방패 벽으로 달려들던 시절이었다. 한마디로 '기울어진 세상'에 대한 '분노의 해방구'의 역할이었다.

이 작품에서 종학은 드라마에 내장된 사회 비평과 감시 기능을 확인했다. 그 정신은 〈모래시계〉에서 결실되어 정점을 찍는다.

〈황제를 위하여〉 (1989년. 3월~4월, 이홍구 극본)

한국판 돈키호테의 우화다.

계간지 문예중앙(1980~1982)에 연재된 작품으로 원작자 이문열과는 〈영웅시대〉에 이어 두 번째 만남이다. 종학의 역주행, 아니면 세상을 향해 딱 한 번 던진 조커 패자 반어법적 드라마다.

모티브는 '정감록'이다. 조선 중기, 민간신앙과 신흥종교에 널리 유포되어 있는 정체불명의 예언서다. 종학은 국가와 인생 존망에 관한 맹랑한 이 예언을 오늘에 적용할 수 있는 역설적 텍스트로 간주했다.

계룡산 처사가 정감록의 계시를 받아 조선왕조의 후세를 잇는 '새 세상의 황제'로 등장한다. 이 우화는 을사늑약부터 시작하여 해방, 정부수립, 한국동란, 군사혁명 그리고 1972년 유신까지 약 60년간 이어진다.

드라마 배경은 무지갯빛 신선도를 방불케 했고 강림자는 요상이 생긴 모습에, 군림, 망상, 과장, 궤변의 우렁찬 목소리를 냈다. 첫 느낌은 북한의 김일성 체제를 조롱하는 풍자극으로 다가왔다.

종학의 관점은 여기서도 현대사의 처방이었다. 다소 엉뚱한 선택이지만 초현실적인 인간상을 통해 '세상 바꾸기'를 갈망하는 대중 신드롬을 투영하고 싶은 것이었다. 아울러 우리의 제왕적 대통령제와 권력의 비대화에 따른 만성염증의 치유까지 빗대어 냈다. 전체 흐름은 패러디 기조에 따른 신선한 힐링으로 몰아갔다.

종학은 주인공이 꿈꾸던 세계가 허망하게 무너지는 대목에서 함께 눈물을 흘렸다. 황제 역엔 이정길을 배정했다. 부드럽고 온화한 상남자로서는 예상 밖이었다. 그에게 놀랄 만큼 일변해야 할 새 패턴의 연기 부담을 안겼다.

"4년 만에 부활한 경제 드라마"

기업의 두 얼굴과 기업인의 욕망을 묘사한 드라마 두 편을 냈다.

그 흥망부침을 그린 〈퇴역전선〉과 기업가의 유산문제를 다룬 〈아름다운 밀회〉는 종학이 시도한 이른바 경제 드라마다.

1981년 〈제1공화국〉으로 '정치 드라마'를 개척한 고석만은 다음 해에 들어 〈거부실록〉(1982년)과 〈야망의 25시〉(1983년)를 통해 '경제드라마'의 장르도 예시했다. 그러나 '사실 왜곡과 재벌 미화'가 빌미가되어 제 명을 다하지 못하고 도중하차했다.

4년 만에 치켜든 종학의 작품은 그 후계자들의 '돈의 전쟁'을 다루고 있어 기업 드라마에 가깝다. 그것은 총성 없는 전쟁이다. 대기업의전횡, 부정축재 과정, 경영권 승계와 상속을 둘러싼 암투, 그래서 낮과밤이 다른 그들의 행보에서 반 재벌정서까지를 망라했다.

〈퇴역전선〉 (8부작, 1987.9.14~10.6)

사업실패로 자살한 아버지, 그로 인한 두 집 간의 갈등과 복수다.

이 작품은 통념을 깬 몇 가지 시도 때문에 안팎으로 내홍을 겪었다.

우선 '듣보잡'의 만화(허영만 작)를 감히 미니시리즈 족보에 올린 점이다. 시작한 지 불과 7개월 만에 10화째로 만화원작을 꼽은 것은 당시상례를 크게 벗어난 것이었다.

미니시리즈의 '갑오경장' 격은 또 있었다. 교양작가 출신인 송지나에각색을 맡긴 점이다. 비약적인 종학의 방식이었다. 새 작가는 모름지기몇 차례 단막극의 관문을 거쳐야 공인을 받는 때였다. 이른바 김종학 –

송지나 콤비의 첫 신호를 알리는 순간이었다.

캐스팅에도 신인급 강문영을 재기용했다. 불과 2년 전에 공채된 신인 탤런트를 전작 〈아름다운 밀회〉에서 끌어 쓴 뒤 잠재력을 연장했다. 주인공 백상우 역의 정동환도 미국에서 귀국한 지 2년밖에 안 된 비전속 연기자였다.

만화 원작과 새 작가, 의외 얼굴의 기용은 언뜻 노이즈 마케팅 같았지만 종학은 자신의 명운을 걸고 대시했다.

한 재벌에게 모든 것을 앗긴 소상인들이 주인공을 중심으로 회사를 세우고 왕년의 노하우를 살려 재기에 성공, 자신들을 인생막장으로 내몰았던 대기업에 복수하는 내용이다.

70년대 경제발전의 중동 붐의 파도를 타고 혜성처럼 솟았다가 유성처럼 사라진 율산栗山그룹과 제세制世그룹을 모델로 취해 기업존망과 기업인의 생리를 다루었다.

짧은 한국 기업사는 개발과 성장의 연대를 거치면서 양적 팽창만 거듭해왔다. 그간 경제의 외형적 확장은 재벌그룹들의 공이 크다고 할 수 있지만, 중소기업을 쓰러뜨려 자기회사를 만드는 문어발식 확장은 사회적 지탄의 대상이 됐다. 이제는 재벌들도 방만한 경영과 약육강식을 지양하고 공존의 체질개선에 주력해야 한다. 요컨대 기업의 정도正道, 그리고 기업인의 윤리에 대해 말하고 싶었다.

종학의 기획의도의 배경은 이런 것이었다.

'마땅한 소설이 눈에 뜨이지 않아 결국 만화를 택했다. 각색에 참고하기 위해 아이아코카, 록펠러를 위시해서 국내의 재벌 총수들의 자서전과 회고록을 탐독했다' 종학의 변이다.

(MBC가이드 1987년 9월호)

이런저런 드라마 얼개는 만화에서 설정만 빌려와 TV양식에 맞게끔 분해하고 재조립했다. 원작과는 많이 다르게 당시 기업사회의 구조적인 문제에 더 깊이 다가갔다.

시청자 반응은 의외로 컸다. 경제정의의 실천, 대기업 비리의 고발, 기업인의 두 얼굴, 그리고 정경유착의 비정한 결말 등의 덕목이 골고루 먹힌 것이다.

〈아름다운 밀회〉 (4부작, 1987.8.3~8.11 한대희 극본)

6 · 29 민주화의 열풍 속에서 연출한 MBC미니시리즈의 첫 작품이다. 시리즈 출범 반년 만의 차례에 종학은 김성종의 범죄 추리극을 들고 나섰다. 김성종 작품 연출 4개 중 단막극 '일곱 개의 장미송이'에 이어 두 번째다.

재벌 외동딸과 노총각 철학 교수의 신혼여행 중 신부가 홀연히 사라진다. 살인은 연속적으로 일어나고, 사건에 휘말린 신랑과 범인을 쫓는 경찰의 가쁜 추격전이 펼쳐진다. 대기업과 인간 속성에서 벌어지는 살인, 불륜, 납치, 음모를 교직한 '진실 찾기' 수사극이다.

그해 3월부터 시작한 KBS2의 〈욕망의 문〉(김기팔 극본, 최상식 연출)은 촌뜨기 출신이 대기업주가 되기까지의 일대기를 묘사한 성공스토리였다. 이듬해 2월까지 탄탄한 화제를 끌면서 종학의 기업 드라마 2편과 대조를 이루었다.

"작은 마을, 큰 얘기"

〈우리 읍내〉, 〈선생님, 우리선생님〉는 제목대로 아담한 소품小品이다. 규모의 대작주의, 상황의 극단주의, 갈등의 원색주의의 추구가 종학의 전부만은 아니었다. 두 작품 모두 조그마한 마을에서 피어난 아름다운 이야기를 담고 있다. 그림으로 치면 은은한 중간색 수채화다. 문체로 치면 강건체가 아닌 우유優柔체로의 전환이다. 88 서울올림픽의 해를 맞아 잠시 숨고르기에서 택한 심성순화의 프로젝트쯤 될까? 강약과 완급을 조절하는 종학의 3중허리 즉, 유연한 스펙트럼을 엿보는 대목이다.

종학은 두 읍내 작품을 대하면서 '목에 힘을 뺐다'고 회고한다. 그러나 전하는 메시지는 분명하다. 작은 동네에서 전하는 큰 얘기다.

그는 여기서도 발자국이 없는 눈밭을 향해 첫발을 딛는다. 미니시리즈에 최초로 외국 원작을 도입한 것이다. 시리즈 14번째인 〈선생님 우리 선생님〉의 돈 조반니 원작이 그것이다.

한 걸음 더 나아가 원작 겸 각색자가 동일한 작품(오리지널)을 취했

다. 송지나의 〈우리 읍내〉가 그것이다. 바로 앞서 방송한 〈모래성〉의
김수현 작품에 이어 두 번째다.

외국 원작의 도입은 국내판 순혈주의의 타파를 통해 소재범주와 선
택지를 넓히는 계기가 된다. 이후 이 시리즈에 시드니 셸던과 같은 통
속성이 강한 작가도 수용하게 된다.

〈선생님 우리 선생님〉 (8부작, 1988.1.11~2.2)

돈 조반니 원작, 송지나 극본, 배경은 제주도 벽촌으로 잡았다.

섬나라 그리고 외풍에 시달려 온 아픈 역사성 때문일까. 육지 사람엔
배타적이고 타지 사람들에겐 인색한 곳이다. 이곳 학교에 한 분의 교장
선생님이 전근해 오면서 시끄러워진다.

마을의 대표는 이장님이다. 둘은 처음부터 부딪친다. 물과 기름이다.
사사건건으로 사이가 뒤틀린다. 그래저래 동네일, 사람일로 우리 인생
사의 단면을 보인다. 어느덧 미운정, 고운정이 쌓인다. 교장이 떠나는
날이 왔다. 이장님은 다음날 교육구청까지 항의행진을 벌인다.

이 작품은 '함께 사는 사회'에 대한 훈훈한 휴머니즘과 교훈을 깔고
있다. 폐쇄사회에서 굳어진 획일적 사고와 집단 이기주의에 대한 잔잔
한 경고를 띄운다. 아울러 자기오류와 왜곡된 공동체 의식이 초래한 인
간성 상실을 묻고 있다.

〈우리 읍내〉 (8부작, 1988.10.24~11.15 송지나 원작, 극본)

여기서도 가상의 한 소읍을 설정하고 그 안에 우리가 최근 겪어 온 사회 전반의 얘기들을 우회적으로 담아냈다.

조용하고 살기 좋은 '우리 읍내'에 일련의 소요 사태가 발생한다. 토박이 상인들이 자릿세를 내고 장사하던 공유지를 읍장이 서울 사람에 팔아 버린 것이다. 그곳에 백화점 건립과 관광지를 조성하여 일약 마을을 발전시키겠다는 의도다. 사전 통보도 받지 못한 상인 50여 명은 생존권 박탈이라며 강력 항의한다.

읍장(은 경찰의 진압을 요청한다. 5십여 명 밖에 안 되는 극소수 사람들의 극렬난동이라는 이유다. 마침 새로 부임한 경찰서장은 뜻하지 않은 문제에 머리를 싸맨다. 처벌보다 선도를 주장하는 노총각 장 경장, 정의감에 불타는 새내기 이 순경, 업자 근성이 질긴 천 사장, 여 간호사, 입장이 다른 마을 사람들, 그리고 감초격인 취재 기자가 어우러진다.

마을의 자치기구 운용과 읍장 직선제는 늘 백가쟁명이다. '개발과 보존'을 둘러싸고 벌어지는 개인과 집단의 이권 대립은 항상 첨예하다.

〈우리 읍내〉는 그런 우리들의 자화상이다. 불어 닥친 돈바람에 재래와 전통이 무너지는 가치혼란을 상징적으로 그린 내용으로 지금도 각처에서 나타나는 다반사다.

"드디어 첩보영화를 만들다"

평소 숙원한 영화 제작 욕구를 실현, 한국형 첩보 액션물을 미니시리즈로 시도하였다. 방송사를 초월한 맞춤형 캐스팅을 실시, 미남 스타 이영하와 한진희에 새로운 변신을 요청하였다.

〈여명의 눈동자〉에 앞서 제작한 마지막 MBC 연출작품이다.

〈제5열〉(1989.7.10~8.8 김성종 원작. 김남 극본)

'제5열'은 적국 내에 잠입하여 각종 교란작전을 벌이는 조직적인 무력집단 또는 그 구성원을 뜻한다. 1979년 출간, 최초의 한국형 첩보물로 평가된 이 작품은 정체불명의 거대한 국제테러 집단 Z가 국가를 위협하는 제5열의 세력으로 등장한다.

첩보국의 정예요원 최진과 미스터리의 남자 다비드 킴의 대결, 여기에 여기자, 베테랑 형사가 합세하여 반전과 추격을 거듭하는 첩보 액션 스릴러다.

대통령 선거 혼란을 틈타 정권을 탈취하려는 Z의 음모를 비롯, 유력 후보의 암살시도, 딸의 납치, 신출귀몰의 변장술, 변성된 목소리, 페스트균 살포전 등 종전 보지 못한 장면들이 속출한다. 킴은 용도폐기로 역공을 당해 죽임을 당하고 Z의 정체는 알고 보니 직속상관인 첩보국장으로 밝혀진다.

그해에 사장으로 부임한 최창봉 사장(2016.12 작고)은 〈제5열〉을 보고 외부서 구매한 '영화작품'인 줄 알았다고 놀라워했다.

오늘날 시각에서 보면 30년 전에 가까운 당시 수사방식은 느리고 답답할 수밖에 없다. 딱히 트릭이 없고, 반전도 약하다. CCTV나 휴대폰이 없으니 공중전화나 유선전화만 이용해야 하고 기껏 위치를 파악하면 범인은 이미 도망친 후다. 변장과 위장술 또한 치기를 벗어나지 못한다. 그러나 종학은 박정희 시해사건 후 10년 만에 드라마로서는 최초로 '대통령 암살'이라는 깜짝 소재를 치켜들었다.

이 작품은 배경과 구성의 독특함 때문에 불원간 영화로 리메이크 된다는 소식이다. 같은 제목 하에 현대 첨단장치가 동원되어 21세기 버전으로 새롭게 태어날 전망이다.

* 현대판 스핀오프는 2009년 이병헌, 김태희 주연의 KBS 〈아이리스〉와 2013년 장혁, 이다혜 주연의 〈아이리스 2〉로 계보를 이었다.

'이 시대의 소 영웅상' – 〈인간시장〉 연출 후기

'세상이 참 많이 달라졌어'

'정말 민주화가 좋긴 좋은 모양이야…'

신기하다. 미니시리즈 〈인간시장〉이 방송된 후 지면을 통해 얻어진 몇 개의 단어 중에서 조금은 당혹스러운 평가 중의 하나이다. 결코 대통령이 새로 선출되고(노태우) 그래서 숫자상의 공화국 수치가 5에서 6으로 바뀌었다고 해서 기획되었고 '이제는 괜찮겠지…'하며 제작된 것은 아니었기 때문이다.

'모던 타임스'의 찰리 채플린이 실직을 당한 후 어느 도로 위에 떨어진 깃발을 주워들고 자기도 알지 못하는 사이에 군중에 휩쓸려 그 시위의 주모자가 된 그런 느낌인 것이다. 무심히(?) 만들었던 반공드라마 〈동토의 왕국〉이 하나의 역사가 되었듯, 또 다른 그런 모습을 발견했기 때문인 것이다. 그렇다고 시류에만 집착하고 희화적 활극이었다는 평에는 정면으로 거부한다.

물론 드라마의 재미에 대한 각기의 개념이 틀려 그 느낌 역시 같을 수는 없겠지만 연출가로서 당연히 가져야 하는 기본적인 흥행요소를 가지고 시류라든가 활극이라는 표현으로 매도되기는 싫다는 것이다.

외화를 봤다는 느낌을 가진 표현 역시다. 외화는 잘 만들어졌고 우리 드라마는 항상 그렇지 못하다는 고정관념은 우리 제작진에게도 잘못은 있겠지만 제발 불식시켜 달라는 것이다. 이런저런 세간의 많은 화제를 불러일으켜 시청률에서 많은 인기를 누린 미니시리즈 〈인간시장〉의 기획부터 얘기해보자

기획

정확히 기억할 수 없는 영동(현 강남)의 어느 술집에서 얘기 나온 뮤지컬이 그 시초였다. 한 시대를 가름하는 영웅이 제5공화국의 프로 야구에서나 나올 수밖에 없는 시대의 아픔을 얘기하며 기울인 소주잔 속에서 장총찬을 발견하게 된 것이다. 도저히 표현하지 못했던 그 답답하

고 암울함을 해소시킬 수 있는 시대의 영웅이 필요하지 않겠느냐는 연출가로서 당연히 가져야 할 발상이었다.

그러나 이 암울했던 만큼의 그 시대는 이러한 형식을 용납할 수가 없었고 그 술자리는 단지 술자리였을 뿐이었다.

그리곤 3년이 됐을 것이다. 뚜렷하게 무엇이 바뀌었노라고 그 누구도 자신 있게 말할 순 없겠지만 어렴풋이 읽을 수 있는 바뀐 세상에 3년 전의 시놉시스를 꺼내들고 시작한 것이다. 물론 당시와는 또 다른 세상에서 장총찬과 같은 인물이 대중들에 필요한 것이 될까에 대한 갈등은 있었지만 상대적인 자신감도 있었다.

미국이 '람보'를 통해 베트남 전쟁의 좌절감을 나름대로 해소해 냈듯이 〈인간시장〉의 장총찬을 기수로 암울했던 80년대의 긴 터널을 뚫고 나올 수 있는 계기라고 생각하고 바로 그 지점에 기획의 모든 것을 걸기로 한 것이다. 서두에서 밝혔듯이 세삼 방송에도 민주화 바람이 불어서가 아니라….

연출

지금까지 주로 다루어 왔던 대하물 〈동토의 왕국〉, 〈조선총독부〉, 〈영웅시대〉, 〈광대가〉 등의 외형적 스케일에서 벗어난 일련의 작품들, 〈퇴역전선〉, 〈선생님, 우리 선생님〉을 통해 얻어진 새로운 드라마의 재미를 생각했다. 다루고자 하는 얘기들이 그 심각함을 더 해 갈수록 상대적인 밝은 면으로 상쇄시키며 그에 따른 재미를 추구하고자 한 것이다. 비록 세태의 강압으로 감히 언급할 수 없었던 '복지원사건', '대도 조세형 사건' 등 지나온 80년대의 곪아온 사건이지만 그럴수록 더욱 상대적인 재미를 강조하리라 생각한 것이다.

가뜩이나 제한(?)되어 왔던 방송 드라마의 소재 개척에도 새로운 장을 여는 계기도 될 수 있을 것이라는 생각과 함께 말이다.

따라서 작품에 등장하는 인물들의 성격묘사를 나름대로 합리적이고 긍정적인 모습으로 탈바꿈시켜 그들의 삶의 방식은 잘못됐다 할지라도 그들이 삶 자체를 부정적으로 살게 하지는 않게 하면서 연기 자체도 필요에 따라 과장시키면서 또 철저한 절제를 조화시켜 리얼리티에도 소홀함을 빼놓지 않으려 했다.

또 하나 이 작품의 최고의 생명을 템포와 생동감으로 잡고 조금은 지나칠 정도의 스피드를 설정했다. 그에 따른 카메라 워킹도 적극적으로 인물을 '팔로우' 하거나 정지된 동작일 경우에는 카메라가 능동적으로 움직이는 '롱 테이크'를 많이 시도했다. 대사 위주의 컷 분할은 되도록 피하기로 했다.

음악 역시 무겁고 서정적인 느낌의 것보다는 밝고 화려한 밸런스를 맞추도록 했다. 마지막으로 화면 구성은 과감한 생략을 통한 스피디한 사건전개에 초점을 맞추고 상징성을 피해 시청자들이 피부로 주인공과 같이 움직이게끔 구성했다. 따라서 어떠한 소재도 그 표현양식에 따라 그 개발이 가능한 쪽으로 모든 역량을 동원해 본 것이다.

캐스팅

지금도 가끔 질문을 받는 것이 '왜 장총찬 역에 신인인 박상원을 기용했는가' 하는 점이다. 물론 그 질문 속엔 '좋았다, 좋지 않았다' 라는 전제조건이 각기 붙어 있다.

어느 작품이든지 캐스팅의 원론은 없다.

각기 작품의 성격에 따라 또는 연출의 개성에 따라, 작품의 방향에 따라 캐스팅 작업은 천차만별이지만 대저 유명한 원작을 선택하게 되면 독자들은 소설 속의 인물들에 대한 각기 그림을 갖게 되고 구체적인 형상화를 갖게 된다.

특히 〈인간시장〉의 경우, 초베스트셀러인 만큼 장총찬이란 인물에 대해선 더욱 그런 것이다. 연출자로서 캐스팅하기가 매우 난감한 지점이다. 독자들은 마음속의 그림을 자기가 알고 있는 탤런트에 대입하기에 더욱 그렇다. 그렇게 되면 연출자로서는 자기 그림을 그릴 수가 없게 된다. 따라서 〈인간시장〉에 나오는 새로운 이 시대의 소영웅은 지금까지의 그린 그림이 아닌 전혀 새로운 그림이 필요했기 때문에 불안 속에서 아무것도 그려지지 않은 신인을 선택했다.

다혜 역의 박순천은 '전원일기'에서 둘째 며느리로 참한, 그러나 조금은 당돌한 모습이 지금까지 비쳐온 그녀의 모습이다. 그러나 언젠가 미니시리즈 〈퇴역전선〉을 같이 작업하면서 옆에서 느꼈던 조그마한 모습 하나가 소중히 간직되었다가 바로 그 조그마하고 당찼던 그 모습 하나로 캐스팅한 예다.

코믹한 콤비를 이룬 임현식, 남포동 역시 그들이 갖고 있던 평소의 순발력이 그 가능성을 점치게 했고 어느 정도 이루어 놓은 예다.

헌팅

작품의 성격상 등장하는 장소가 이번 경우에도 어느 특정장소가 꼭 필요했던 경우다, 호텔, 카페 등 어느 곳이든 가능한 그런 지점이 아닌 바로 복지원 그 자체였기 때문에 매우 난감한 지점이었다. 부산의 형제복지원에서 직접 촬영을 했다면 더할 나위 없는 것이겠지만 그것은 처음부터 무망한 노릇이기에 촬영 그 순간까지도 우왕좌왕했었다. 그러나 천우신조랄까? 서대문 교도소의 이사 소식을 접하고 무작정 달려갔고 그곳에 캠프를 설치했다. 너무 살벌한 모습은 배제시킨 채 인간이 인간을 가두어야하는 상황에서만 한정되게 사용했다. 며칠을 서대문 교도소에서 지새우며 촬영 외적으로 느껴지는 것이 고통스럽게 했다. 그 숨 막히는 공간이 주는 짜증과 답답함은 순간순간 자신의 절제를 잃을 정도로 비인간적인 것이었다.

연출노트

60분x8부=480분의 올로케는 밤낮으로 45일간의 강행군을 낳았고 많은 스탭을 몸살로 몰고 간 외에는 노트에 적을 기억이 나지 않는다, 하루가 지나면 또 다른 하루 역시 '레디 고!'의 연결이었으니까….

아이러니컬하게도 모든 사고가 차라리 정지되었다고 할까. 시간에 쫓겨 새벽 1시에 시작한 '쫑파티'에서 나를 찾았다면 〈인간시장〉을 보신 시청자들에게 실례가 되는 것은 아닐까? 그동안 작품을 연출하며 찾아 헤매고 만나고, 만들었던 사건들이 우선은 떠나갔지만 다시 또 새로운 사건이 날 기다리고 있다. 그러한 상황에서 나는 도대체 무엇일까. 해결사인가?

우린 엄격한 창조가 요구되어 온 이 세계에서 나도 모르는 또 하나의 기능인으로 전락하지 않았을까 자문해 본다. 저무는 해를 부여잡고 시간을 아쉬워하던 그 모습에서 아직은 남아 있는 조그마한 나를 발견한다면 그 역시 센치멘탈리스트 뿐일 것 같고….

(오명환, 텔레비전 드라마 사회학, 1994, 112~116쪽)

4. 사극-역사 바꾼 두 임금과 세 위인에 치중

〈암행어사〉

당시 〈수사반장〉, 〈전원일기〉, 〈113수사본부〉와 더불어 월요일에 자리한 주간 시추에이션 드라마다. 한마디로 암행어사의 사건해결 일지다.

8도를 유랑하며 방방곡곡에서 일어난 사건을 타결하는 조선 판 형사 콜롬보 역을 한다. 어사 곁에는 충직한 하인 방자와 호위무사가 그림자처럼 따른다. 뒤숭숭한 세상에 서민들의 영웅으로 떠오른 어사는 시원한 오아시스 격이었다.

해학, 풍자, 교훈과 함께 무엇보다 한바탕의 무술 액션이 볼거리였다. 삿갓을 쓴 호위무사 역에 전통무예인 안호해를 고정 출연시켜 실연實演의 재미를 더 했다. 1981년 1월에 시작하여 3년 반인 1984년 6월까지 149회를 지속한다.

김종학엔 잊을 수 없는 드라마다.

〈이병훈PD-김종학AD〉의 드림 콤비를 이뤄 처음 조연출 작품으로 몸을 담갔고 또한 다음 해인 1982년에 첫연출도 여기서 이루어졌다.

일테면 그의 연출 장르는 사극으로부터 시작되었다. 또한 흑백TV제작에서 칼라 드라마로 건너온 기술적인 변곡을 함께 한 작품이었다.

종학은 여기서 야외 액션장면을 한 단계 끌어 올렸다. 그가 눈여겨 본 홍콩 영화의 액션 방식을 활용하여 약동하는 동선을 창출했다.

"'한국인 재발견 시리즈' 3편"

구전 판소리를 음악체계로 정립하여 전통문화 자산을 집대성하고 예술의 혼을 통해 서민의 애환을 표현한 동리 신재효, 조선 후기 실학자인 다산 정약용의 사상과 철학을 묘사한 TV버전의 목민심서 그리고 조선 최초의 지리학의 선구자로서 일생을 통해 대동여지도를 완성한 실용 행정가 고산자 김정호. 1981년에 들어 MBC가 역점 기획한 '한국인 재발견 시리즈' 다.

민족정기와 숭고한 얼이 담긴 조상을 찾아 한 사람씩 심층적으로 극화하는 이른바 '한국 위인열전' 이다.

독립운동가 겸 사상가인 '단재 신채호' 를 내세워 첫 회를 열자, 종학은 판소리의 대가 '신재효', 실학의 거두 '정약용', 대동여지도를 만든 '김정호' 를 연속으로 올려 기획의도에 화답한다.

모두 조선말기의 인물로 연부작 대형 특집극에 실었다. 야외 촬영, 탈 스튜디오, 사전제작을 본격화했다. 이 작품들을 위해 전국 방방곡곡을 쏟아 다녔고 야외제작의 실체와 노하우 터득했다.

여기서 종학은 이은성과 임충이란 두 사람의 중견 작가를 만난다.

이은성은 〈동의보감〉과 〈허준〉을 드라마로 상륙시킨 입지적 작가다. 학력이 거의 없어 독학으로 역사 연구를 거듭했다. 1976년 MBC 일일극 〈집념〉(김무생 주연, 표재순 연출)을 집필하여 허준 일대기를 선보인 바 있다. 그는 상당 기간 자료수집과 고증연구를 통해 사실에 기초한 드라마를 냈다. 대중성보다 사실성을 중요시했다. 종학이 추구한 다큐멘터리 정신에 부합된 드라마투르기다. 신재효와 김정호의 일대기는 그의 다년간 축적된 내공의 결과다.

〈광대가〉 (이은성 극본, 3부작, 1983.3)

조기제작에 따른 방송 전 시사회로 주목을 끈 드라마다.

김한영과 1년에 가까운 기획, 16박1 7일의 야외촬영과 후반 편집을 끝내고 자체 시사회를 가졌다. 참석한 방송기자의 지적과 그리고 주위의 의견을 종합하여 부분적인 재촬영과 수정보완을 더했다. 당시 여건에서 이런 과정을 거치기란 흔치 않은 본보기가 됐다.

〈광대가〉는 작가 이은성이 5~6년 동안 자료를 모아 우리의 판소리를 집대성한 동리 신재효의 일대기다. 주제도 전통문화의 뿌리를 찾는데 두어 특집다운 무게를 달아냈다. 민속촌, 제주도, 안동 하회마을, 낙동강, 을숙도, 백마강, 설악산 등에서 ENG 올로케 촬영에 부분 동시녹음까지 시도했다.

김무생, 김영란, 한인수, 최불암 등 몸을 사리지 않는 연기와 의욕을 화면에 담았다. 김종엽, 김성녀 등 창극인을 과감히 끌어들였다. 촬영(정치조), 미술분장, 음악 등이 돋보인 점 등은 모두 조기제작의 성과로 꼽을 수 있다.

〈다산 정약용〉 (임충 극본, 4부작, 1983.8)

그의 사상을 요약하면 개혁과 개방을 통한 부국강병이다. 조선의 최대 실학자, 개혁가 그리고 열린 마음의 경세가로서 75세 생애를 그렸다.

다산을 떠올리면 '정조 임금과의 파트너십, 초고속 벼슬길, 18년 귀양살이, 국보급 저술편찬'이다. 여기에 독실한 천주교도인 3형제(정약전, 정약종)의 불행한 편력이 추가된다. 수원화성 축성, 한강 부교, 거중기 발명 등 빛나는 과학적 업적도 잊을 수 없다.

종학은 20대 초반 서학西學(천주교 이념)에 심취, 백성의 삶을 윤택하게 만들려는 그의 인간평등 사상과 민본民本 철학에 동했다. 일찍이 민주주의 기본 발상으로서 상기할 만한 것이었다.

정조의 죽음(1800년)과 순조의 등극, 천주교도 탄압(신유사옥)과 황사영 백서사건에 따른 인생몰락, 여야가 뒤바뀐 남인 시파와 노론 벽파의 당쟁이 배경으로 깔린다.

종학은 38세에 닥친 좌절을 인내와 성실로 극복하는 과정, 목민심서 등 40여 종의 저술로 실학을 완성하는 과정, 그리고 시대의 문제점과 개혁 방법을 제시한 용단 등을 드라마 주요 덕목으로 상정했다.

2012년 유네스코는 다산을 세계기념 인물로 선정했다. 고향 남양주
시는 다산의 유배 해제(1818) 2백주년을 맞아 2018년을 '정약용의 해'
로 선포하고 각종 현창사업을 벌이고 있다.

(중앙일보 2018.1.5)

〈고산자 김정호〉 (이은성 극본, 2부작 1983.11)

'대처 저 산줄기는 어디서 일어서서 어디 가서 그치는지, 서책에도
없으니 어찌하면 좋을까? …'

황해도 촌아이가 느낀 호기심은 이렇게 시작된다. 그래서 팔도를 세
번 돌고 백두산도 세 번 올랐다는 전설을 남긴다.

김정호의 대동여지도는 조선시대에 만들어진 가장 정확하고 정밀한
과학적인 실측지도로 평가되고 있다. 병인양요가 발발하자 독지전술을
위해 자신이 만든 대동지도를 냈다가 나라 비밀을 팔았다는 대원군의
분노로 투옥되는 시련을 겪기도 한다.

뛰어난 업적에도 불구하고 서민 탓에 기록이 빈약했다. 그럼에도 종
학은 그의 생애를 심도있게 파헤친 이은성 작가의 노력에 매우 감동했
다. 19세기 조선국토 정보를 수집하고 지역별 산천과 도로를 체계적으
로 집대성한 독특한 그의 집념을 개성파 배우 이대근에게 맡겼다.

〈조선왕조 500년〉시리즈 6화 '회천문'

〈조선왕조 500년〉시리즈 제6화 '회천문'의 연출령이 떨어졌다.

사극을 원하지는 않았지만 낯설지도 않았다. 드라마 입문 때 첫 사수는 〈암행어사〉의 이병훈 선배였고 '입봉'한 작품도 〈암행어사〉였다. 1983년, 조선왕조 500년 시리즈의 기획부터 만 3년간 마라톤 연출을 전담해 온 이병훈은 지쳐 있었다. 사극은 현대극에 비해 두 배의 품과 노동력을 요하는 장르다. 그에겐 휴식과 충전이 절실했다.

'회천문'(50부)은 15대 광해군 왕조에서 인조반정까지를 다룬 내용이다. 다행히 종학을 사로잡은 인물은 바로 광해라는 남자로, 퍽 매력적이고 뜻깊은 만남이었다. 그의 인간관계, 국가관, 당쟁관 그리고 외교수완 등 독특한 일면을 들여다보았다.

'세자 16년, 재위 15년, 유배 18년'으로 3분된 그의 50년 세월과 천당과 지옥을 오간 생애에 눈길이 쏠렸다. 종학은 광해에 대한 포지셔닝 즉 복합적 해석에 고심했다. 흉군이냐 현군이냐, 제왕적이냐 인간적이냐 등의 2분법보다 그의 양면성 탐구를 통해 내우외환에 멍든 왕조와 인생유전의 속살을 보여주고 싶었다. 선입견과 재해석의 사이에서 종학은 몇 가지 주요 관점에서 연출기조를 가늠했다. 이는 오늘날 우리 국가사회가 당면한 유사구조로서 시사하는 바가 크다.

첫째는 최고 통치자의 정체성 문제다.

선조에겐 14명의 자식이 있었으나 계비 인목에서 얻은 늦둥이 영창

대군을 제외하면 모두 후궁 소생이었다. 광해도 서자이자 임해군 다음의 차남으로 적장자 순위에서 한참 떨어져 있었다. 하여 주변으로부터 끊임없는 시비와 정통성 논란이 따랐다. 그의 세자 책봉은 왜란을 맞아 불투명한 정국과 민심 안정을 위해 내려진 임시방편이었다. 결정권자인 선조의 냉대와 불신이 노골화되었다.

라이벌은 즐비했다. 20년 차 아우 신성군의 득세, 30년 터울의 영창의 탄생, 그들의 생모와 측근들의 견제, 이미 난폭한 성격으로 실덕한 친형 임해군도 딴생각을 품고 있었다.

둘째, 정파와 정쟁 배경이었다.

그의 책봉을 둘러싸고 지지파(대북)와 반대파(소북)로 쪼개져 골육상쟁을 거듭했다. 설상가상 명나라는 광해를 조선왕으로 추인하지 않았다. 그는 이런 현실을 묵묵히 수용했고 생존을 위해 부단히 좌고우면했다. 때를 얻기 위한 16년간 인고의 세월과 7년 왜란은 세자의 명운을 혹독하게 시험했다. 그는 의주까지 피난한 왕권의 일부 권한을 부여받아 함경도와 강원도 일원을 통괄하는 분조分朝로 활동했다. 왜와 당당히 항전했고 포로가 되어 죽을 고비도 넘겼다. 위수지역에서 성공적으로 의병을 모병하고 전라도에서 군량을 조달했다.

그는 반정으로 하루아침에 보위에 오른 중종이나 인조와 비교될 수도 없고, 후사가 없어 정략적으로 선택된 성종, 영조, 철종, 고종 등과는 근본적으로 다른 임금이었다. 그는 결코 공짜로 된 왕은 아니었다.

셋째, 국제상황과 양면외교의 문제다.

등극 직후에 그는 '문고리 참모' 격인 김개시와 이이첨을 비롯, 이산해, 정인홍, 유희분 등 자신을 옹립한 사람들을 챙긴다. 명신 이원익, 이덕형, 이항복과 국사를 논했다. 권신, 간신, 충신들의 첨예한 대립관계도 이즈음에 이루어진다. 당시 바깥 상황은 명이 기울고 후금이 일어나는 전환기였다. 그의 배명친금排明親金정책은 각료들의 찬반 속에서도 '새 국방책'을 표방한다. 양국 사이에서 신중한 저울질은 세자 시절에 단련된 이중전략이다. '눈치외교'로 불렸지만 그것은 생존을 위한 불가피한 현실외교였다. 후금의 포로가 된 강홍립 장군의 위장투항도 명의 입장을 살린 광해의 중립외교의 대표적인 전략이다.

넷째, 제거와 숙청의 파란이다.

왜란 때 타버린 창덕궁과 경희궁 등 복원 공사는 왕권정립의 명분하에 강력 추진한다. 이는 재정핍박과 민생고에 부딪쳐 엄청난 반발을 샀다. 반대파는 무수히 숙청했다. 친형 임해군도 제거했고 인목대비와 영창에 대한 폐모살제廢母殺弟사건으로 사림 층은 완전히 등을 돌렸다. 그에 대한 극단적인 평가가 엇갈렸다. 소싯적엔 두 왜란을 온몸으로 겪었고 유배 때는 병자, 정묘호란을 당했다. 재위 시는 명과 청나라의 부침이 엇갈린 격변기였다. 이런 궤적은 그의 역경을 단적으로 상징하는 시대적 시련과 맥을 같이 한다. 한마디로 '왜놈과 되놈'에 짓밟힌 지독히도 불운한 청춘이었다.

끝으로 처절한 말년의 모습이다.

이귀, 김류, 김자점 등 서인 일파는 조카 능양군을 세워 그를 쫓아낸다. 이른바 인조반정은 10대 왕 연산군을 추방한 중종반정과 흡사했다.

형 임해와 동생 영창을 죽인 곳인 강화도에 자신도 유배되었다. 위리 안치 속의 그의 행적은 영월에서 사약을 받고 운명한 단종이나 홧병으로 명을 채근한 연산과 사뭇 다르다.

병약한 어머니를 일찍 여의었고 외조부는 임란 때 전사했다. 48세에 당한 폐위와 함께 처남들은 참수당한다. 유배지 탈출에 실패한 아들(폐세자)과 며느리는 자결하고 부인 유씨는 울화병으로 숨을 거둔다. 반년도 못되어 벌어진 총체적 가족비극을 광해는 알지 못한다.

병자호란이 일자, 혹여 '꺼진 불씨'를 우려한 조정은 그를 다시 제주도로 내친다. 그가 생을 마감한 곳이다. 낯선 섬에 갇혀 울분과 통렬함을 삭여낸 18년간의 질긴 여생은 상기할 만하다.

종학은 여기서 깜짝 카드를 꺼냈다. 광해 역에 이희도를 배정한 것이다. 만년 '문제적 남자'의 포인트는 그의 외양이었다. 작달만한 키, 음습한 얼굴, 그리고 쉰 목소리가 특징으로 떠올라 소신껏 내정했다. 예상대로 쏟아지는 반대의 목소리를 물리치고 어려운 캐스팅을 관철했다. 연극배우 10년 경력, 그래서 나타나는 오버액션을 종학은 침착 냉정한 연기로 전환했다. 그 역시 자신의 역할을 위해 박종화의 소설 '자고 가는 저 구름아'를 통독하면서 광해에 녹아들었다.

인목대비 역은 1년 전 〈북으로간 여배우〉의 문예봉 역에 발탁한 권재희를 앉혔다. 왕비 유씨에 권기선, 김개시에 원미경을 배역하여 삼각구도를 이루었다.

종학은 '역사극의 우등생' 격인 광해의 생애를 파헤치는 데에 86년 한 해를 몽땅 소진했다. 4월부터 10월말까지 만 7개월에 걸쳐 50부에 담아낸 이 작업은 한 군왕 주제로서 최다 횟수이자, 종학이 연출한 최장 작품이 되었다.

〈조선왕조 500년〉시리즈 7화 '남한산성'

광해를 보내고 숨 돌릴 틈 없이 차기 작품인 7화 '남한산성'에 매진한다. 86년 11월 초에 시작한 '남한산성'은 임진왜란에 이어 두 번째 환란인 정묘, 병자호란의 참상을 묘사한 내용이다. 추방된 광해를 이어 추대된 인조 왕조의 시련이 배경이다

호란胡亂을 맞아 '싸우느냐, 타협하느냐'의 국론분열과 파쟁으로 진영의 논리가 양분된다. 인조의 남한산성 피난과 청에 굴욕적인 항복이 적나라하게 묘사된다. 주전파 김상헌과 화전파 최명길의 시국관이 부딪치고 청 태종의 사신들이 기승을 부리는 시대다.

이 작품에 종학은 22부의 끝을 보지 못하고 도중에 입원한다. 지난 4년간 쉴 틈 없는 연출업무와 과도한 스트레스를 이기지 못했다. 중반부의 후속 연출은 유길촌 선배와 장수봉PD가 마무리한다.

5. 6·25와 3·1절 특집극을 통한 한반도 시련 부각

〈인간의 문〉 (조정래 원작, 김남 극본, 1983.6.23~24 2부작)

1983년 6·25특집극이다. 제1회 한국반공문학상을 수상한 조정래의 소설을 극화했다. 반공 드라마로서 처녀작이 그 해 제10회 한국방송대상 TV연출상을 안겨주기도 했다.

공산주의의 허구에 매달린 한 인간의 숨겨진 과거를 통해 2대 걸쳐 끝나지 않은 전쟁의 비극을 그렸다.

전임강사인 황형민에 어느 날 한 통의 괴전화가 걸려온다.

아버지 황복만이 6·25 당시 인민해방 대열에서 부역하며 고향 사람들을 학살하고 남의 아내까지 범했다는 것이다.

본명이 배점수였던 아버지는 성과 이름 그리고 고향까지 모두 바꿔버린 사실에서 부역 당시 인증 사진도 배달된다.

독립군이었던 할아버지, 북한 공산당의 생명 위협을 피해 남하하여 자수성가로 기업을 일군 아버지, 그래서 가문에 긍지를 느껴온 그는 양쪽 집안에 얽힌 엄청난 원한 관계를 감지하고 당혹감에 빠진다. 나의 성은 원래 황씨가 아닌 배씨였던가?

협박자는 유복자로서 부모의 한을 통해 황 사장에 복수를 고한다. 아버지는 젊은 날의 과오를 떠올리며 회한과 속죄의 늪에서 번민한다. 증인, 증언을 찾아 헤매면서 용서와 화해를 구하는 아들 황 교수, 이에 아랑곳 없이 서서히 죄어오는 그의 복수 집념, 누가 가해자며 누가 피해자인가? 아니 누구의 인과응보인가?

종학은 동란의 비극이 전쟁 비체험 세대로 건너온 점에 주목했다. 그리고 누군가가 맞이해야 하는 '유보된 죽음'의 그림자를 띄워냈다.

개인사와 가족사 그리고 현대사까지 가해와 피해, 원풀이와 한풀이로 얽힌 분단의 상처는 이들 모두를 또 다른 6·25의 비극으로 몰아넣는다. 여기서 종학은 전쟁은 아직도 끝나지 않았다는 점을 말하고 싶었다.

역점 특집극은 이를 곧잘 소화했던 종학의 차지였다. 이 작품은 이념 대결과 북한주제를 다룬 첫 연출작으로 의미가 크다. 더불어 종학은 몇 가지 체크리스트를 놓고 여타 반공극과 차별화했다.

동족상잔이 20여 년 후인 다음 세대인 2대에 걸쳐 지속되고 있는 점, 그 비극이 남북의 대결에서 끝나지 않고 남남 갈등으로 비화된 점, 성과 이름을 바꾸고 고향마저 등질만큼의 잔혹한 전쟁 후유증.

아버지에 초래된 불신과 의혹이 새로운 부자갈등으로 확산된 점, 제목처럼 '인간의 문'을 지나기 위해 오히려 비인간이 되어 사람을 죽이고 자신마저 기만해야 했던 시대상황, 당사자의 2세들이 상당한 지성과 교양을 지니고 있어 그 해결과정에 '제 2의 전쟁'으로서 귀추가 주목되는 점, '뿌린대로 거두리라'는 진리를 추리형식으로 대입하여 이념의 문제가 아닌 인간의 문제로 환원한 점 등이다.

당시 계기 특집은 정형화된 기획에 의해 연례적으로 진행되었다. 종학은 이런 관례를 훌쩍 뛰어넘었다.

'분단 드라마'의 첫 시도였다. 그것은 분명 진일보한 주제와 소재를 취급하고 있었다. 또한 1년 뒤의 1984년 6 · 25특집극인 〈동토의 왕국〉 등 세 편의 분단 드라마의 전초전에 자리매김한 작품이었다.

〈조선총독부〉(60분 5부작, 1984.2.29~3.4) 3 · 1절 특집극

1964년부터 3년간 신동아에 연재된 유주현의 장편, 이상현 극본, 5부작 300분에 담은 36년 굴욕사다. 국운이 기우는 구한말부터 광복까지 50여 년간 권력의 중심부와 재야 독립운동에 초점을 맞추었다. 1910년 경술국치 이후 3대 총독들(데라우치, 하세가와, 사이토)이 자행한 온갖 수탈, 징용, 압제에 대한 정황이 주요 배경으로 깔린다. 독립운동가인 박충권과 애인인 윤정덕을 중심으로 민족 진로와 자유를 쟁취하는 과정이 주축을 이룬다.

종학은 통치자 일본과 피통치자 조선인의 양면 대비로 가닥을 잡았다.

이에 따라 많은 등장인물을 몇 부류로 나누어 그렸다.

의기양양한 일본 관료들과 상인들에 아부하며 개인 욕망을 채우는 조선인들, 반대로 나라를 되찾기 위해 목숨을 건 독립운동가들, 초기 항일정신을 잃고 서서히 변절하는 사람들, 그리고 고통과 수모를 오롯이 감당하며 힘든 시대를 살아가는 수많은 민초들…. 여성들도 고난에서 예외일 수는 없었다.

여기서 종학은 대형 시대극에 대한 천부적인 제작 본능을 드러낸다. 규모의 방대함과 세월의 유장성은 7년 후에 만든 〈여명의 눈동자〉의 디딤돌이 되었다.

"〈새마을, 노인, 청소년〉 캠페인 드라마 3편"

70년대~80년대에서 나타나는 TV드라마의 특성 중 하나는 소위 '캠페인 드라마'의 빈번한 출현이다. 국민적 정신운동의 메시지를 드라마에 반영하여 정부가 의도한 정책을 널리 계몽하고자 했다.

영향력 큰 TV매체, 방송사 일임의 간단한 절차, 그리고 즉각적인 반응효과가 장점이었다. 종학도 이런 환경을 피해갈 수는 없었다. 그는 80년대 초기, 새마을과 청소년 주제 그리고 노인 문제를 담은 3편의 캠페인 드라마를 제작했다.

〈아내는 회장님〉 (1983.7.8 70분 단막특집, 박찬성 극본)

1982년 새마을 수기 공모의 당선작을 극화한 전 국민용 계몽극이다.

소위 '국책 드라마'의 하나인 '새마을 드라마'다.

조그마한 어촌의 부녀회장이 마을 발전을 위해 밤낮으로 애쓰는 과정을 그린다. 실제 부녀회장인 이연숙 씨의 어촌 새마을 성공사례를 엮었다.

〈해 저무는 들녘에〉 (1984.4.14 90분 2부작, 이상현 극본)

고령화 사회의 초입에서 발상한 노인 특집극, 노부모를 모시고 사는 장남 가족과 차남 가족의 갈등을 통해 오늘날 노인들의 현주소를 말했다. 이른바 자식들 세대에 각성을 촉구하는 실용 드라마다.

'돌아본 미래'로의 세대 간 괴리를 논픽션으로 해석하고 드라마 후반부에 실제로 주제 토론을 추가했다. MBC드라마로서는 최초의 시도한 드라마 테일러(drama tailer)로서 종학의 논픽션 정신을 반영한 대목이다.

〈빛과 그림자〉 (1985.1.5 60분 2부작, 박찬성 극본)

청소년 부모와 청소년 가정에 드리는 청소년 선도극, 문제 가정에 문제 청소년이란 등식이 항상 성립된 것만은 아니다. 평범한 가정에서도 소리 없이 도사리고 있는 예기치 못한 일과 문제점을 들췄다.

제4장

폭력의 미학, 죽음의 해법

1. 3대 폭력 코드와 릴리시즘(서정주의)

　　폭력은 힘의 방식으로 타인에 사상死傷을 입히고 위해를 가하거나 억압하는 행위다. 물론 사전적 의미다. 난폭한 완력에서 정치적, 군사적, 경제적인 공격까지 아우른다. 그것은 원시적이며 동물적이다.

　　폭력은 가해자와 피해자 양극의 충돌에 의해 성립하며 진전한다. 3자에 따른 사주와 교사 그리고 청부 형태로도 나타난다.

　　드라마에서 폭력은 정신과학, 의학, 심리학, 교육학의 일부분으로 상당한 복합성을 띤다. 그것은 비언어 영역으로 대사와 필설을 생략하고 다양한 시청각 언어를 배태한다. 아울러 승패를 넘어 군림과 굴종, 대립과 반목, 그리고 후속된 갈등을 생산한다.

　　김종학이 드라마에 동원한 폭력은 대저 네 가지로 모아진다.

　　첫째는 전쟁폭력이다.

　　전쟁은 최대 폭력이자 최악의 폭력이다. 국가에 의한, 국가를 위한 개개인의 희생을 요한다. 국익보호와 국가안전을 위한 불가피함으로써 정당화된다. 무기사용, 집단학살 등 모두 허가되고 용인된 폭력이다. 적개심을 키워 애국심을 높인다. 그 규모에 비례하여 훈장도 받는다.

〈여명의 눈동자〉의 폭력성을 지배하는 것은 모두 전쟁이다. 최대치, 장하림, 윤여옥을 비롯한 주요 인물들의 폭력은 모두 전장에서 나온다.

〈제5열〉도 전선 없는 첩보 전쟁이다. 폭력에 의한 일망타진으로 사건을 매조지 한다. 전쟁은 폭력자체보다 폭력화된 인간을 양산하는 데 문제가 있다.

〈모래시계〉는 군대 폭력이 등장한다. 계엄군이 시민을 무차별 진압한다. 삼청교육대의 군 교관들은 수감자들에 무지한 구타를 자행한다.

둘째, 제도폭력이다.

이른바 공권력에 의한 폭력행위다. 시위와 집회, 집단저항의 저지과정에서 많이 나타난다. 매번 '공무집행'의 형태로다.

권력과 기득권 보전, 체제와 질서유지, 범법과 탈법의 응징을 위해 법도에 따라 공공연히 행사한다. 군대, 정보기관, 검찰, 경찰의 물리적 행위는 모두 이에 해당한다.

4·3, 4·19, 5·18 등에서 죽고 다친 시민들은 공권폭력의 희생자다. 〈모래시계〉의 비극도 제도폭력으로부터 시작한다. 정보기관의 간부들은 체제유지를 위해 제3자에 폭력을 공작, 사주, 교사한다.

셋째, 조직폭력이다.

집단 간 이해관계에 따라 충돌한다. 영역사수와 경쟁자에 대한 우위 확보를 위한 수단이다. 조폭뿐만은 아니다. 기업폭력이 더 심하다. 갑

을관계, 상하관계에서 비롯된 언어폭력이나 쓴맛, 매운맛을 보이는 각종 위협, 억압도 여기에 속한다.

〈인간시장〉, 〈퇴역전선〉의 주인공은 고군분투로 이런 폭력에 맞선다. 〈모래시계〉에서도 축을 이룬다. 카지노의 대부 윤재용 회장과 박승철 회장의 대결, 박성범 일당과 노주명 패의 충돌은 조직폭력의 범례다.

넷째, 개인폭력이다.

복수 또는 앙갚음의 형태다. 그러나 목적이 수단을 정당화하기 어렵다. 개인 대 개인의 자위권, 또는 개인 대 조직의 공방으로 노출된다. 악의 제거 또는 정당한 되갚음의 명분을 띠지만, 폭력의 연원을 따져보면 간단치 않은 인간관계와 인과관계가 얽힌다.

〈모래시계〉의 백재희, 이종도가 당한 최후도 각각 개인폭력에 의한다.

폭력은 사상, 인종, 종교를 초월하여 인류태생과 함께 존재해 왔다.

첫 단계 폭력은 생존투쟁 및 종족보호 수단으로 집단화했고, 2단계는 경쟁과 전쟁, 우열과 서열을 결정하기 위한 방법으로 조직화 되었다. 3단계 분노와 원한, 또는 복수 행위로 개인화되었고 4단계는 악의 퇴치나 질서유지를 위해 제도화되었다.

드라마에서 폭력은 다목적으로 사용하고 있다. 또한 부가된 수단도 다원적이다. 격심한 움직임과 충돌을 전제한다면 이미 폭력 자체가 친 TV적이며 친 드라마적이다.

일탈감을 앞세운 파괴, 파열음으로 주목도와 몰입효과 높인다.

가학과 피학성을 극대화하여 감정이입을 쉽고 빠르게 한다.

스토리텔링의 급전, 단락, 연결 계기를 제공한다.

원초적 공격심리와 대리 만족도를 높인다.

인물 간 '창조적 파괴'로 새로운 존재감과 관계성을 형성한다.

강력 동선에 의한 일종의 퍼포먼스로서 영상에 활력소가 된다.

폭력도 소통의 일환이다. 가장 적극적인 의사표현인 셈이다.

〈섹스, 범죄, 폭력〉이 없는 드라마는 〈단맛, 짠맛, 매운맛〉이 없는 음식과 같다는 말로 비유하여 그 '필요악'을 암시하고 있다. 패거리와 진영의 논리에 갇힌 사람일수록 잠재 폭력에서 자유로울 수 없다. 어느 누구도 상황에 따라 언제든 폭력을 행사할 수 있다는 점이다.

영상작품에서 폭력코드는 오랜 동안 환영을 받아왔다. 그러나 우리 방송심의 기준은 '과도한 폭력을 다루어선 안 된다'고 명시하여 표현 형태와 수위의 절제를 요구하고 있다. 어떠한 경우에도 폭력과 범죄가 미화되고 모방돼서는 안 된다는 뜻이다.

〈모래시계〉의 전반적인 플롯의 힘은 다양한 폭력의 교집합에 의한다. 갈등을 타개하고 문제해결에 순간적인 처방을 제공한다. 폭력의 행태는 장소와 대상에 따라 다양하게 설정된다.

태수(김정현)와 우석(홍경인)의 우정은 고교시절 패거리 싸움에서 강화된다. 태수는 조직폭력의 중심이 되어 정치폭력과 청부폭력을 주도

한다. 우석은 공권폭력에 쫓긴 데모 여대생 혜린(고현정)을 구한다. 이윽고 광주행쟁의 진압군으로서 군대폭력에 가담한다. 태수는 체포되어 삼청교육대에 의한 국가폭력에 피해자가 된다.

정계유착의 대부 윤 회장(박근형)은 제도폭력에 안주하다가 버림을 받고 쓰러진다. 혜린의 보디가드 재희(이정재)는 집단 테러로 절명한다. 태수는 개인폭력으로 배신자(정성모)를 제거하고 자신도 사형대에 오른다.

장소별로 보아도 다양하다. 학창시절의 태수를 중심한 학교폭력, 윤 회장이 혜린에 가하는 가정폭력, 자동차에 의한 거리폭력, 카지노 또는 아지트로 대표되는 특수공간의 폭력 등이다.

폭력은 〈인과응보, 권선징악, 자업자득〉을 내용으로 하는 작품에서 곧잘 서식한다. 전쟁극, 수사극, 액션극은 그 충실한 숙주다.

종학의 폭력 코드는 그것을 유도하는 범죄와 양립한다. 폭력과 범죄는 새로운 발명품에 가까울 정도로 다양한 종류를 엮어낸다. 단순한 제압수단부터 제거(죽음)수단까지를 포함한다.

폭력의 양식화 또는 스타일리스트

종학은 동전의 양면처럼 긍정과 부정이 함께 하는 폭력효과의 이중성을 저울질했다. 하나는 해소 이론인 카타르시스 기능, 즉 대리만족으로서 TV폭력의 긍정적인 힘을 기대하는 것이다. 답답한 현실을 일소

해주는 간접경험으로서 보상효과다. 나의 관여지역을 크게 훼손하지 않고 다만 오락으로서 인식하는 것이다.

다른 하나는 학습이론으로 자극은 곧 반응을 일으킨다는 부정적인 측면이다. 폭력 노출이 시청자의 흥분수준을 높이고 공격성을 확대하여 개개인의 잠재행위를 강화한다. 따라서 단순한 관찰을 넘어서 이에 동조하고 모방하는 모델이 되어 실생활에 영향을 미친다는 것이다.

종학은 전자인 해소 이론에 비중을 둔 편이다. 드라마에 의한 감성기능을 더 높이 사기 때문이다.

첫 회부터 정보부 장도식(남성훈)부장이 태수(최민수)에게 폭력(주먹)의 철학을 설파한다.

태수는 "나랏일을 하시는 분이라고 들었는데 나랏일에 깡패 키우는 일도 들어갑니까?" 하고 묻는다. 즉각 대답이 이어진다.

"어! 그 말을 조금 바꾸지. 깡패라…? 그건 시각의 문제야, 왜정시대에 우리 독립군을 일본순사들은 깡패라 불렀지. 결국 누굴 위해 일하느냐 거기에 따라서 깡패도 될 수 있고 애국지사도 될 수 있지. 어때? 기왕 주먹 쓰는 거 나라를 위해 써보자는 얘기야…. 난 지금 자네에게 기회를 주고 있는 거야, 닭장을 나와서 하늘을 날 수 있는 기회 말이야."

이는 폭력이 목적과 쓰임새에 따라 깡패가 아닌 애국행위로도 정당화되는 장면이다.

종학의 폭력은 고전적이다. 밑그림은 주먹과 각목 사용이다. 〈모래시계〉 역시 '낭만주먹'이 주류를 이룬다. 칼부림은 종도가 한차례 행한다. 그 때문에 보스에게 '양아치'로 멸시당하고 절체의 순간 태수에 휘두르다가 죽음을 자초한다. 이는 TV드라마의 표현 한계를 의식한 결과다. 그는 성악설^{性惡說}의 신봉자처럼 보인다.

우선 폭력의 미학적 접근이다. 폭력의 미화가 아니라 폭력의 스타일을 양식화하는 것이다. 폭력의 양식화는 시청자의 '감성화, 충동화, 야성화'와 맞닿아 있다. 〈인간시장〉에서는 숫제 전경과 학생들의 극렬한 충돌 장면을 타이틀 영상으로 사용했다. 폭력의 릴리시즘 즉, 서정주의에 호소한 내면적인 감흥을 슬로모션으로 시각화했다. 더불어 출현 지점을 정확히 설정한다. 스토리의 변곡점, 그리고 주요한 시추에이션의 전환점에서 적확히 사용한다.

과연 그는 폭력의 스타일리스트다. 그의 미학은 일찍이 영화기법에서 차용되곤 했다. 그 신은 롱테이크가 없다. 1대 1의 충돌 또는 다수 대다수의 대결 장면을 순간순간 짧게 끊어 스타카토식으로 편집하여 역동적인 리듬을 살린다. 이는 허리우드 영화나 홍콩 느와르에서 응용한 결과다.

2. 사설과 칼럼에 비친 폭력의 시각들

'모래시계에 나타난 후유증'

폭력을 소도구화 했다. 조폭의 허상과 제도적 폭력의 해악을 설득력 있게 묘사한 것은 탁월한 영상력에 의한 것임을 충분히 인정한다.

그러나 폭력묘사가 끊임없이 반복되고 폭력배들의 우정과 의리가 '신비스럽게' 미화되는 것들이 청소년에 좋지 않은 영향을 끼칠 수 있다. TV속의 폭력과 현실을 구분하지 못한 채 무비판적으로 수용하는 것이다. 폭력이 전체 줄거리 및 주제와 교묘히 융합되어 있고 구성상으로 필수적이라면 '효과적인 소도구'로 인정받을 수 있다.

(문화일보 사설 1995.2.15)

'모래시계의 사회학'

단순히 재미를 뛰어넘어 사회학적 논의 대상이 되는 것은 어두운 시대의 터널에 대한 현대사적 재평가라는 측면이 강했기 때문이다.

작품 속에 나타난 폭력의 두 축은 정치폭력과 사회폭력이다. 이것으로 참담했던 한 시대를 재조명했다. 카지노 기업이 수단방법을 가리지 않고 정치자금을 거둬들이고 사회폭력배들과 은밀한 야합을 통해 정치적 권모술수를 자행했다. 정치폭력에 대한 경각심과 교훈을 주는 공감대가 형성되었다. 또한 사회폭력을 의리와 주먹이 정당방어의 수단으로까지 미화되는 악례도 몰고 왔다.

대중문화의 총아로서 TV의 순기능과 역기능을 어떻게 조화할 것인가를 반성하는 자료로 삼아야 한다.

(중앙일보 사설 1995.2.15)

"폭력문화에 함몰된 우리 의식과 일상"

차재호(서울대 심리학과 교수)

우리가 이 드라마에 빠져드는 이유는 세 가지다.

첫째는 광주시민 항쟁, 심청교육대, 카지노 조직의 다툼, 정치테러, 민주화 운동, 범죄와의 전쟁 등 귀에 익은 사화사건들이 빽빽이 들어차 있다. 대부분 독재시대를 겪으면서 우리 국민들이 그 진상을 완전히 알 수 없었던 것들이다. 단편적으로 뉴스에 보도된 것과는 달리 이 드라마는 이런 사건을 현실감 있게 이야기로 재생하고 있다. 세상 물정에 어두운 시청자는 TV화면의 창구멍을 통해 생생히 훔쳐보는 느낌을 얻는다. 사실 70년대 말까지 정권은 최대 폭력조직과 같은 것이었다. 이 정권은 폭력조직을 소탕하려고 노력했지만, 한편으로는 그런 폭력조직을 키우는 역할도 했다. 그 정권이 사라졌을 때 '비합법적' 폭력조직이 기승을 부리게 된 것이다.

두 번째 이유는 우리가 폭력의 문화에 살고 있기 때문이다. 주먹세계에만 폭력이 있는 것은 아니다. 정당, 기업조직, 관청, 심지어 교회나 대학에서도 폭력은 존재하는 것이다. 폭력은 각목이나 무기로만 발휘되는 것이 아니고 다수의 힘만 믿고 불의나 부정을 위해 야합하여 개인의 자유를 빼앗고 불합리한 행위를 하는 모든 곳에 있는 것이다.

이런 곳에는 예외 없이 폭력에 시달리는 사람과 이를 보면서 무감각한 이웃이 있기 마련이다. 우리는 폭력의 희생자가 되면서 어느덧 폭력 문화에 길들여져 버렸다. 그래서 정치테러, 건축폭력, 정권에 의한 불법사업이나 주먹조직의 비호로 가득 찬 이야기에 빨려든다.

세 번째, 불의와 싸우는 인물들의 존재를 들 수 있다. 그 싸움은 주먹세계는 물론 법정 안에서도 일어난다. 이는 상처 입은, 힘없는 자의 저항이고 또 일반시민들이 품고 있는 일말의 희망을 대표한다. 애정, 의리, 독재의 항거 등 이야기가 드라마의 큰 줄기에 엉켜들지만 시청자는 무엇보다 불의에 항거하는 외로운 영혼들에 대해 깊은 공감을 느끼는 것이다. 우리 사회가 거듭나려면 우리의 무의식처럼 된, 폭력으로 황폐화된 우리 자신의 세계를 똑바로 볼 필요가 있다. 폭력이 헤집고 간 땅 위에 돋아난 민들레꽃을 이 드라마는 보여주고 있다.

(중앙일보 1995.2.9)

"물리적 폭력은 빨아도 폭력"

최일남(소설가)

삶의 별의별 가변성에 기반을 둔 드라마 만들기의 폭은 자유롭고 넓을수록 좋다. 그러나 광주와 학생운동 본래의 모습이 그런 식으로 녹아든 가상의 상황을 놓고, 보란 듯이 위안을 얻은 사람 또한 적잖게 추신할 수 있는 오늘이다.

과거의 현실 그리기 못지않게 현재의 제작 현실이 얼마나 힘든가를 왜 모르랴. 그래서 재미의 반타작을 건지고 보장받게 마련인 폭력조직의 울타리 안에서나마 굽은 세상을 조금이라도 바르게 펴려는 시도를 평가한다. 그렇게라도 해서 이 드라마가 모처럼 보여준 슬픈 현대사의 한 자락을 재음미할 기회를 가졌다.

심심하면 우당탕 터지는 패거리들의 혈투가 자주 벌어져 나중엔 어느 편이 어느 편을 치는지 헷갈릴 지경이다. 다만 어쩐지 멋있어 보이는 의사(擬似) 사나이다움이 문제다. 물리적 폭력은 빨아도 폭력이니까.

아쉬움도 남는다. 재미의 여파가 바깥으로 번져 모래시계가 동나고 주제가를 담은 디스크가 날개 돋친 듯이 팔린다고 한다. 이런 성공사례에 만족해도 되겠으나 '모래시계'를 딛고 언젠가는 시침과 초침이 똑바로 움직이는 '역사시계'를 대했으면 한다.

(문화일보 1995.2.10)

"주먹보다 머리로 해결할 수 없나?"

안정효(소설가)

헤밍웨이는 도스토에프스키의 소설이 전혀 창작기법의 기초조차 갖추지 못했으면서도 엄청나게 감동시키는 힘을 지녔다는 얘기를 한 적이 있다. 모래시계도 어쩌면 그와 비슷한 돌출현상이 아닌가 생각된다.

여타 드라마를 제치고 일거에 방송극계를 석권한 힘은 어디에서 나온 것일까, 우선 속이 시원하다. 정치인들과 검찰, 언론을 포함한 모든 사회조직이 종노릇을 해야만 했던 군사정권의 썩어빠진 세상을 겁없이 때려 부수겠다고 덤비는 당돌한 여주인공을 통해 대리만족을 구할 수 있기 때문이다. 예컨대 '가진 자들이 얼마나 치사해질 수 있는지 보고 싶다'던 질타의 통쾌감이 그렇다. 어쨌든 TV드라마의 이정표가 하나 박히지 않았나 하는 만족감을 주는 모래시계였다.

아쉬운 점은 정의의 실현이 꼭 주먹으로만 해결되어야 하나 하는 생각이다. 주먹을 자제하고 머리로 해결하더라도 얼마든지 박진감을 자아낼 수 있다는 것을 우리는 레지널드 로즈의 드라마를 시드니 루멧 감독이 헨리 폰더를 주연시켜 영화로 만든 〈분노의 12인〉(12 Angry Men, 1957)에서 경험한 바 있다.

(경향신문 1995.2.16)

'주의조치'로 끝난 폭력의 심의

결국 반복적인 폭력 노출로 방송위원회의 심의에 올랐다. 1부에 등장한 야당 전당대회를 쑥대밭으로 만드는 장면, 고교 학생복의 태수가 패싸움을 벌이는 대목 등 여덟 번의 폭력 묘사의 지적을 받았다.

'폭력은 사회전체에 대한 공동과제며 인류사회의 문제다. 어떻게 해결해갈 것인가를 우리 모두 함께 생각해 보고 풀어야할 숙제다…'

이해욱 SBS프로덕션 상무는 폭력의 거시론적 논지를 폈다.

종학은 '폭력묘사의 전개는 전체적으로 시청자들의 정서에 녹아들 수 있는 내용들이다. 사형장의 이슬로 사라지는 폭력배 태수의 최후는 결코 미화되거나 정당화되지 않음을 드러낸다…'고 덧붙였다.

(국민일보 1995.1.20)

드라마의 높은 성과의 덕분이었을까? 심의 결과는 경징계인 '주의조치'로 그쳤다. 이례적이었다.

(문화일보 1995.1.20)

3. '신체언어'로 대사 위주에서 탈피한 연출

1938년, 프랑스 극작가 앙토냉 아르토(1896~1948)는 '잔혹殘酷연극론'을 정립하여 극의 본질을 새롭게 규명하고자 했다.

즉 혼란과 모순투성이인 인생은 언어의 조립만 가지고 파악할 수 없는 것이며 진실한 연극이 되기 위해서는 모든 육체적 표현을 통해 관객에 공포와 광란을 경험케 하고 거기서 인간의 특별한 힘이 존재하고 있음을 나타내야 한다고 주장했다. 그 힘은 대사를 뛰어넘어 몸짓, 조명, 색상, 음향의 종합적인 효과로 보았다. 특히 몸짓은 싸움, 춤, 마임, 주술을 포함한 격렬한 행위며 노래, 고함, 비명, 리듬의 접합을 통해 무대의 행동과 관객의 내면 사이를 강렬히 융합하여 새로운 체계의 진실을 전달코자 했다.

이는 말(언어)에 대한 반감反感이자 그 자체를 부조리한 것으로 보는 것이다. 따라서 다양한 행위 개발과 동작 제시로 언어의 한계에서 해방돼야 극의 진정한 본질과 마주할 수 있다는 것이다. 특히 인간의 사악함과 잔혹함은 행위를 통해서 전달될 수 있으며 이것은 대본 외의 시각

작업으로 제시되어야 한다.

종학의 폭력관은 잔혹연극론의 인지 여부에 관계없이 유사한 점이 많다. 즉 대사 위주의 탈피, 비주얼 기능의 다양화, 비언어적인 표현의 중시다. 언어의 청각성 보다는 영상의 시각성이 더욱 몰입도를 높이며 드라마를 자유롭게 하고 순수하게 한다는 뜻이다.

아르토가 배우 중심의 무대행위 창출을 중시했다면 종학은 대사 외적인 현장 중심의 연출에 비중을 둔다. 폭력의 정밀한 재구성에 따른 메시지 작업도 여기에 속한다. 그것은 슬로모션, 실루엣, 침묵, 스토카토 같은 영상기법에 의해 골고루 표현된다. 현대사에 있어 각종의 사건과 굴곡마다 폭력이 작용하고 있다.

따라서 그에게 드라마 속의 폭력은 육화된 신체언어이자 소통을 위한 물리적 언어다. 굳이 아르토의 이론에 대입해보면 종학은 드라마의 '잔혹 연출론자' 로 간주할 수 있겠다.

4. 종학의 데스노트(death note), 또 하나의 시작

드라마 속, 죽음의 해법

그의 데스노트에 적힌 죽음의 행태는 다양하다. 육신의 부재와 정신의 부활이 뭉쳐있고 피의 전율과 아름다운 별리도 있다.

죽음은 인물 간 대위법의 일단락으로 관계의 소멸을 뜻하지만 이를 초월한 형이상학적인 의미를 부여하기도 한다. 종학은 죽음까지도 하나의 퍼포먼스로 설정하여 구체적인 묘사에 각별한 솜씨를 보였다. 삶의 마지막 사건이기 때문이다

그의 죽음은 강렬한 메시지의 통로다. 죽음은 거꾸로 삶의 추동력이자 드라마의 주제를 환기한다. 부재를 통해서 존재를 가르키는 것, 그에겐 죽음은 삶의 밖과 안쪽에도 동시에 있다. 둘은 한 쌍의 개념이다. 삶에 대한 근원적 욕망을 드러내기 위해서다.

죽음을 전후한 인물의 삶은 한쪽 결로만 설명될 수 없는 다층적인 함의를 갖는다. 마치 부활한 존재가 남긴 무덤처럼 복합적인 방식의 성찰

을 요한다.

죽음의 양태는 평생 살아온 인생과 그의 마지막 모습을 일치시키는 작업이다. 생과 사의 모습이 서로 균형을 이뤄야 한다는 것이다.

〈여명의 눈동자〉의 최대치와 윤여옥의 죽음이 설원 속의 엄숙주의로 비약하는 이유다. 〈모래시계〉에서 태수의 죽음은 빗나간 청춘에 대한 잔혹한 대가다. 탐욕의 화신인 윤 회장이나 종도의 최후는 비참하다. 그만큼 삶이 비열해서다.

문학이나 드라마 속에 나타난 죽음의 양태는 어떤 뜻을 내포하는가? 살인 또는 자살 또는 사고사 등 각종 죽음들은 스토리에 대한 '단락, 비약, 급전, 반전'을 유도하는 중요한 모멘텀이다.

생명은 끝나고 시신은 말이 없지만 끝이 아닌 전혀 다른 시작이 된다. 죽음은 방법, 시간, 장소에 따라 새로운 계기를 부여한다. 뿐인가, 살아 있는 자들의 삶과 의식을 지배하고 전환하기도 한다. 그래서 극약 처방인 죽음에 대한 개연성은 드라마 구성의 개연성과도 직통한다.

그의 데스노트는 단막극 연출에서부터 강하게 작용한다.

드라마 해법은 묘하게도 죽음부터 마주하고 죽음을 통한 삶을 귀납적으로 풀어내는 것이었다. 처음 연출한 단막극 〈갈 수 없는 나라〉는 다섯 명의 재벌 2세가 차례로 의문의 죽음을 당하는 추리적 구성이다. 〈일곱 개의 장미송이〉는 일곱 사람을 하나씩 제거해가는 싸늘한 설정이 몸통을 이룬다. 두 단막극에서 맞는 죽음은 열을 훌쩍 넘는다. 아예 죽음의 연속 잔치처럼 보인다.

어찌 보면 종학의 드라마 식탁의 차림표는 죽음의 메뉴로 시작한다. 마지막 단막극인 〈모계사〉 역시 어머니의 죽음을 통해서 딸의 내림 운명의 고리를 묻고 있다.

미니시리즈 〈아름다운 밀회〉는 재벌 회장님의 의문의 죽음으로 서막을 연다. 그 미스터리와 유산상속을 둘러싼 인간군상의 탐욕이 스토리를 이룬다. 〈퇴역전선〉도 주인공 아버지의 죽음으로 막을 연다. 경쟁업체의 음모와 공작에 걸려 회사가 도산하면서 자살한다. 이 죽음은 초반부터 주인공 백상우의 직업과 인생관을 완전히 바꾸는 장치로 작용한다.

남의 의지에 의해 죽는 것은 두 번 죽는 것이다. 평화를 갖다 주지 않은 죽음은 죽음이 아니다. 그래서 그의 죽음의 파티는 한 번으로 그치지 않거니와 결코 평화를 갖다 주지도 않는다. 죽음의 공포는 해결되지 않는 삶의 모순을 증폭한다.

1983년 6·25특집 〈인간의 문〉의 주인공도 초장부터 생명 위협에 직면한다. 동란 때 인민군에 부역하면서 동네 사람들을 학살한 과거와 그 중의 유복자가 '눈에는 눈'의 복수를 통고했기 때문이다.

〈영웅시대〉의 이동영의 최후는 남북 딜레마가 강요한 비극이다.

〈여명의 눈동자〉는 초반부에 몇몇의 죽음은 전쟁 통에 죽어가는 불가피한 상황을 대변한다. 그러나 대치와 여옥의 최후는 비극적인 현대사를 예증하는 죽음이다. 그의 죽음에 대한 해법은 삶에 대한 마침표를 찍는 것이 아니라 모든 것이 끊임없이 새로워지도록 하기 위해 삶을 탈취하는 것이다.

〈모래시계〉는 15명이나 죽어간다.

행복한 사람은 알맞은 때에 죽는다, 그래서 열다섯의 죽음은 하나같이 불행하다. 죽음을 제외하고서는 아무것도 내 것이라고 부를 수 없다. 죽음이란 우리의 모든 비밀, 음모, 진실의 베일을 벗기는 것이다. 그래서 죽음 자체보다 죽음의 수반물이 사람을 두렵게 한다.

초장에 드러낸 태수 모의 죽음은 태수를 어둠의 길로 전락하는 동기를 부여한다. 우석 아버지의 죽음은 아들에 대해 초지일관 정의의 사도로 거듭나는 멘토 역할을 제고한다.

광주항쟁 묘사에는 네 명이 꽃다운 젊음의 죽음을 통해 현대사의 가슴 아픈 현장을 목격하고 있다. 자해, 병사, 돌연사, 구타치사, 총탄사, 청부살인, 사형까지 등장한다. 죽어서 새로워지고, 죽어서 거듭나는 것, 그래서 모래시계는 열다섯 번 새로워지고 거듭나면서 서사구조의 탄력을 유지한다.

이런저런 이유있는 죽음은 초반, 중반, 종반에 골고루 배치되어 있다. 그리고 다양하고 치밀한 죽음에 따른 새 국면전환이 이어진다.

이 작품은 죽음에 의한, 죽음을 위한 죽음의 소나타 같다. 그리고 〈여명…〉처럼 주인공의 죽음으로서 대단원의 막이 내린다.

드라마 제목인 '모래시계'가 죽음의 테마에서 비롯된 것은 흥미롭다. 필리프 드 상파뉴의 그림인 '메멘토 모리'(memento mori, re-member death: 네가 죽을 것을 기억하라), 그 속에는 꽃과 모래시계가 들어있다. 꽃은 찬란한 삶이자 시들게 되는 운명이며, 모래시계는 알갱이의 떨어짐을 통해 인간은 필멸必滅의 존재라는 모티브를 상징한다.

'모래시계'에서 보낸 열다섯의 목숨

〈모래시계〉 속에서 비명에 간 캐릭터는 중장년이 8명, 젊은이가 7명으로 세대별로 균형을 이룬다. 그중 여성은 세 사람이다.

죽음은 드라마의 초장부터 나타나 단락을 맺어주고 그 배경을 통해 각 캐릭터의 존재감을 부각한다.

작품의 기조는 '죽음의 카드섹션'이라고 불러도 좋을 만큼 다수의 인물이 그 문턱에서 넘어진다. 죽음은 주연, 조연, 단역까지 24부에 골고루 배치되어 있어 계기부여와 구성의 맥을 연계한다. 또한 끝판의 종료를 위한 마감재가 아니라 중간 골격재임을 말하고 있다.

애틋한 모성애와 열녀의 정을 보여준 태수 모(김영애)의 죽음은 1부 끝에 나타나 작품의 색조를 지배한다. 그리고 아들 태수를 정신적, 물리적 고아로 만들어 사회적 이단아로 전락하는 환경을 조성한다.

7부와 8부에 나타난 광주항쟁 국면에서 무고한 네 청춘들이 스러진다. 신군부는 시민들을 '불순세력'으로 몰아붙여 무력에 의한 일망타진을 정당화한다. 삼청교육대 국면에서는 자해, 사살, 투신으로 세 사람이 숨진다. 그들의 불행은 사실에 기초한 것이어서 역사적 사건의 비통함을 더한다.

15~16부에서는 박 회장과 윤 회장 등 카지노 재벌들의 죽음이 차례

로 연속되어 자업자득으로 인한 물신주의 말로를 드러낸다.

20부를 넘어 드라마의 주역들이 차례로 죽어가면서 종막을 알린다. 오로지 혜린을 보위해 온 재희가 폭행 치사로 쓰러진 것은 가장 아프게 묘사했다. 일편단심 순정남의 운명에 대한 심심한 애도다. 종도의 죽음은 인과응보의 예를 보였다. 태수의 죽음은 사실상 엔딩 마크로 설정된다.

열다섯이 각각 다른 삶을 사는 것만큼 죽음의 형태와 장소는 다양하다. 한 맺힌 자살(태수 모)과 병사(우석 부), 노림수에 걸린 암살(박 회장)과 돌연사(윤 회장), 집단 폭력사(재희)와 구타사(종도), 총격사(강일병)와 투신(노주명), 그리고 법의 심판을 받아 사형대의 이슬로 사라진 박태수의 최후가 그것이다. 죽음은 이렇게 복합 다원적으로 교차되어 작품 전체의 흐름과 분위기를 일변하고 있다.

"어머니와 아버지의 죽음"

태수 모

'네 모습을 보고 가슴이 철렁했어, 네 애비가 살아 돌아온 줄 알았어'

한 점 혈육 태수를 보고 하는 말은 퍽 그윽하다. 남편과 사별 후 아들에게 삶의 의미를 찾으려하나 요정마담이라는 현실과 자괴감을 벗어나지 못했다. 부모의 애달픈 죽음은 태수로 하여금 상실시대의 벽을 넘지 못하는 운명의 씨앗이 된다. 남긴 것은 모정의 혈맥을 되살려 주는 반

지 하나뿐이다. 첫 회부터 시작된 불행의 서곡은 최종회 태수의 죽음과 맞닿아 있다. (1부)

혜린 모

오랜 지병 협심증으로 쇠약하다. 중학생 딸 혜린이 하굣길에서 정 사장 일당에게 납치당한다. 딸의 목숨을 담보로 한 협상 전화에서 아버지 윤 회장은 '널 구해 줄 수 없을 줄 모른다. 어차피 시집가서 떠난 자식 셈 치지….'로 잘라버린다. 이를 전해들은 어머니는 계단에서 쓰러져 영영 일어나지 못한다. 혜린의 아버지에 대한 증오는 배가된다. (3부)

우석 부

'우석아, 너는 법대 가야 혀 !'

그랬다. 그 시절, 일제와 동란에 희생되어 억울한 삶을 살았던 아버지 세대는 아들에게 이렇게 주문했다. 이것이 그 세대의 희구였다.

아들은 법대에 갔지만 사법시험을 포기한다. 아버지는 또 격노한다.

오로지 우직하고 올곧은 시골 농부로 배운 것은 없지만 천륜을 알고 인간 도리를 지킬 줄 안다. 세상을 바꿀 힘은 오로지 아들의 성공을 통해 보상받으려 하지만 지병이 악화되면서 죽음을 맞이한다. (12부)

"광주항쟁과 삼청교육대에서 일곱 명이 죽다"

7부, 8부에서 드러난 광주항쟁에서는 피아를 가리지 않는 네 청춘 남녀가 줄줄이 죽어 나간다. 선량한 사람의 애절한 죽음이다. 실제로 수없이 슬어진 시민들과 군인들 간의 총격 난사 전을 대신한 것이다.

진수

광주 시민들은 왜 총을 들어야 했나?… 그의 짧은 귀향 행적을 통해서 항쟁의 배경과 진행과정을 선명하게 보여준다. 민주화의 전말을 설명해주는 인물이자 또한 그 비극성을 대변하는 죽음이다.

명수

진수 동생으로 고교생이다. 어린 학생까지도 무고하게 죽어가는 긴박한 상황을 나타냈다. 교련복을 입고 도청을 사수하는 그의 죽음은 벽면에 '어머니'를 쓰다가 미처 '니'자를 쓰기 전에 쏟아진 총성으로 대신한다.

연주

진수가 짝사랑한 애인으로 다방 종업원(레지)다. 금남로에서 헌혈을 하려 나갔다가 헬기사격에 왼쪽 가슴을 관통한다. 희생자는 남성뿐 아니라 여성도 다수 포함되는 진압의 무책성을 나타낸다.

강 일병

광주출신 공수부대원이다. 우석의 동료로 서울행 열차를 탔을 때만 해도 '못해도 수도경비사령부쯤엔 배치되겠지….' 하는 기대감도 있었다. 이제 계엄군으로 고향에 와서 고향인에 총부리를 겨눠야 한다. 강씨 집안 둘째 아들이…,누가 볼까봐 고개를 들지 못하고 괴로워하다가 결국 시민군과의 야간전투에서 죽는다. 동족상쟁의 허무한 종말을 죽음으로 말했다.

삼청교육대 장면에서는 지옥훈련과 구타 학대를 이기지 못한 세 사람이 유명을 달리한다.(12부) 5공화국 탄생의 명분을 위해 급조된 특수 공간인 삼청교육대에서 죽음을 맞은 실례를 든 것이다.

노주명

'나는 개다. 사람이 아니다. 멍 멍!!…'

삼청교육대에 입소하여 개처럼 기어가면서 죽음보다 못한 치욕을 당한다. 태수와 탈출하여 화물열차에 몸을 숨기지만 심한 부상과 수치감 때문에 달리는 열차에서 투신하고 만다. 살아서 구차하게 연명하느니 차라리 죽어서 두목다운 위엄을 부하들에 전하고 싶은 것이다.

정인재

탈출시도에서 실패한다. 담장 부근에서 한 발의 총성으로 생을 마감한다. 태수의 단독 탈출을 부각하기 위해서다. 그의 죽음은 동생 인영(손현주)에 전이되어 나중에 태수 부하로 편입되는 계기가 된다.

김 노인

연로하여 훈련을 감내하지 못한다. 우연히 주운 날카로운 쇠붙이로 그날 밤 침상에서 자해한다. 삼청교육대의 비인간성을 그의 죽음으로 말했다.

"정경유착의 두 거물 비명에 가다"

박승철 회장

한 자리에 두 거물이 있기 어렵다. 윤 회장의 최대 라이벌이자 장애물이다. 지리산 관광개발권을 먼저 따냈다. 정보부는 윤 회장을 버리고 박 회장을 전폭 지원한다. 호사다마다. 복잡한 권력의 대결서 승자가 된 듯 하다가 오히려 청부암살 당한다. 윤 회장과 종도가 꾸민 위장 교통사고로 비명에 간다.(15부)

윤재용 회장

'윤 회장, 너무 컸어….'

그래서 이젠 제거해야 할 대상이다. 권력의 비정한 속성이다. 슬롯머신계의 대부로서 정치권에 줄을 대어 관광개발 등 여러 사업으로 승승장구 한다. 그는 상납 명단을 공개하는 기자회견을 마련했으나 방해공작으로 무산되면서 심장마비로 쓰러진다. 검은 역사의 수레바퀴의 한 축이 무너지는 느낌이다. 그의 죽음은 곧 혜린의 사업 승계로 이어지면서 딸의 완전 변신과 반전을 유도한다.(16부)

"최후 세 사람의 떠남으로 종막을 향하다"

백재희

납치당한 혜린을 구해준 인연으로 보디가드로 발탁된다. 뛰어난 검도실력으로 늘 혜린의 곁을 지키며 학생운동에 연행되는 그녀를 구해내곤 한다. 평생 혜린을 가슴 속에 담고 살지만 태수와 우석의 사랑을 받는 것을 보며 마음 아파한다.

보디가드의 전형인 '관계의 미학'을 실천한다. 주인을 위해 몸을 사르는 순직이 전제된다. 다만 어떻게 처절히, 아름답게 죽느냐가 관건이다. 어차피 그는 '죽어야 사는 몸'이다.

종도에 의해 납치당한 혜린을 구하려다 역습을 받고 절명한다. 대부분의 등장인물처럼 돈이나 명예를 좇지 않고, 묵묵히 사랑하는 여인에 충성하다가 마침내 그녀의 품에서 죽음을 맞는다. 그의 단심은 뭇 여성의 선망이 되었다. 종학은 그 죽음을 독재정권에 맞서다가 희생된 것으로 해석했다.(22부)

이종도

'악인은 지옥으로'의 전형을 보인다. 태수의 동료이자 박성범의 부하. 태수와 어릴 적부터 암흑가에서 잔뼈가 굵었다. 표리부동한 성격에 야망, 음모, 탐욕이 강해 보스와 태수를 차례로 배신한다. 끝까지 개과천선을 모르는 선천성 비열함으로 사업권 탈취, 조작 살인, 불법 음모 등 흉계를 일삼는다. 모든 죄가 탄로되자 해외 도피를 획책하다가 태수의 추적을 받고 최후를 맞는다.(23부)

박태수

사형수로 생을 마감한다. 정치깡패 행동대장, 신흥 폭력조직의 중간 보스로 카지노와 슬롯머신업의 불법 경영, 공작누명으로 삼청교육대와 형무소로 끌려가고 거기서 생사를 넘나든다.

'…범죄단체 조직 및 폭력행위 등 처벌에 관한 법률위반 살인 및 특수 도주죄를 적용, 사형을… 구형합니다.'

담당 검사 우석의 사형 구형에 의해 교수대에서 생을 마감한다. 현대사의 모든 어두운 굴곡을 안고 슬어진 인물이다. 최종회는 그의 운명을

위한 서사시다.(24부)

　방송 후, '사형'은 너무 과중한 처벌이라는 법조인들의 뒷담화가 무성했다. 드라마 속의 그 양형은 15년형쯤에 해당한다는 것이다. 모든 업보를 안고 홀로 떠난 그의 죽음을 아쉬워하는 얘기일 것이다.

'여명의 눈동자', 대치와 여옥의 죽음

　남녀 주인공인 대치와 여옥은 마지막 회에서 마지막으로 죽는다.

　남북대결, 좌우대결, 하림과의 삼각관계, 빨치산과 토벌대, 승자와 패자, 죽은 자와 산 자… 등의 숱하게 연속된 양극 상황에서 결국 '루저'가 되었다. 그들은 전란으로 무수히 죽어간 청춘이며 속절없고 이름 없이 당한 죽음을 대표한다. 그가 머물 수 있는 조국의 품은 매우 협착하고 불편한 것이었다. 어차피 한 몸 건사할 제3의 공간과 선택이 없는 그는 오로지 절규만이 남았을 뿐이다.

　대치의 마지막 세 마디는 유언이 아니라 담담한 독백이다.

　'자네가 와 줄 줄 알았어'

　이제 심판대에 서서 빚을 청산하자는 것이다. 인간에 대한, 조국에 대한 빚이다.

　'…그만 쉬고 싶어, 자네가 걱정이야, 더 많이 살아야 할 텐데, 제대로 살아가기가 어려울 텐데….'

산 사람의 시대적 과업이 막중함을 깨우친다. 떠난 자는 승자는 못되지만 패자도 아니라는 뜻이다.

'난 열심히 살았어, 다시 산다 해도 그렇게밖에 할 수 없을 거야'

이건 생각대로 살았다기보다는 산대로 생각했다는 상황의 불가피성이다. 자기 존재의 소멸을 통한 고백적인 메시지 전달이다.

여옥의 죽음

우리 여성사의 시련, 불행사의 단면을 나타냈다. 짓밟혀도 일어나고 억눌러도 쓰러지지 않은 민족의 항구성도 웅변했다. 위안부란 구차한 낙인으로 살아가야 하는 모욕적인 삶을 스스로 청산했다.

포화 속에 핀 사랑, 그 비운에 희생되는 여성을 대표했다.

대치와의 동반 죽음은 저승에서의 사랑을 암시한 것일까? 총탄이 빗발치는 설원서 대치를 찾아 스스로 표적이 된 것은 다분히 '자살 유도'로 비칠 만큼 의도적이었다.

천신만고, 구사일생을 넘어 누구보다 치열한 삶을 살았던 두 남녀가 교전 중 유탄에 스러진 것은 동족상쟁의 비극이다. 모두 30살이 되지 않은 청춘들이다.

두 사람은 이제 '죽어서 말하는 캐릭터'로 승화했다. 원작에 관계없이 대치의 죽음은 예정된 것이다. 북한과 대치 상황에서 그의 영원한 격리는 불가피하다. 조국에 총을 겨눈 공산주의자는 용서받기 어렵다는 엔딩 정서도 엄연하다.

여옥의 죽음은 논란이 될 만하다. 굳이 그녀까지 보내야 하는가의 당위성에 대한 회의다. 삼각관계의 차원에서 보면 대치 한 사람의 죽음은 자연스런 해법이 된다. 그렇게 되면 하림과 여옥이 맺어짐으로써 갈등이 마무리 되고 시청자에 심리적 보상도 된다. 그녀의 종국은 매우 허무한 편이다. 빨치산 오인 사격에 의해 것이라 더욱 그렇다.

2년여 걸친 각색 작업에서 얼개의 최초의 설정은 죽음의 신이었다.

전체 36부를 결하는 마지막 회, 최후의 순간을 가장 먼저 상정해놓은 것은 스토리 설계의 역행으로 퍽 아이러니컬하다.

죽음의 엔딩은 태수의 사형집행으로 종결되는 〈모래시계〉와 일맥상통하지만 남녀 주인공이 한자리에서 함께 맞는 〈여명…〉과는 무게감이 다르다.

끝 장면에서 주인공 세 사람을 한 자리에 만나게 했다. 죽음으로 종지부를 찍기 위함이었다. 종학은 당초 이 드라마를 '어떻게 시작할 것인가 보다 어떻게 끝낼 것인가'에 방점을 두었다.

그래서 대본을 끝내기 오래전부터 세 주인공이 한자리에 모이는 마지막 신을 구상해 놓고 있었다.

"…좌와 우를 떠나서, 남북을 떠나서 셋이 한자리에 모여야 한다고 생각했다. 그래서 보는 사람으로 하여금 '아, 사상 따위는 별거 아니구나, 살다 죽는다는 것은 허무하지만 그러나 사는 동안에 너무 늦기 전에 이렇게 만난다는 것은, 그리고 서로 보듬어 안아준다는 것이 얼마나 따뜻하고 좋은가…' 하는 생각을 하게 만들고 싶었다." 송 작가의 얘기도 같은 맥락이다.

〈모래시계〉는 개개인의 죽음을 통한 복합적 의미를 축적해 나간 반면 〈여명의 눈동자〉는 두 사람의 동시 죽음을 통해 전쟁의 종식, 혼란의 일단락을 고하는 한 시대의 마감을 상징한다.

대치가 살았으면 그의 여생은 여전히 유효한 드라마의 주역이 된다. 북한의 인민무력부나 대남공작부 간부쯤 되었을까? 아니면 남로당의 박헌영과 함께 숙청됐거나 30년 후 이산가족이 되어 여옥의 묘를 찾았을 것이다. 여옥이 살았다면 90살을 넘어 위안부의 산증인으로 겨우 목숨을 부지하고 있을 것이다. 그 일생은 치욕의 역사재^材로서 기록 보존해야 한다.

지리산, 영원한 안식처로 설정

종학의 데스노트 말미는 '지리산 품'으로 마감한다. 그가 보낸 사람들의 유해는 모두 지리산에서 잠든다.

골짜기마다 저항의 비명과 피눈물이 깃들어 있는 곳, 거기서 최후를 맞고 유골이 뿌려지는 것은 우연이 아니다. 지리산이 갖는 역사적 상징성 때문이다. 지리산은 매양 주검의 길목과 맞물려 있다.

〈여명의 눈동자〉에서 대치와 여옥은 모두 지리산에서 슬어진다.

겨울 설원, 눈보라, 선명한 핏자국과 절규의 메아리…. 그들은 마치 죽기 위해 지리산으로 들어가 마지막 해후를 하고 또한 산 자와 죽은 자, 남은 자와 떠난 자로서 드라마를 마감한다. 이 피날레는 같은 패턴으로 〈모래시계〉에 전이된다.

〈모래시계〉에서 죽음의 서막을 알린 태수 어머니도 지리산에서 산화한다. 오래전에 아버지가 묻힌 지리산에서 어머니를 그렇게 보낸 태수는 마지막 회에 생을 마감하면서 자신의 유골도 지리산에 흩날린다. 태수 3인 가족은 초연이 휩쓸고 간 깊은 산, 깊은 계곡 어딘가에 잠겨 있다.

지리산 자락은 3도 5군에 내려앉아 있다. 남원(전북), 구례(전남), 산청, 함양, 하동(경남)에 걸친 높이 1,915m 산이다. 국립공원 제1호로 3대 명산에 속한다. 민족의 성산 또는 신산으로 불린 반면 한국동란을 전후하여 빨치산의 은신처와 공비와의 유격전장으로 변하면서 저주와 공포의 산이 되었다. 문학과 영상작품에서는 거의가 좌우 대립에 따른 민족의 뼈아픈 과거를 안고 있는 비운의 산으로 등장한다.

1955년, 이강천 감독의 〈피아골〉은 휴전 후, 지리산에 남은 빨치산들의 갈등과 인간애를 다룬 최초의 지리산 배경 영화다.

소설은 이병주의 '지리산', 문순태의 '달궁', 서정인의 '철쭉제' 조정래의 '태백산맥' 등을 들 수 있다. 현대사에서 첨예한 이념 대립의 현장성을 한결같이 이곳에서 반영하고 있다.

지리산은 이런 아픔을 겪은 사람들의 상처를 덮어두고 싶다. 역사의 교훈이 무거운 것은 아직도 평화와 포용이 요원한 현실의 무게 때문일까? 그래서 예와 지금이 다르게 알려진^{智異}두 얼굴을 하고 있다.

최근 지리산을 소재로 한 발표된 시·소설·수필 등 작품들은 대부분 서정성을 짙게 풍기는 것들이다. 이것은 아마도 묵중하고 푸근한 큰 산의 웅자가 그 섬세한 정기로 우리 아픔을 감싸주기를 희망하는 것이다. 죽은 자를 거두고 생명을 품어 온 지리산은 누구든 차별하지 않는다. 종학의 지리산은 회개와 용서를 통해서 영원한 평화와 안식을 구하는 엔딩 공간이다.

제5장

비非언어 영상과 미완의 소재들

1. 샤레이드 기법과 메타포, 비언어 영상창출

드라마나 영화의 비언어 표현 방법 중 '샤레이드(Charade)'라는 기법이 있다. 이는 다양한 상황을 대사에 의존하지 않고 화면 내 사물의 조합과 인물 배치를 통하여 메시지를 표현하는 고도의 연출기법이다. 또한 언어사용 대신에 동작이나 소품을 이용하여 내면의 상황, 의식의 흐름, 인물 간 희로애락을 포함한다. 침묵의 영상으로 백 마디를 대신한다. 필설보다 훨씬 깊고 그윽한 맛이 깃든다.

예컨대 냅다 찬 발길의 빈 깡통은 현실 불만을 나타낸다. 가게 주인의 하품 연발과 파리채는 불황을 대변한다. 철로 위를 각각 걷는 남녀는 영원히 합쳐지지 못할 운명이다.

종학의 연출노트엔 이런 샤레이드 기법은 곳곳에서 발견된다. 의도된 설정이며 치밀한 미장센이다.

〈여명의 눈동자〉에서 대치(최재성)는 악독한 일본상관 오오에를 살해하는 과정에서 총검에 찔려 오른쪽 눈 밑에 깊은 상처를 남긴다.

이후 그 상처는 일본에게 당한 조선인의 씻을 수 없는 치욕과 트라우마의 상징으로서 계속 시청자의 눈을 자극한다.

〈모래시계〉에서 비교적 자주 사용한 이런저런 영상미학의 기술은 타 드라마와 상당한 차별성을 확보하고 있어 특기할 만하다.

자동차나 인물들이 엇갈려 스쳐가는 빈번한 장면은 동상이몽同床異夢을 압축한 것으로, 같은 울타리 속에서도 각각의 노선이 서로 배치되는 불길한 인생행로를 예시한다.

종학의 샤레이드는 동선(무빙라인)의 엇갈림뿐만 아니라 장소와 시간의 상징성, 장치와 소품의 다의성과 색깔의 대위법까지 미친다.

'영상은 덧붙여 만드는 것이 아니라 생략하면서 창조하는 것이다….'

〈모래시계〉에 등장한 이런저런 예는 뜯어 볼만하다.

고교 시절의, 태수와 우석의 기념 사진

자신은 삐딱이 모자를 쓰면서 삐딱하게 씌인 우석(홍경인)의 모자를 고쳐주는 태수(김정현), 그리고 사진 원판에 거꾸로 비친 두 학생의 모습, 이는 향후 두 사람의 역전될 미래와 엇갈린 운명을 암시한다.

호수 바람과 먹구름

고교생 태수(김정현)과 어머니(김영애)의 귀가길, 업어 키운 아들에 업힌 엄마의 모습을 통해 세월의 더께와 애정을 표현한다. 이런 모자간 스킨십은 매우 흔한 장면이다. 그러나 호수 뚝 위로 내려앉은 먹구름은 스산한 바람을 타고 화면을 덮는다. 연출자는 화면 전체를 짓누르는 침울한 영상을 롱 샷, 롱 테이크로 잡아 불원간 두 모자에 닥쳐올 불행의 징후를 강하게 말해주고 있다.

태수 엄마의 애달픈 승천

남편 추모 후 귀갓길의 외로운 시골 역, 먼 굉음과 함께 파란 스카프가 허공을 가른다. 망연자실한 얼굴, 아스라이 뻗친 철로, 울리는 기적 소리, 돌풍에 날아가는 스카프, 이를 주우려 철로 위로 뛰어든 파란 두루마기 차림의 엄마(김영애), 요란하게 지나치는 열차, 고공 속에 사라지는 스카프…, 이는 저승으로 승천하는 가녀린 여인을 상징하는 한 편의 시詩적인 비주얼이다.

노란 낙엽, 까만 세단

태수가 속한 조폭 보스(이희도)의 일행이 노란 은행잎으로 뒤덮인 거리에 네모반듯한 검은 그랜저로 펼치는 세단 차 행렬은 난공불락의 세력을 상징한다. 부는 바람은 시대의 변화며 지는 낙엽은 세대교체로서 보스의 퇴진과 태수의 시대를 미리 알리는 징후다.

이와 유사한 장면은 태수가 관광호텔, 카지노업 등 여러 사업체를 부하들 모두에게 스스로 양도하는 바로 앞 장면에서도 똑같이 반복한다. 이제 태수의 시대도 저물고 있다. 인생의 흐름이 똑같이 조응되는 쓸쓸한 메타포다.(21부)

하얀 상복, 빨간 립스틱

장례식장, 우석의 아내 선영(조민수)이 입은 하얀 상복은 남편과 대의를 함께 지키겠다는 결기의 표현이다. 그리고 하얀색처럼 순결한 정념과 한결같은 내조의 표징이다.

혜린이 본격 카지노 사업에 투신한 이후부터는 검정 옷을 입는다.

블랙 룩, 싸늘한 카리스마, 차겁고 냉정한 비지니스 마인드, 누구와도 싸워도 질 수 없다는 그녀의 강인한 투지를 나타낸다.

하얀 긴 팔 셔츠에 검은 조끼차림의 혜린, 마치 검객 시라노를 연상시키는 검투 복이다. 투사적 이미지가 절로 우러나온다.

그리고 빨간 립스틱은 이제부터 슬롯 머신계의 여왕이 되겠다는 자신감과 열정의 표시며 함부로 범접하지 말라는 경고다.

태수가 즐겨 입은 파란색의 청바지 차림은 활동적이고 자유분방한 기질을 나타낸다. 교도소에서 출소하던 날의 태수 차림은 군 점퍼다. 변함없는 투쟁 의지를 군복차림으로 웅변하고 있다.

이와 대조적으로 짧고 단정한 공무원 머리에 준수한 넥타이 차림의 우석은 원칙과 소신을 중히 여기는 모범적인 검사 상을 풍긴다.

그네 터에서 두 남녀 만남

학생 교복을 입은 혜린이 정원의 그네에 앉았을 때 카메라가 틸트업하여 잠깐 나무 위에 머물다가 270도 회전하여 다시 그네로 전환하자, 성인이 된 혜린이 앉아 있다. 시간의 흐름은 물론, 그네가 갖는 메타포가 눈에 서린다. '왔다 갔다'를 반복하는 그네는 혜린의 방황하는 마음을 상징한 것으로 성장과정과 고뇌순간에서 등장하곤 한다. 옆에는 변함없이 재희가 서있다. 짧은 대화가 오직 그네에서 이루어지는 것은 심란한 혜린이 옛 순수함으로 돌아가는 것을 보여주기 위함이다.

걸쳐주는 상의는 자신의 육신을 대신

재희의 대사는 드라마 전편을 통해 매우 절제되거나 생략된다. 그의 모습은 오로지 혜린만을 위한 애틋한 눈길과 손길로만 존재한다.

어릴 적 혜린에게 옷을 걸쳐주던 재희의 모습을 성인이 된 후에도 똑같은 패턴으로 반복시킴으로서 재희가 혜린의 상처를 변함없이 감싸줌을 보여준다. 상의는 곧 자기 체온이 실린 육신의 일부로 설정한다.

엿보기, 관음증의 전이

도서관 책장의 책 사이로 건너편의 혜린을 훔쳐보는 우석의 시선이 멎은 듯 이미 맘을 빼앗기고 있다. 전날 선술집에서 비겁한 남학생의 뺨을 후려친 그녀다. 두 남녀의 첫 만남은 엿보기에서 이뤄진다.

또 혜린과 태수의 첫 만남도 엿보기로 설정한다. 반쯤 열려진 우석의 하숙방의 문 틈새로 살짝 비치는 혜린의 모습이 들어온다. 태수의 호기심 어린 눈길이 시청자에 전이된다.

어릴 적 아버지가 채무자의 재산을 갈취하는 장면을 2층 계단의 난간 사이로 숨어보는 장면, 혜린의 두려운 눈동자와 의혹에 찬 시점이 시청자에게 고스란히 전달된다.

태수가 종도의 방면소식을 듣고 갈등하는 장면을 감옥 안이 아닌 문 밖 쇠창살 사이를 통해 시청자가 들여다보게 한다. 태수의 억압된 불안을 고조시켜 무언가의 '빡센' 행동을 취할 것임을 느끼게 한다.

단식투쟁과 '창피한 쌀'

쌀 봉지를 들고 골목길 자취방에 오다가 쓰러진 혜린, 쌀을 주어 담으며 '창피하다….'고 자탄한다. 대학 동료들은 단식투쟁을 하고 있는데 자신은 끼니를 때우려 쌀을 샀다! 쌀과 단식은 상극관계다. 그녀의 자조와 자책은 '창피함'을 넘어 시대의 엇갈린 아픔을 토해 내고 있다.

검도 기합소리는 안타까움의 절규

혜린에 대한 오랜 연정은 물거품이 되었다. 그녀가 사랑하는 대상은 우석과 태수일 뿐, 재희는 이미 저만큼 밀려나 있다.

참을 수 없는 자기 존재의 초라함…. 재희는 검도장의 대련을 통해 치고, 때리고, 후리는 과격한 몸짓 절규로 쌓인 울분을 날린다. 하울링으로 교차되는 파열음은 그의 자학적 파멸을 예시한다. 이런 아픔을 해소하는 종전 신은 으레 깡 술을 퍼마시고 푸념하는 것이었다.

오토바이, 축구놀이, 해장국밥

녹음 진 가로수길, 혼자 걸어가는 혜린 뒤로 바이크를 탄 태수가 접근한다. 우석을 의식한 두 사람은 아직 어색한 사이지만 연출자는 두 사람을 결정적으로 가깝게 맺어주는 세 가지 샤레이드 방법을 택했다. 오토바이, 축구, 해장국밥이다.

남녀가 오토바이를 타는 설정은 뒷자리의 여자가 남자의 허리를 자연스레 껴안게 됨으로써 밀착성 깊은 스킨십을 유도한다. 혜린을 벤치에 앉혀두고 애들과 축구 놀이를 하는 태수는 오히려 가장 재미없다는 '군대에서 남자의 축구 모습'을 보여준다. 혜린도 애들과 축구놀이에 가담함으로써 두 사람이 서로 마음을 활짝 열었음을 알린다. 첫 입맞춤은 시간문제다. 이윽고 해장국밥을 먹는 장면은 격의 없는 남녀관계의 선언이 된다. 일련의 샤레이드를 통해 두 사람은 하루 새에 훌쩍 연인 사이로 발전했음 보여준다.

실상과 반사反射상의 동일화면 표현

태수가 우석의 사시합격을 축하하고 나와 승강기를 탄 뒤, 그 문이 반쯤 닫힐 때, 혜린의 모습이 문틈으로 보이게 설정하고 승강기의 문 위에 태수의 모습이 비쳐지게 함으로써 향후 둘의 대결을 암시한다.

동일 화면에서 두 그림의 모습 은연중 엇갈려 가는 상황을 표현한다.

정동진, 동해수고송東海秀孤松

세계에서 바다와 가장 가깝다는 강릉시 정동진역.

동해의 수평선에 외로운 소나무, 파도소리와 기차 기적소리 그리고 바람소리를 타고 혜린이 열차를 기다린다. 수배를 당해 이곳까지 숨어든 그녀는 긴 생머리에 얼굴을 묻으며 쫓아오는 발길을 피해 탈출을 서두른다. 해돋이(희망)를 기다리는 여심, 무심한 바다, 아름다운 자연, 이와 대조적으로 초초, 불안함이 함께 버물린 이중 공간으로 설정된다.

경찰 두 명과 형사 한 명이 그녀를 발견한다. 이윽고 객차의 바퀴 사이로 네 사람의 다리가 보인다. 반항하고 체포되는 장면을 과감히 생략하고 다리만 보여주는 그림이 잡혀가는 안타까움을 더한다.

땅콩 혹은 해바라기 씨

우석과 팀을 이룬 베테랑 장 형사(장항선)는 심각한 수사 과정이나 취조 순간에서 해바라기 씨를 입에 털어넣는다. 질겅질겅 씹다가, 슬그머니 삼키고 껍질로 책상 위를 어지럽힌다. 긴장 국면에 스트레스 풀이로 땅콩을 먹는 교차 행위는 그의 독특한 허허실실로 딴짓 아니면 짐짓 여유를 부리는 연출이다.

개밥 먹는 인간

삼청교육대 영내 한구석, 굶주림과 허기를 못 이긴 젊은 수감자가 개밥을 훔쳐 먹다가 들키는 장면, 이미 배가 부른 한 마리의 우람한 수색견(세파트)이 혀를 날름대고 있다. 개의 등장을 통해 개보다 못한 인간 이하 세상, 지옥의 교육대 실상을 노골적으로 표현하고 있다.

바둑판에 가득 놓인 돌들

평검사 우석이 태수의 사건을 자신이 맡도록 부탁하기 위해 상사(조경환)를 찾아간 장면, 그는 바둑왕 조훈현-다케미야 기보를 복기하면서 그의 부탁을 에둘러 물리친다. 배후는 정계의 실세들이 복잡하게 얽혀있어 정의감을 앞세운 우석의 패기만으로는 어림없다. 대마 사활이 걸린 바둑판은 저간의 난국을 우회적으로 말하고 있다.

억압과 독재의 상징, 초상화 석 점

우석의 아버지(김인문)가 도둑 누명을 쓰고 읍내 경찰서에서 끌려온 장면에 박정희 대통령의 초상이 보인다. 유신독재와 인권탄압의 표징이다. 아버지는 억울함을 벗어나지 못한다.

윤 회장(박근형)의 저택 응접실에 걸린 그의 큼직한 초상화는 강팍하고 위압적이다. 매부리코에 뱀 입술을 한 그의 냉엄한 얼굴은 실물과 함께 더블로 나타난다.

'용서도 강해야 할 수 있다'

자기 왕국을 건드린 자는 핏줄이래도 용서 못 한다. 초상화는 그의 죽음 후에도 위세를 떨친다. 혜린의 어깨 뒤에 걸려 사업경영을 독려하는 감시자의 모습으로 비친다.

군사 독재와 억압의 상징으로 박정희에 이어 전두환의 사진이 등장한다. 정보기관의 장도식(남성훈)이 종도(정성모)에게 혜린의 제거를 명령할 때, 왼편에 당시 대통령인 전두환의 얼굴이 선명히 비쳐진다.

호가호위狐假虎威의 장본인이 되는 선언이다.

긴 생머리와 단발머리의 차이

삭발이나 단발은 남녀를 불문하고 '과거 자신과의 결별'을 의미한다. 싹둑 자른 장면은 그런 결기를 단적으로 보여주는 샤레이드다.

혜린의 극단적인 변신은 두 가지 헤어스타일로 말한다.

아버지를 증오하고 운동권 학생으로서 정의감이 넘치는 순수한 젊음을 과시할 때는 긴 생머리를 했다. 그러나 후반부 아버지의 유업을 이어받아 냉혹한 카지노 사업가로 변신했을 때, 칼 단발머리로 변한다.

쇼트 컷은 보다 야무지고 비정한 내면의 외형이다. 이제 옛날의 혜린이 아닌 늠름한 CEO로 거듭나겠다는 선언이다. 그동안 긴 머리에 숨겨왔던 이목구비를 당당히 드러내고 단호한 차도녀가 된다.

회장님의 한옥과 한복

한옥은 관용과 포용이다. 자연과의 조화다. 한복은 여유와 여백이다. 그래서 화해와 소통의 상징이 된다. 혜린이 파산의 위기에 몰려 마지막 도움을 요청하기 위해 찾아간 회장(전운)의 저택은 일곱 칸이 넘는 한옥이다. 여기에 옥빛 한복을 입고 지팡이를 벗 삼아 뜰을 거닌다. 그 넉넉한 재력과 관용이 함께 어우러져 푸근한 안도감마저 준다. 혜린의 소원이 이뤄지는 것은 당연하다.

카지노장과 카드의 상징성

카지노 장, 이곳은 하룻밤 사이 '재력, 권력'의 명암이 교차하는 최후의 전쟁터로 설정된다. 일확천금 아니면 패가망신이 얽힌 곳으로 물신주의가 길러낸 독버섯이다.

이 작품의 발상도 카지노를 둘러싼 조폭들의 횡포 그리고 정계와 법조계와의 유착관계서 비롯된 생존의 장으로 빈번히 등장한다. 카드딜링이 자주 나오고, 혜린도 카드를 만지작거리는 것은 불투명한 자기 미래에 대한 불안 심리를 드러낸 것이다.

한 카지노장의 사업권을 한판 승부로 결하는 장면(3부), 서약서에 서명하는 윤 회장과 정 사장, 침묵 속에 카드 게임이 시작되고 두 사람의 살 떨리는 눈빛이 교차한다. 무표정의 표정이 숨 막힌다. 한 순배 끝에 정 사장이 느긋이 표를 깐다. 윤 회장은 고개를 떨군 채 말없이 떠난다. 승자가 된 정 사장 무심코 윤의 마지막 카드를 확인해본다. K(킹)-이다. 실은 윤 회장이 이긴 것이다. 카드를 냅다 던지는 정 사장….

'내가 이겼어, 카지노장은 내꺼야….'의 무언 선언이다. 이는 불원간 사업장을 탈취하겠다는 윤 회장의 선전포고다.

제목이 되어 버린 모래시계

모래시계는 드라마 제목이 된 만큼 상징성이 크다. 그러나 제목만큼 빈번히 등장하거나 남용되지 않는다. 5부에 윤 회장 거실에서 처음 선을 보인다. 그의 초조함과 불안함을 고하는 시그널이다.

'엄마가 사준 거다. 뭔가 뜻이 있는 것 같아. 한쪽 모래가 다 떨어지면…, 대단한 것도 끝이 있다는 게지….'

그는 딸에게 모래시계를 양도한다.(16부) 오로지 두 부녀에만 귀속된 전용품으로 설정되어 있다.

독한 순간, 독한 보드카

장도식의 사주를 받은 태수가 종도를 유인하여 단둘이 교외에서 만나는 장면, 종도가 갖고 있는 사업장 다섯 군데의 지분을 내놔라고 압박한다. 두 사람이 건네는 술은 하얀 독주, 보드카다. 안주도 없이 오가는 보드카, 이는 사느냐 죽느냐의 단판 흥정, 그리고 두 사람의 끓는 속을 독주로 다스리는 초긴장의 순간을 압축하고 있다.

최후의 절규, 눈빛 연기

종도 패거리의 구타를 받고 죽음에 직면한 재희(이정재), 구급차에 동승한 혜린을 한쪽 눈으로 보는 애타는 시선, 산소마스크를 거부하고 혜린만을 바라보는 애잔한 눈빛, 가물거리는 시계로 아물거리는 희미한 혜린의 모습, 그리고 밀려오는 암흑…. 침묵….

최고의 뇌물, 고려 상감청자

윤 회장이 고려청자를 만지작거리며 장도식에 선물하겠다고 한다. 도식은 소중히 간직하겠다고 한다. 종도가 우석의 자택으로 보낸 선물은 고려청자에 현금을 담은 보따리였다. 아내 선영이 문전에서 단호히 거절한다. 당시 최고 뇌물의 상징은 고려자기였던 모양이다.

하늘을 나는 새 떼

이 그림은 퍽 많이 사용했다. 비둘기 떼든 기러기 떼든 국면 전환이나 시간의 흐름용으로 자주 사용하는 인서트 영상이다.

그러나 종학은 평화와 안식을 희구하는 주인공의 내면을 표징했다. 타협 없는 가파른 충돌, 냉혹한 명령… 등에 냉각수로 활용한 것이다. 태수가 사형장으로 끌려나갈 때 문득문득 쳐다보는 새 떼는 그의 상실된 자기 존재감, 극대화된 멘탈 붕괴를 상징한다.

종학의 보다 강력한 메시지는 비언어 커뮤니케이션에서 짜여 우러나온다. 그의 대본엔 언어(대사)보다 지문^{指文}으로 촘촘히 얽힌다.

구전^{口傳} 의존도에서 벗어나 소품으로 상징하고 대사 대신에 연기자의 동작과 행위, 시선과 표정 교환을 보다 유효하게 계산한 결과다.

현장에서는 으레 신과 즉석 콘티를 위한 협의와 논의를 되풀이한다. 스탭에겐 구체화된 주문이 부쩍 늘어나고 배우들에 요청한 연기 형태와 행동 라인은 매우 까다로워진다.

2. 또 하나의 언어, 음악적 영감과 청각의 조화

흑백TV 시절에 한 편의 드라마에는 으레 한 곡의 노래가 따랐다.

이른바 주제가란 것이다. 1970년대의 드라마 오프닝에서 가수를 동원한 주제가는 드라마의 시작을 알리는 신호이자 무드 메이커 노릇을 했다. 드라마의 횟수만큼 누적 노출되어 인기리에 애창되고 히트송의 반열에도 올랐다. 〈아씨〉나 〈여로〉의 주제가를 부른 이미자는 그 음색이 여성 멜로극의 사연과 맞아 가장 많은 주제가를 불렀다.

오늘날에도 주제가는 오리지널 사운드트랙(OST)이라는 독보적인 장르를 확보하면서 드라마 몸체의 일부를 이루고 있다. 또한 가수의 육성에만 의존하지 않고 독자적인 멜로디 형태로 나타나고 있다. 드라마에 독특한 색깔을 입혀 맛을 살리는 데 기여했다. 가수는 물론, 작곡가까지 각광을 받은 까닭에 신인가수들도 앞 다투어 드라마 음악 분야에 뛰어 들었다.

(경향신문 1993, 10.17)

드라마 전편을 통해 창작곡을 도입한 사람은 1981년 KBS〈TV문학관〉의 '고개'(오영수 원작, 이유황 연출)편의 작곡가 김기웅(2013년 작고)이다. 그는 드라마 음악 중 70%를 작곡했고 나머지 브릿지나 코드 음악은 전에 작업해 놓은 것을 사용, 전편에 일관성 있는 흐름으로 극의 분위기를 살려냈다. 그는 120분 대본을 미리 읽고 음악 콘티를 짜서 작곡 연주함으로써 극의 주제 못지않게 음악적인 주제도 살려냈다. 이로써 음악이 드라마의 보조 역할에서 독자적 역할로 바뀌게 된 전환점이 되었다

(한국 드라마 50년사, 275쪽)

종학의 드라마에 청각 연출인 음악을 빼놓을 수가 없다.

비주얼의 기본에 사운드 조화로 제3의 시청각 언어를 창출했다.

압축된 음역, 명징한 음색, 담백한 음률이 삼위일체가 되어 강렬한 이미지의 의표를 찔렀다. 그의 영상문법에는 시각과 청각이 양립한다. 영상의 무게만큼 곧 음악의 무게를 병행했다. 영상 내의 정황을 차분히 그려내면서도 내면의 정서를 환기시키는 그 청각 연출은 거장의 내공을 느끼게 한다.

두 지역의 조화가 때론 불꽃과 폭포가 되어 격정으로 몰아치기도 하고 새벽처럼 고요와 적막으로 가라앉기도 한다. 영상으로 보고 대사로 담고 음악으로 느끼도록 했다. 때로는 영상의 보조가 아니라 뮤지컬 영화나 연극처럼 음악소리가 주체가 되어 오히려 영상을 견인토록 했다.

"주제음악 최다 24곡 반영 〈여명의 눈동자〉"

〈여명의 눈동자〉와 〈모래시계〉는 작품성만큼 음악성이 뒷받침했다.

두 작품을 지배하는 음악의 기조는 설 자리 없는 젊음들의 황량한 현실과 시대의 불안한 징후가 읽힌다. 화자話者의 심경을 토로하면서, 청자를 향해 영상과의 동화력을 높이는 간절한 의도다.

작곡은 주인공들마다 테마곡을 부여함으로서 그들이 처한 상황과 운명을 음악적으로 표현했다. 예컨대, 대치의 테마, 혜린의 테마, 태수의 테마...등으로 명명하여 캐릭터 개성에 맞춘 음악을 이름표처럼 붙여 적시적소에 사용했다.

평균 3분 30초 전후로 매듭짓는 창작곡은 드라마 회차에 따른 내용과 분위기를 나타낸 것으로 부제副題의 기능을 발휘했다.

예컨대, 전선의 그늘, 떠난 자와 남은 자, 정글의 침묵, 병사의 고독 등을 들 수 있고 〈모래시계〉는 이별을 위한 만남, 어제의 내일, 화려한 고독, 그 푸른 5월 등을 볼 수 있다.

두 작품에서 도입한 외국곡은 드라마 내용과 각각 맞춤형으로 일체감을 높여 '선곡의 묘'를 극대화했다. 〈여명의 눈동자〉에서 주제곡 중에 담아낸 '여옥의 테마'는 마이클 케인 주연, 피노 도나지오의 작곡인 영화음악 '드레스 투 킬'(1980년 작)을 변용했다.

〈모래시계〉에서는 러시아의 진혼곡 풍의 '백학'을 원음대로 빌어 깔았고 편곡까지 곁들여 장중한 흐름을 조성했다. 평소에도 러시아 음악에 심취해 있었다.

1990년, 일찍이 종학은 뮤지션 최경식의 대중감각과 잠재력을 무척 소중하게 여겨왔다. 그는 영화 투캅스(1993), 테러리스트(1995), 마누라 죽이기(1996) 등에서도 이름을 날렸다. 드라마의 씨줄 격인 서사구조를 송지나에 의존했다면, 날줄인 서정구조는 최경식에 의뢰했다. 〈모래시계〉에서는 전 국민적 인기에 힘입어 한 시대를 대표하는 스타 작곡가로 이름을 알렸다.

〈여명의 눈동자〉에서 전 24곡의 테마뮤직을 작 편곡했는데 이는 드라마 사상 최다다. 종학은 전 36부작의 정황과 인물에 따라 테마 곡을 주문했다. 그는 이에 맞춰 스토리보드를 파악한 뒤, 부분별 묘사를 음악 인수로 분해하여 대본의 행간을 음률로 표현했다. 오리지널 스코어로서 쓸쓸하고 구슬픈 선율은 그의 특징이다.

드라마 인기에 비례해서 OST 음반이 50만 장 넘게 팔렸다. 국내에서 영화, 드라마의 OST음반이 별도로 발매된 첫 사례를 만들었다.

(동아일보 1995,11,15)

통상 안 보고 지나친 드라마 오프닝은 〈여명의 눈동자〉 이후로 '음악이 좋은 오프닝'이란 평판을 얻었다. 〈모래시계〉와 더불어 타이틀백의 공통점은 주요 출연자들의 얼굴을 차례로 클로즈업시키면서 본 내용과 자연스런 접속을 꾀하도록 구성했다.

"음악언어로 서사의 비장감을 높인 〈모래시계〉"

초입부터 충만된 장중함과 비애감이 흐름을 잡는다. 슬로왈츠 풍으로 애틋한 서정성을 띤 조율이다. 종학은 음악적 에너지를 창작의 동력으로 전환시킬 줄 아는 연출자다. 청각적 메타포의 맥을 짚어, 작품에 대한 해석을 음악적 영감으로 풀어내어 격조를 살리는 것이다.

전체 14곡을 일괄해 보면 잔잔한 강물로 시작한다. 그러다 급격히 여울지고 세찬 격류로 흘러가다, 굽이친 곳에선 신음 소리를 내고 다시 큰 바다로 나가는 유장한 흐름을 보인다.

피아노와 바이올린 협주곡을 위주로 하여 기본음은 피아노로 잡고 율동의 접합은 바이올린을 사용, 인물별, 테마별 작, 편곡으로 영상의 색조를 창출했다.

타이틀은 오프닝을 위한 피아노 도입 곡으로 기조를 잡는 것은 〈여명의 눈동자〉와 비슷한 구조다.

14곡을 찬찬히 음미해보면 음악의 흐름도 스토리텔링의 전개와 완벽한 시청각 조화를 이루어가는 것을 목격하게 된다.

예컨대 '서로 다른 연인' 은 혜린을 위한 테마곡이다. 19세기 초, 이태리 바이올린 귀재, 니콜로 파가니니의 바이얼린과 기타를 위한 소나타 6번을 편곡한 것이다. 나나나…. 로 흐르는 여성보컬의 허밍과 원곡의 아름다운 선율을 합쳐서 그녀의 방황, 초조를 상징했다. 혜린이 등장하는 장면은 거의 이 테마곡이 함께 깔린다.

'특별한 타인' 은 태수의 테마곡이다. 망설임, 설레임이 얽혀있다. 파도가 밀려오고, 세찬 바람이 부는 듯한 감정 표출이 일품이다.

'지킬 수 없는 사랑'과 '이별을 위한 만남'은 혜린과 재희의 안타까운 사이를 음악으로 말하고 있다. '도시의 그늘에서 만나다'는 짝사랑의 외로운 처지에 갇힌 재희의 내면을 고백한 것이다.

'어제의 내일'은 우석의 테마다. 비감에 얽힌 감정이 서서히 끓어올라 격정의 소용돌이로 몰아쳐가다 적막 속으로 묻힌다.

'그림자 없는 추억'는 태수와 혜린의 방황을 슬로 왈츠풍에 실었다. '연서'는 모처럼 달콤하고 서정적인 멜로디다. 밝고 경쾌하다. 훈훈한 봄바람을 맞는 것 같다. '그 푸르른 5월은' – 역시 계절의 온화함처럼 3박자의 경쾌한 리듬 속에 몇 자락의 슬픔을 띄우는 곡이다.

'화려한 고독'은 오로지 피아노로 진전되는 세레나데다. 홀로 서있는 고독한 그림자를 위로하듯 슬로템포로 흘러간다. 피아노 건반음은 조용히 이슬비가 내리고 연못에 물방울이 지는 모습을 연상시킨다.

'이연異緣'은 이국의 곡인 '백학'을 바이올린 멜로디로 편곡했다. 원곡의 애절한 분위기와 위령 감을 그대로 살려냈다.

'어둠, 그 끝에서'는 모처럼 단촐한 트럼펫 독주로 일관한다. 두 소절의 반복으로 짧게 구성하여 드라마 후반부에 배치했다. 드라마 속의 여러 죽음을 위무하는 진혼곡인 셈이다. 고전 영화 〈길〉에서 젤소미나와 이별을 슬퍼하는 잠파노의 모습을 연상시킨다. 이 멜로디는 그의 3주기 추모 현장에서 배경음악으로 사용되었다.

엔딩 타이틀 곡은 피아노와 트럼펫을 사용, 오프닝과 같은 색조, 같은 톤과 리듬으로 일관하여 통일성을 유지했다.

한편, 유일하게 차용한 외국곡 '백학'은 2차 대전, 독일과의 가장 치열한 스탈린그라드 전투에서 돌아오지 못한 러시아 체첸 공화국의 병사들을 추모하는 곡이다. 전사자들을 백학에 비유한 한 시인(라술 감자토프, 1950년 작)의 시에 곡을 붙여 만든 것이다.

나는 가끔 그런 생각을 하곤 합니다.
피비린내 나는 전쟁터에서 쓰러진 병사들이 돌아오지 못하고
하얀 학이 되어 날고 있다는…
백학으로 변해버린 그들은 오랫동안 하늘을 보면서
우리들 모두에게 노래를 들려주곤 한다고…
우리 모두가 하늘을 바라보며 그렇게 자주
그리고 슬프게 말을 하는 것은 그 때문이 아닐까요,
때가 되면 백학의 무리와 함께
나도 저 회청색 안개 속으로 흘러갑니다.

러시아 국민가수 요시프 코브존의 바리톤에 실린 이 노래는, 전쟁을 전제한다면 〈여명의 눈동자〉의 엔딩 곡에 훨씬 적합한 분위기다.

〈모래시계〉에서는 광주민주화에 희생된 영혼들을 위한 추모의 시로 간주하면 어울린다. 이제는 종학의 영혼을 보듬어주는 추념의 곡이 되었다.

결론적으로 그의 세 가지 언어는 카메라로 써가는 영상언어, 대사 위주의 음성언어, 거기에 음악언어와 침묵언어를 포함한다.

곡조(멜로디)와 색조(무드), 박자(리듬) 그리고 강약과 고저장단을 영상감정으로 환치시켜 영상의 힘을 증폭하는 것이다.

그는 실제로 노래를 잘 부른다. 팝송이나 클래식, 흘러간 가요를 가리지 않고 야무지게 입에 올린다. 조용필의 '그 겨울의 찻집' 그리고 비틀즈의 'Let it be'를 퍽 좋아한다.

탱고나 자이브 같은 강한 비트풍의 노래를 좋아하면서도 드라마 작품 속에 사용한 음악은 매우 슬프고 멜랑콜리한 분위기다. 그의 사전에 '사운드 오브 뮤직'은 '파워 오브 뮤직'이었다.

3. 환상으로 그친 미완의 소재들

한 시대의 영상흐름을 선도해 왔던 그가 떠났다. 인명재천이란 섭리까지도 거부해버린 그의 빈자리는 더욱 크다. 한 개인의 소멸을 넘어 문화자산의 손실이자 드라마의 한 축이 무너지는 아픔을 남긴다.

그의 시대정신을 승계하는 것은 또 하나의 시대과업이 된다.

강건한 드라마의 제시를 통해 사회의 빛과 소금이 되고 싶었던 그의 가슴엔 못다한 소재가 있었다. 빅 드라마만이 전부는 아니었다. 뭉클한 멜로에서 애틋한 소품까지도 가슴에 맴돌고 있었다. 그가 틈틈이 즐겨 본 만화에서 소재를 얻은 것도 한두 작품에 머물지 않는다. 꿈과 로망, 좌절과 성공, 역경과 미래로 압축되는 작품들은 강한 대위법에 의한 인간 관찰을 담고 있다.

불사조

1987년 경, '회천문', '남한산성' 등 MBC 〈조선왕조 500년〉 시리즈의 연출을 마치고 한동안의 빈 공간에서 발상한 테마다.

'…운동권 드라마를 만들고 싶다'는 그의 오랜 염원이 수면 위로 떠오른 것이다. 여기엔 물론 대학 운동권 출신인 송지나 작가의 조언이 크게 작용했다.

이 생각의 근저는 역시 '세상 바꾸기'와 '사회정의 구현'에 잠재한다.

정의는 왜 불의에 이길 수는 없는가, 그리고 어떻게 무너지고 사라지는가. 부패에 오염된 인간은 어떻게 희생되고 사회는 어떻게 변질되는가, 그리고 남은 사람들은 어떤 삶을 강요당하는가…, 이런 주제에 대한 복합적인 생각에 끊임없이 사로잡혔다. 나쁜 사람, 좋은 사람에 대한 나름대로의 양식과 기준을 제시하고 싶었다. 우리시대의 최소한 양심을 띄우는 작업이다.

불사조 영원히 죽지 않는다는 전설의 새와 같이, 어떠한 역경이나 고난에 빠져도 굴하지 않는 인간형을 내는 것이다. 그의 행적을 통해 시대와 상황을 초월하여 영원한 인간 모델을 창출하고 싶었다. 영화로 만들고 싶었지만 회사의 거부로 무산되었다.

쿠데타

드라마 모티브가 된 것은 대학시절에 본 실미도 사건에서다.

1971년 8월23일, 인천 서해 무인도인 실미도에 있던 북파 부대원들이 기간병들을 살해하고 민간버스를 탈취하여 청와대로 향하던 중, 영등포 유한양행 앞에서 군경과 대치 끝에 수류탄으로 자폭한 사건이다.

북파부대의 목표는 오로지 김일성 살해에 있었다. 그 조직은 이른바

'1·21 김신조 사태'에서 연유한다.

1968년 1월21일, 북한 특수 게릴라(124군부대) 31명이 한겨울 야음을 틈타 청와대를 기습했다. 자하문 쪽에서 군경 합동대와 총격전 끝에 28명이 사살되고 2명은 도주했다. 일당 중 김신조를 생포했다. 군은 이 만행에 맞불용으로 북파대원을 은밀히 양성하게 된다.

그러나 70년대에 들어 긴장완화와 남북화해 무드가 조성되면서 그들의 존재가 무실해지자 제거명령이 하달된다. 이 낌새를 알아챈 대원들이 폭동을 일으킨다. 이들 24명은 현장에서 죽고 남은 넷은 이듬해 봄에 처형된다. 정부는 이를 '실미도 난동사건'으로 규정했고 이후 갖가지 의혹은 30여 년간 베일에 싸여 있었다.

1995년 6월, 종학은 CJ의 제이콤에서 영화 〈쿠데타〉 작품을 구상한다. 물론 실미도 사건이 발상의 기초가 되었다. 여기서 종학은 '국가와 개인의 문제'를 다시 묻게 되었다. '왜?'와 더불어 구성원들의 신상과 입소 동기 등에 대한 인간 탐구욕을 병행했다.

'…문민정부가 자리 잡으며 군부가 홀대받고 북한과의 화해무드가 급진전되자, 위기감과 모멸감을 느낀 군 수뇌부가 쿠데타를 계획한다. 극비리에 유지해왔던 실미도에서 3명의 정예요원을 차출, 호남 출신의 유력 대선후보를 암살, 남한정국을 극도의 혼란으로 몰아넣고 북한에 뒤집어씌워 남북관계를 급랭시킨 후 군부가 나선다.'

얼개는 대충 이러했다. 캐스팅엔 안성기, 최민수, 이정재를 점찍어 놓았다. 2년을 끌었으나 결국 실현되지 못했고 CJ와도 결별한다.

*1999년, 백동호의 소설 '실미도'가 나왔다. 북파 부대원들이 겪은 3년 4개월의 실상을 파헤친 내용이다. 2003년 말, 강우석 감독은 영화로 만들어 그 진상을 공개했다. 설경구, 정진영, 안성기, 허준호 등의 호연에 힘입어 1천만 관객을 끌어냈다.

청개구리

2011년 말부터 스스로 구상해온 소재였다.

한 평범한 사람이 대통령이 되는 내용이다. 그 과정에서 온갖 사람들과 상황을 맞닥뜨리면서 자신도 모르게 천국과 지옥을 오간다.

권모술수와 자중지란이 이어지고 충성을 맹세한 자들은 등을 보인다. 측근들도 하나둘 모두 떠나간다. 오로지 수행비서 한 사람만이 남아 최후를 지킨다. 그는 결국 강가로 간다. 이제 남은 선택은 하나뿐이다…. 주인공이 대통령이 되는 과정과 배신 때리기 그리고 극한 상황에 처하는 모습은 작금의 현실과 오버랩 된다.

종학의 시선은 대통령 중심제의 한국 정치로 향했다. 그가 규명한 '정치 드라마'는 최고 권력자를 중심한 정치 공학과 인간관계가 복잡하게 얽히면서 무상한 말로를 드러낸다. 배경은 우리 대통령들의 자화상을 떠올린다. 대부분 말년과 퇴임이 불행했던 자신은 물론 그 가족들과 주변 인물의 변절된 삶을 통해 인간사회의 보편적인 가치를 묻는다. 주인공들은 '모래시계, 넥스트 제네레이션'쯤으로 우리 사회 주요 구성원에 해당되는 30대 전후가 된다.

오디션

〈모래시계〉 방송을 끝내고 공백기에 접어든 어느 봄날, 이대(법대) 나온 여자로 유명한 천계영의 만화 '오디션'을 보고 불현듯 김종학 스타일의 뮤직 드라마를 구상했다.

여주인공은 일기장에 남겨진 아버지의 유지에 따라 전국에 숨어있는 4명의 음악 천재를 찾아 나선다.

한번 들은 음악을 악보로 써내는 짜장면 배달꾼 장달봉, 고운 음색과 성량을 가진 외계 소년 황보래용, 불우한 백인 혼혈아 류미끼. 고아출신 소매치기 국철이 그들이다. 그녀는 멋대로 튀는 오합지졸들을 '재활용 밴드'로 이름하고 천재성을 개발하여 훌륭한 뮤지션으로 성장시킨다.

음악으로서 대중들과 소통, 이른바 음악과 공연을 주축으로 펼치는 성공 스토리다.

히로인엔 가죽점퍼 차림의 채시라를 점찍어 두었다. 〈여명의 눈동자〉의 여옥의 이미지를 체인지 업 하는 데 적격이었다.

당시 1990년대 후반은 소방차와 H.O.T가 한고비를 넘어서고 서태지와 아이들이 은퇴할 무렵이었다. 뒤이어 룰라, DJ덕, Ref, 클론, 베이비 복스 등이 그 자리를 이었다.

종학은 이 만화를 통해 오늘의 젊은이들이 어떤 감각을 갖고 무엇에 관심을 갖는지를 포착했다. 그리고 아이돌 파워와 K팝의 전성시대를 예견하여 눈높이 해법을 통해 가요계의 빛과 그늘을 묘사하려 했다. 자신에 잠재된 예능감을 꽃피우려는 각별한 구상이었다.

  * 2011년 박진영과 배용준 회사의 합작으로 〈드림 하이〉(KBS2)가
나왔다. 택연, 수지, 김수현 출연의 스쿨 드라마로 아이돌 가수의 꿈을
키우는 예술고가 배경이다.

샐러리맨 긴타로金太郎

이번엔 하층 샐러리맨이 이끄는 경제 드라마였다.

  부富를 일군 당사자나 1세대의 얘기와 달리 월급쟁이 뱅커의 분투기
에 초점을 두었다. 오늘날 경제사회를 부축하고 있는 이름 모를 월급쟁
이의 희비에 더 깊은 드라마 코어가 있을 것으로 판단했다. 그 전형성
을 바로 '긴타로'에서 발견했다.

  모토미야 히로시本宮志의 만화(2007)가 원작으로 내용은 폭주족인 주
인공이 뱅커가 되어 활약하는 이른바 '머니 워'다. 그는 외국계 투자은
행으로 전직하여 세계를 무대로 비즈니스를 펼친다. 외환딜러로서 거
대 헤지펀드와 한판의 승부를 건다. 흰 와이셔츠, 엄격한 연공서열, 드
높은 애사심, 철저한 실적주의…, 그 정글에서 한 샐러리맨이 영웅 아
니면 천덕꾸러기로 전락할 위기를 맞는다. 오늘을 일군 경제역군들이
만 이제는 성장 걸림돌이 되어 '잃어버린 30년'의 원흉이 될 판이다.

  드라마의 골격은 시대의 흐름에 따라 변하는 샐러리맨의 사고방식과
생존방식에 초점을 둔다. 눈치, 권위에 대한 반사적 복종과 집단사고에
길든 일본 전통사회에 반기를 든다. 여태까지의 '순한 양'에서 '독한

여우'가 되는 월급쟁이의 새 모습이다.

이를 통해 종학이 쓰려는 것은 한국적 '21세기 샐러리맨 청서'였다.

조기해직, 명예퇴출 등 미래 불안이 만연한 2천만 샐러리맨들을 위한 서사시로서 최적의 모델이 무엇인가를 우리 프레임에 대입하여 새로운 화두를 제시하고 싶었다.

장길산

강력한 민중의식과 인본주의에 의한 부조리 타파, 체제와 사회모순의 척결, 그리고 호걸 정신으로 새로운 이상향 건설….

이런 쾌남아 '장길산'에 눈길을 멎지 않을 연출자가 어디 있으랴.

옛 시절엔 홍길동, 임꺽정과 더불어 조선의 3대 레지스터로 낙인되어 영상출현이 금지된 캐릭터다. 그야말로 종학의 입맛에 딱 맞는 매력적인 인물이었다.

황석영 원작, 한국일보(1974~1984)에 연재된 이 장편 소설은 민중들이 억압을 받았던 18세기 숙종 조를 배경했다. 1970년대 군사 권력에 의해 수많은 지식인과 민중들이 억압을 받았던 시대를 작가는 이와 유사한 역사적 배경으로 설정했다. 천출인 주인공의 좌절하지 않는 삶과 민초들의 끈질긴 생명력이 주축을 이룬다.

1994년 말, 종학은 극장 상영과 TV방송용을 겸하는 투 트랙 방식을 모색했다. 일찍이 최민수를 길산 역으로 내정하여 그의 '강렬한 힘과 예민한 감성'을 조합하려 했다. 북한에서 촬영을 시도하되 안 되면 중국의 광활한 대지에서 말 달리는 호쾌한 우리 민족의 기상을 담고자 했다.

　＊ '장길산'은 그로부터 10년 뒤인 2004년 SBS(5.17~11.16. 50부)에서 제작 방송되었다. 이희우 극본, 박경렬 연출로 장길산 역엔 유오성을 비롯, 한고은, 김영호, 정준하, 양미라, 최재성 등이 출연했다.

우동 한 그릇

큰 드라마, 거창한 주제만이 그의 테이블에 있는 것은 아니었다.

아기자기하고 눈물겨운 소품이 있었다. 작지만 따뜻한 소재, 아름다운 사람들, 그리고 잔잔한 감동의 이야기를 한편에 오롯이 마련해 두고 있었다. 이 조그마한 에피소드는 휴머니즘에 약한 종학의 코끝을 시큰하게 만들었다.

…어느 섣달 그믐날, 한 우동 가게는 하루를 마치고 문을 닫으려는데 한 여인이 두 애들과 나타난다. 그리고 조심스럽게 우동 1인분만 시켰다. 주인은 아내 몰래 우동 1인분에다 반인 분을 더 넣어 준다. 그들은 아주 맛있게 먹고 나서 돌아갔다.

일 년 뒤, 같은 날, 같은 때에 또 그들이 왔다. 그리고 또 우동 1인분만 시켰다. 주인은 여느 때 같이 우동 1인분에다 반인 분을 또 넣었다. 그들은 또 맛있게 먹고 갔다….

다음 해, 같은 날, 같은 시각이 다가왔다. 이번엔 주인내외가 그들을 기다렸다. 그리고 2번 식탁(올 때마다 앉는 곳) 위엔, 예약석이란 팻말이 놓았다. 주인은 금년부터 오른 우동 값을 다시 작년 가격으로 바뀠다.

그들은 많이 변했다. 형은 중학생 교복, 동생은 작년에 형이 입고 있던 점퍼를 입고 있었다. 엄마는 똑같은 옷을 입고 있었다. 그런데 이번엔 우동 2인분 시켰다. 주인은 우동 세 덩어리를 넣었다. 그리고 그들의 이야기에 귀를 기울렸다.

아빠가 사고를 일으키면서 큰 빚을 졌다. 그런데 오늘 그 빚을 다 갚았다는 것이다. 큰 애는 신문 배달을 했고 작은 애는 엄마 몫까지 몽땅 대신해 일을 했다. 작문을 썼는데, 제목이 '우동 한 그릇'이었다. 바로 지금까지 자신들이 겪었던 이야기들을 쓴 것이다. 주인내외는 그 내용을 읽고 울고 또 울었다.

몇 년이 흘렀다. 하지만 그들은 오지 않았다. 그래도 2번 식탁만은 예전대로 예약석이란 팻말을 놓았다. 사람들이 물어볼 때마다 주인 내외는 '우동 한 그릇'의 내용을 들려줬다.

또 한 해 섣달 끝 날, 식당은 손님들로 가득했다. 딱 열 시 반에 문이 슬그머니 열렸다.

'우동 3인분만 시켜도 되나요?'

그들이었다….

종학이 일본 단편 소설에서 모처럼 떠올린 홈드라마였다.

'세상은 아직도 따뜻하며 살만한 곳이다….'

세 모자와 우동집 내외의 훈훈한 정을 통해서 희망과 구원의 메시지를 그렇게 전하고 싶었다.

야망의 바다(가제)

2007년 12월, 어렵게 〈태왕사신기〉의 방송을 끝내고 2008년 들어 글로벌 코리아를 발상했다. 이번에는 카메라의 눈을 바다로 향했다. 해양한국, 조선造船대국의 청사진과 그 현장을 드라마로 엮어 볼 심산이었다. 육지 아닌 바다에서 희망과 미래를 찾는 청춘상이다. 여태까지의 영상과도 차별화된다.

성격, 체질, 생활환경이 전혀 다른 두 젊은 주역이 조선업체에 입사한다. 그들은 동료이자 협력자 겸 경쟁자가 된다. 꿈은 크다. 한국 조선업을 세계 1위로 만드는 것이다. 작금의 대우조선의 도산과 한진해운의 파산을 생각해보면 반면교사의 효과가 큰 매우 애석한 기획이었다.

닥터 차이나, 상하이 스윙

'닥터 차이나'는 모처럼 남과 여의 이야기에 초점을 맞춰 직접 집필까지 시도했다. 만남, 열애, 충돌, 갈등, 이별…. 그리고 웬수가 되기까지 상투적인 남녀 프레임 속에 나름대로 색다른 얼개를 구상했다.

미국 영화 '장미의 전쟁'(1990년)에서 힌트를 얻었다. 첫눈에 반한 두 남녀는 결혼하고 자매를 낳고 물질적으로 안정을 이루자, 사소한 것부터 의견이 충돌하기 시작, 재산을 둘러싼 소유권 주장과 자존심 싸움까지 생사를 걸고 다투는 경지까지 이른다. 종학은 '행복 추구'란 이름 하에 자행된 인간의 속물주의와 이기심의 바닥을 긁어내고 싶었다.

'상하이 스윙'은 호쾌한 이야기로 철저한 오락 액션을 구상해 보았다. 1940년대 상하이 임시정부 시대가 배경이다. 홍삼밀매로 독립군의 공작금을 마련한 주역들의 항일투쟁을 그린다. 세 사람의 젊은 작가들에 대본을 의뢰했으나 자신의 뜻을 채워주지 못해 저작권만 등록시키고 보류했다.

크러시 걸(Crush Girl)

지성과 논리를 앞세운 분망 형 김원희,

유머와 순발력이 뛰어난 낙천 형 이영자,

육감과 직관이 풍부한 감성 형 엄정화,

이는 종학이 일궈낸 솔로 여성들의 3원색이다. 마이웨이 속의 〈여, 여, 여〉는 서로가 서로를 '존중, 선망, 찬양' 하되 모방하거나 추종하지는 않는다. 거침없는 화술, 재기발랄한 센스 그리고 보이시한 개성…. 이른바 걸 크러시 리더들은 같은 콩깍지 속에서도 생각과 행동이 다른 현대 도시녀의 생태를 콩닥콩닥 대변한다.

2007년 종학은 일찍이 '싱글 걸' 들의 '혼술 혼밥' 하는 일상 트렌드를 간파하고 여성극의 모더니즘을 구현하려 했다.

80년대 〈모계사〉에 이은 여성테마를 전혀 다른 다이어리식의 시트콤 시리즈에 싣고 싶었다. 종학의 뉴 페미니즘은 너무 앞서나간 탓인지 후속을 받쳐 줄 여력이 없었다. 김혜수나 전지현 같은 대표적인 걸 크러시는 한참 후에 대중화되었다.

천국의 계단

유능하고 야심찬 여의사가 병원의 경영 비리에 연루되어 퇴출위기에 처한다. 복귀 조건은 이름 모를 생뚱한 오지로 밀려나 상당기간 봉사활동을 하는 것이다. 딴 세상, 낯선 환경, 불안과 고독, 그리고 한 남자와의 만남 속에서 자구책을 가늠한다. 왜곡된 자존감, 옛날 것 버리기, 다름을 인정하기, 그리고 고통과 고난을 피할 수 있는 삶은 없다는 깨달음…. 이런저런 새로운 감화를 통해서 인생관마저 바뀌어 간다. 히로인은 외화 '러브 어페어'(1995년)의 아네트 베닝을 투영하고 싶었다. 따뜻한 심성에 준수한 교양미와 고혹함을 함께 갖춘 배우다.

이 작품은 '국경없는의사회'(정치 종교 인종 이념을 초월한 국제 민간 의료구호단체)에서 착안한 소재로 유망작가 정찬미를 8개월 동안 붙들고 시나리오를 구상했다. 한 여성의 행로에 깊은 애정과 통찰을 담은 1인극이자 섬세한 여성 극을 모색한 것이 이채롭다. 중국에서 마지막 발상한 작품으로 현지에서 찍으려고 했다.

4. 사별死別 두 달 전에도 새 드라마 구상

별처럼 떠오른 다양한 주제와 소재가 그의 머리에 차 있었다.

스포츠 다큐로 본 카레이싱을 드라마로 옮기고 싶었다. 차와 인간이 한 몸체가 되어 스피드와 승부를 다투는 긴박함을 극대화하고 싶었다. 건설업계의 낮과 밤을 파헤친 '그들만의 세상'을 적나라하게 묘파하여 일본 원작에서 우리 버전을 내고 싶었다.

태평양 전쟁을 배경으로 한 유장한 스펙터클 드라마도 품어 보았고 작게는 견우와 직녀의 모티브도 살려보고 싶었다. 우리 설화에서 탄생할 김종학 류의 설레는 러브스토리의 불발은 참으로 아쉬운 대목이다.

'환천령幻天令' 등 중국에서 연출을 의뢰한 시놉시스는 많았지만 우연과 비약이 심하고 '왜?'가 없는 화류華流의 구성에는 쉬이 동의할 수는 없었다.

2013년 5월, 종학은 숨을 거두기 불과 두 달 전에도 중국 북경 호텔에 체류하며 새 구상과 드잡이를 계속했다.

마침 상해 유학중인 딸 민정이 찾아주곤 했다. 그것은 두 부녀의 마지막 해후였다.

'…제가 기억하는 아버지의 마지막 모습은 딱 3년 2개월 전 중국의 작은 호텔에서 드라마 시놉시스를 만지고 있는 모습이었습니다.

아빠 다음 작품을 위해 의욕적인 준비를 하느라 하루 종일 혼자 머리를 싸고 계셨지요, 주변 사람들이 등을 돌리고 다시는 재기 못할 것이라고 수근거려도…(울먹) 아빠는 항상 똑같은 모습을 하고 비좁은 방에서 눈을 반짝이시며 큰 꿈을 꾸고 계셨습니다.

꿈을 꾸는 것이 얼마나 힘들고 또 치열하고 그것을 현실로 만드는 과정 이것이 얼마나 고되고 어렵고…, 그럼에도 그것이 얼마나 행복한 것인가를 보여주셨기에 저희들에는 늘 희망이었습니다. 그렇게 어려운 지난 3년간이었지만 아빠의 혼이 담긴 작품을 지키기 위해, 동료 선후배들이 또다시 다치지 않도록 하기 위해 불행한 선택을 하신 아빠 명예를 지키고 억울함을 풀어주고 싶습니다….'

큰 딸 민정은 3주기에서 이렇게 토로했다.

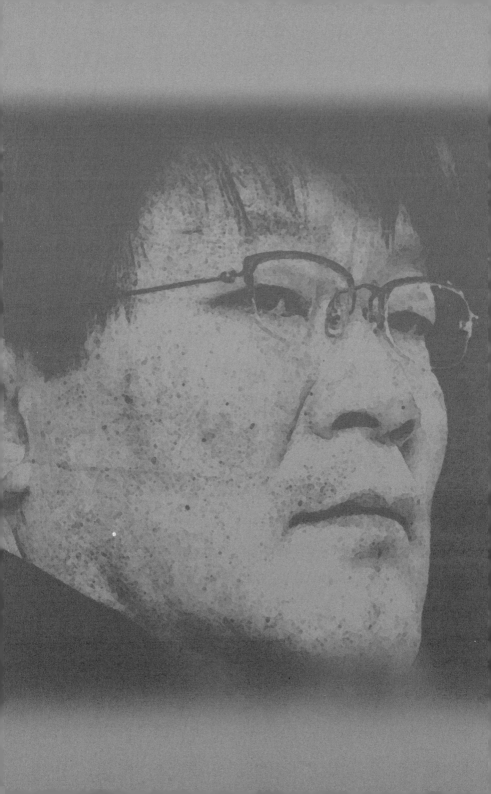

제6장

결론 - 입혼(入魂)주의와 연출철학

1. 현대사의 함의와 리메이크된 여덟 편

담고 싶은 시대, 하고 싶은 얘기, 엮고 싶은 사건, 내고 싶은 인간.

종학은 이를 담보하는 그릇을 반세기 현대사로 본 것이다. 현실 참여와 시대의 아픔을 담아내는 데 매양 주목한 곳이다. 그것은 여전히 진행 중이며 드라마의 가치는 그것을 상기하는 것으로 보았다.

드라마 속 현대사의 함의

드라마는 시대의 축소판이자, 짧은 연대기다. 종학의 현대사 개념은 한마디로 흑黑역사다. 흑역사란 기억하고 싶지 않은 과거사다. 어두운 과거, 부끄러운 과거, 생각하기조차 싫은 참담한 과거다. 그 전형적인 것 중 하나의 예가 전쟁이다.

그의 드라마는 다양한 전쟁의 변천사를 읽게 해준다.

'여명의 눈동자'는 생존을 위한 전쟁, '동토의 왕국'은 분단과 체제와의 전쟁, '모래시계'는 독재와 부패와의 전쟁, '인간시장'은 불법 탈법과 전쟁, '퇴역전선'은 전횡과 탐욕과 전쟁, '우리읍내'는 집단 이기주의와의 전쟁이다.

과거완료형이 있는 반면 현재진행형도 있다. 과거를 단순히 저장하고 재연하는 것이 아니라 늘 새롭게 소환하고 재생산하는 예술이다.

종학은 그 흑 역사 속에서 세상의 아픔을 띄워내고 부조리한 현실에 맞서며 인간성 회복을 꿈꾸었다. 감성언어로서 세상과 나란히 걷고 싶은 그의 노래는 시대정신을 일깨우고 진한 감동을 일궈냈다. 이러한 동력으로 상업주의의 유혹에서 벗어났다.

그는 면밀하고 대담한 언어로 역사의 한순간을 붙들어 우리 삶 속에 녹여 보인 지난 세기의 뛰어난 음유작가다. 한 컷의 영상을 제조할 때마다 '영속되는 순간적 이미지'임을 주장한다.

드라마는 삶의 혈육이라고 믿는다. 각각의 사이에는 구획이 없다고 생각한다. 그래서 드라마를 통해 오늘의 삶과 시대를 헤집고 진단한다. 여기에 시대성과 삶의 가치를 어떻게 반영할 것인가. 그의 작업은 이런 덕목을 분석하여 기술하는 과정이다. 그래서 드라마는 다시 역사가 되고 기억의 현상학이 된다.

역사의 무엇을 기억하고 어떻게 기억할 것인가. 사실과 객관으로서의 역사, 해석과 주관으로서의 역사, 그것은 시청자와 만남을 통해서 매양 변증법으로 부활한다. 그의 드라마는 이런 만남과 토론의 아고라(광장)가 된다.

이것은 영혼에 관한 문제다. 종학의 영혼은 TV매체에 만 머무르지 않는다. 하나의 장르에도 머물지 않는다. 상상은 시詩적 행간으로, 영화 라인으로, 때로는 만화 국면까지로 여기저기 떠돈다.

그가 열망하는 세계는 미래의 시간을 호환하는 메시지가 된다. 자신이 의미있는 것을 만들어내고 있다는 소신과, 그 의미를 정당하게 평가해주는 수용자가 분명히 존재한다는 확신을 유지한다. 그의 영상은 끝없는 길 위의 삶, 팍팍한 현실에서 방랑하는 현대인을 위한 청산별곡이 된다.

업적 중 으뜸은 드라마의 격과 수준을 훌쩍 끌어올린 점이다.

홈, 멜로 중심이었던 드라마 행색을 바꿨다. 대중 소설을 일류 드라마로 올려세웠다. 그의 시도는 오락에 국한된 드라마 울타리를 허물고 '고발과 감시'까지 외연을 넓혔다. 작품 자체의 무게감, 역사적 맥락성, 사회적 확장성 그리고 대중적 파급성을 잃지 않은 그의 드라마 양식과 깊은 성찰에 경의를 표할 만하다. 왠지 그에게 뜨거운 기대와 박수를 보내고 싶은 까닭이다.

리메이크 작품 여덟 편의 경우

종학의 작품은 한 시대를 넘어 오늘날까지 후속편으로 건너오고 있다. 자그마치 8편이나 된다. 유독 리메이크가 많은 것은 소재에 대한 선택 안목의 탁월함을 반증한다. 시대를 넘어서 작품성과 흥행성을 간파한 그의 통찰력 덕분이다. 또한 시류에 따른 다양한 해석과 변용의 폭이 넓다는 것도 반증한다.

조선왕조 5백년 시리즈 〈회천문〉(1986년)에서 주인공으로 다룬 광해는 이후 다양한 모습으로 안방과 극장에서 현전했다.

'너희가 광해를 알아?'

'회천문'이 방송된 지 10년 후부터 광해는 천千의 얼굴로 사극의 단골 왕이 되었다.

1995년 KBS2의 〈서궁〉에서 광해군(김규철)은 똑똑하고 냉철한 성격으로서 뭇 시선에 예민하고 사려 깊은 인간형을 보인다.

1999년 MBC의 〈허준〉에서 광해(김승수)는 귀양 간 어의 허준을 돕고 동의보감을 저술하는 데 무한 지원과 신뢰를 보낸다.

2003년 SBS의 〈왕의 여자〉에서는 외로운 남자 광해(지성)와 상궁 김개시(박선영)의 러브스토리를 다루었다.

2004년 KBS1의 〈불멸의 이순신〉에서는 자기 콤플렉스를 극복하고 충무공 이순신을 후원하는 용감한 세자(이준)로 역할 한다.

2012년 영화 〈광해-왕이 된 남자〉(이병헌)는 정적의 끊임없는 살해 위협을 벗어나기 위해 가짜 왕을 내세워 자신의 정체성을 지켜낸다.

2013년 MBC 야사극 〈불의 여신-정이〉에선 한 여인을 못 잊는 왕세자(이상윤)의 사랑과 방황을 그렸다.

2015년 〈왕의 얼굴〉(서인국)에선 선조의 홀대 속에서도 왕재의 필연성을 일깨울 만큼 결단력 있고 총명함을 보인다.

〈징비록〉에서 광해(노영학)는 임진왜란 통에서 백성과 함께 고군분

투하는 용맹과 덕망을 겸비했다.

〈화정〉의 광해(차승원)는 독이 든 약밥을 먹고 신음하는 아버지의 최후를 방관한다. 미필적 고의에 의한 살인 방조는 물론 야사다. 마침내 비운의 세자는 33세로 등극하여 야심찬 제왕으로 군림한다.

이상 여러 드라마에서 보는 광해의 공통점은 〈부자반목, 형제갈등, 정체성 불안, 당파싸움〉이다.

같은 조선왕조 시리즈 〈남한산성〉(1986년)은 2017년 10월에 같은 이름의 영화(황동혁 감독)로 등장했다. 당시 인조(유인촌), 주화파 최명길(변희봉), 척화파 김상헌(정욱)의 역은 박해일, 이병헌, 김윤석이 각각 이어받았다.

한편 첫 단막극인 〈갈 수 없는 나라〉(1983년)는 4년 후인 1987년 MBC의 미니시리즈 4부작으로 확대되었다. 김한영 연출에, 이호재, 오혜림, 한애경이 출연했다.

한국인 재발견 시리즈 3편째인 〈다산 정약용〉(1983년)은 2017년 KBS의 주말 대하드라마로서 주연에 송일국을 배역했으나 재원확보 등 여러 문제로 보류되었다.

이대근을 앞세운 〈고산자 김정호〉(1983년)는 33년만인 2016년, 강우석 감독이 차승원을 내세워 〈고산자 대동여지도〉로 영화화했다.

박상원이 주연한 〈인간시장〉(1988년)은 2004년 홍성창 연출로 SBS에서 재탄생했다. 장총찬 역엔 김상경을 비롯, 박지윤, 김상중, 이정길,

한혜진 등이 나왔다.

한국형 첩보물의 효시로 평가받은 〈제5열〉(1989년)은 미구에 영화로 탄생될 전망이다. 디지털 시대의 세련된 영화문법으로 국제 첩보전이라는 얼개를 개조하여 현대 버전과 관객의 눈높이에 화답할 채비다.

2015년 11월, 한국영화 평론가협회에서 공로상을 수상한 정진우 감독은 35년 전 〈여명의 눈동자〉의 촬영 도중 구속되어 무산된 작품의 시나리오를 최근 완성했다고 술회했다. 1977년 신문연재가 끝난 후, 정 감독은 1980년, 영화의 서막을 알렸으나 무위로 그쳤다. (1차 캐스팅, 신성일 이대근 정윤희에 이어 2차, 이영하 이덕화 강수연)

너무 성급하게 금단의 문을 넘었을까? 당시 전두환 정권이 묵과하기엔 너무 위험하고 금기된 사항이 많아 시대의 역풍을 견디지 못했다.

〈모래시계〉는 하나뿐이다.

2010년대에 들어 〈모래시계〉를 추억하는 목소리가 조금씩 들렸다. 그 세월에 〈모래시계〉에 버금가는 대작 드라마가 없었다는 반증도 된다.

종학이 떠나자 추모와 더불어 '모래시계2'나 '속 모래시계'가 운위되곤 했다. 본편에 대한 향수와 기대 가치를 연장한 '수익모델2'의 욕구 때문일 것이다.

종학은 〈모래시계〉에 대한 여하한 형태의 속편을 발상한 적이 없다. '모래시계2'의 제작에 대한 주위의 권유나 부추김도 듣고 싶지 않았다. 전작의 자기복제나 후광효과를 울어낸 아류는 당초 싫었다. 그것은 멜로드라마나 시트콤에서나 가능하다.

〈모래시계〉의 연계작품이 있다면 등장인물들의 후손이나 다음 세대의 이야기를 엮어갈 수는 있다는 전제는 가능하다.

〈여명의 눈동자〉의 세 주인공들이 30년 후 〈모래시계〉의 세 사람으로 화신된 바와 같은 맥락이다. 대치, 여옥, 하림은 태수, 혜린, 우석으로 거듭났다. 그러나 〈모래시계〉가 〈여명의 눈동자 2〉는 아니다. 태수 등 세 후예들의 삶은 이미 전혀 다른 작품으로 건너뛴다.

퓨전사극 〈대장금〉(2003년)이 '대장금2'를 쉽게 부를 수 없는 이유와 비슷하다. 나온다면 차세대의 얘기일 것이다. 주인공인 장금의 딸이 조선과 중국을 오가며 눈부신 활약을 펼치는 내용쯤일까. 한 세대를 건너뛰면 시대와 상황은 전혀 달라진다.

〈모래시계〉는 외전外傳이나 투(2)가 없는 오직 하나의 절대적인 작품이었다. 데자뷰(already seen)는 금물이다. 일물단회一物單回주의, 즉 'Best One is Only One'의 소신이다. 〈새로운 소재, 남다른 영상, 색다른 기법〉에 집착해 온 종학은 초록동색에 한눈을 팔지 않는다.

2. 작품세계와 연출철학

혼魂이 깃든 연출, 힘力이 넘친 대사, 결決이 어린 구성, 기氣가 서린 연기, 맥脈이 뛰는 편집.

김종학이 쓰는 영상은 묵직한 돌직구다. 그래서 세勢가 있다. 그의 드라마 양식樣式은 수용자의 양식良識을 위한 양식糧食이다.

스토리보드엔 기승전결이 분명해야 한다. 맥락과 매듭은 뚜렷해야 한다. 역사사건엔 '왜?'가 있어야 하다. '왜'가 없으니 맥이 없고 혼이 없다. 그러니까 이 대목을 연출자가 확실히 해주어야 한다는 것이다.

일장입혼一場入魂, 장면마다 혼을 넣다

"인간과 사회의 모습을 담아내는 것이 바로 드라마다. 그 진솔한 메시지를 통해 새로운 사회와 인간의 새로운 모델을 제시하는 것이다."

새 길을 취하면 안정은 없다. 반대로 새길을 피하면 창조는 없다.

〈유장한 스케일, 역동적 캐릭터, 비극적 종말〉은 그의 드라마 캠퍼스에 곧잘 나타난 항목들이다. 그 동력은 역사적 충동, 사회성 실현, 미학적 열정의 융복합에 의한다. 그리고 탄력은 리얼리즘 추구에 의한다.

'드라마 식탁' 앞에서는 어떠한 화두도 늘 행복한 담론이 된다. 그는 통음을 주저 않고 토론과 논쟁을 마다하지 않는다. 다음날 새벽 현장에 가장 먼저 나타난다. 공개된 유서에는 혼魂이 자주 등장한다.

'내 혼이 들어간 작품의 명예를 훼손…'

'후배 PD들이 혼을 담는 모습에서…' 등 거푸 혼을 적고 있다.

그래선지 종학의 캐릭터는 '혼'을 강조한다. 매양 외롭고 괴로운 혼이다. 주인공은 시대와 역사, 권력과 제도에 맞서지만 승자가 되지 못한다. 그 과정의 시련과 좌절을 통해 강한 사회 메시지를 띄운다.

〈모래시계〉의 우석, 태수, 혜린은 모두 고독한 투혼자다. 〈여명의 눈동자〉의 여옥, 하림, 대치도 민족의 혼으로 버티고 〈인간시장〉의 장총찬도 고난의 혼으로 맞선다.

'혼'이 들지 않는 액션은 몇 번씩 굴러 반복한다.

출연진은 징글징글 고개를 흔든다. 그러나 기막힌 영상과 완성도에 매료되어 입을 다문다. 연기자에 노소를 막론하고 변신을 주문한다. 같은 연기자도 탈바꿈한 스타로 거듭난다. '다른 길'이 곧 '새길'이라는 뜻이다. 주제는 중후하고 흐름은 장대하다. 갈등의 미장센은 강력하고 커트 분할은 예각적이다. 역동적인 카메라 워킹에 흐르는 배경음은 비장감을 더한다. 오랜 세월, 서득원(촬영) 조인형(편집) 최경식(음악)이 그의 신체 일부가 된 덕분이다. 몸짓과 눈빛으로 표현되는 디테일한 감정 연출에 더 능하다는 것을 그들은 잘 안다.

'공부 좀 하세요!'

이는 자신뿐만 아니라 주위의 연기자, 스탭들에게도 선뜻 하는 말이다.

사실 종학은 지독한 '공부벌레' 다. 그의 내공은 천부적이 아니라 후천적인 노력과 연구의 축적을 통해서 이루어졌다. 박학심문博學審問을 위한 주요 텍스트는 서적, 비디오, 영화다. 남의 인생, 남의 작품은 본능적으로 수렴했다. 형태는 감상이 아닌 감청이며 탐사다. 소재의 철학, 형식의 미학, 사회 심리학, 인간학까지 그의 멀티태스킹은 정교해진다. 끼니를 걸러도 공부는 거르지 않는다. 그리고 문답, 토론, 교감을 통해 '자기 것' 으로 창조한다.

어찌 보면 연출자 종학은 머리가 좋은 사람 아니면 참 부지런한 사람이란 느낌이 든다. 한 컷 한 컷의 화면구성과 무빙라인에 빈틈을 보이지 않는다. 명대사, 명장면은 잊지 않고 자기 것으로 리뉴얼한다.

예컨대 〈모래시계〉의 태수가 삼청교육대에서 혹독한 훈련 장면, 수감 죄수들과의 모의 장면, 탈출에 실패하여 잡혀오는 장면… 등 일련의 국면을 보면 60년대 명화, 스티브 매퀸 주연의 '빠삐용'을 연상시킨다. '대부', '언터쳐블', '포레스트 검프' 에서 보는 명장면도 절묘하게 인용한다.

불광불급不狂不及—미치지 않으면 미치지 못한다.

그의 작품에 공통적으로 흐르는 것은 힘カ이다. 그 힘을 지렛대 삼아 주인공을 벼랑 끝으로 내몬다. 뱀을 씹어 먹게 한 것이나 감옥이 곧잘

등장하는 게 그렇다. 극한 상황에 처했을 때 인간은 어떤 모습일까에 초점을 맞춘다. 작품 뿐만아니라 현장에서 출연자와 스탭을 몰아친다. 자신에게도 마찬가지다. 2분 내용을 위해 하루를 투자할 만큼 프로 정신이 강하다. 조연출 때부터 혹독할 정도로 그랬다.

'노 리스크, 노 리턴'-그는 줄곧 담대한 목표를 세워놓고 위험을 무릅썼다. 성공작은 늘 위험한 도전에서 나왔다. 산을 만나면 길을 트고 물을 만나면 다리를 놓았다.

'시작이 반이라는 것은 드라마에서 없다. 촬영 완료가 반이다. 나머지 반은 편집과 오디오, 보충제작, 그리고 방송 직전까지의 숨 막히는 마무리 작업이다.' 종학의 말은 지금도 사라지지 않은 눈앞의 제작 현실이다.

요즈음 드라마에 종학의 혼을 잇는 워너비나 셀러브리티는 거의 보이지 않는다. 그래서 부박한 로맨틱 코미디나 막장 드라마만 횡행하고 있다.

연출의 힘, 삼겹살 에너지론

'성찰 없는 드라마는 드라마의 가치가 없다'
'드라마란 원래 정답이 없다. 질문을 던져야하기 때문이다'
그 질문을 대화의 장으로 끌어내는 것이 곧 드라마의 본분이라고 믿었다.

'틀을 깨고 격을 파하라', '다르게 생각하라', '관행을 의심하라' ….
그래야 새로운 가치가 창조된다. 일탈해보지 않고 어찌 새로움을 말할
것인가. 옛 권위와 전통을 따르지 않고 끊임없이 'Why'를 앞세워라.
드라마란 그런저런 다원성을 인정하는 것이다.

그럼에도 그의 딜레마는 그림자처럼 따라붙었다.

드라마 공정 시스템이 갖는 조직 대 개인의 양면성 충돌 때문이다.

나는 나대로 나다(I am as I am)…. 그러나 영화와 달리 드라마란 조
직의 결과물이지 개인의 생산체가 아니다. 하여 조직이 명한 의무를 묵
묵히 수행하는 낙타가 될 것인가, 아니면 자기 의지를 자유롭게 관철하
는 사자가 될 것인가? 어차피 드라마도 딜레마가 아니던가.

그의 연출 에너지는 이런 것들이 복합된 3겹살 의식에서 나온다.

첫 살은 끼다.

동네 운동회엔 응원단장, 학예회엔 어쨌든 튀는 아이로 끼를 발휘했다.
부친은 정미소, 주조장, 기와공장 등을 경영하는 읍내 유지급 알부자였
다. 일찍이 필름 키드가 되었다. 이모가 경영하는 극장에 무시로 출입
하면서 영화에 젖고 영상의 마력에 빠졌다.

초등 6년 때 열차를 타고 무작정 가출했다. 영화나 만화 주인공처럼
보다 넓은 세계에서 멋진 사람이 되고 싶었다. 고교 땐 모범생과는 먼
거리에 있었다. 야한 소설을 숨어서 읽고 술, 담배는 달고 살았다.

연극반에 들어가 연기자로 두각을 냈다. 고1 때 전국고교연극대회에

서 우수상, 고3 때 이철향 작 '푸른대화'로 최우수 연기상을 수상했다.

고교생 때부터 타 학교의 연극공연에 연출, 연기까지 지도했다. 그래서 조퇴한 적이 한두 번이 아니었다.

대학교 땐 등록금을 몽땅 연극공연에 써버려 제적 위기에 몰리기도 했다. 민방 라디오의 성우 시험에 합격했지만 자퇴했다.

그의 끼는 일종의 무속적 기氣다. 작품 발굴이나 촬영 시작 때는 신명과 흥이 만나는 것이다. '이거다'를 외치며 시청자를 끌어당기는 내면의 열기, 집단 사물놀이의 몸 사위처럼 격렬한 감정이 그의 의식과 사고를 지배한다. 충청도 촌놈으로서 토속성은 그만의 샤머니즘이다. 그의 꿈은 '끼'로 견인되고 '깡'으로 돌파한다.

중간 살은 깡이다.

깡은 신념에서 나온다. 이는 끈기이자 배짱이다.

새로운 것에 대한 실험과 도전은 깡으로 시도한다. 〈태왕사신기〉와 〈신의〉에서 CG의 대거 활용과 3D 화면을 구사했다. 실사實寫의 한계를 극복하기 위해 디지털 시대의 첨단 기술을 도입하여 드라마를 품을 넓혔다. 그것은 형식의 변화가 아니라 본질의 격상을 위한 것이었다. 엄청난 인건비와 기회비용이 들었다. 작품의 반응은 투자와 노력만큼 따라주지 못했다. 비판은 곱으로 쏟아졌다.

'그때는 틀리고 지금은 맞다'

그랬다. 가보지 않은 길을 갔다. 그래서 자초한 종학의 실패와 불행은 훌륭한 반면교사로 거듭났다. 오늘날 첨단기술을 적소적기에 사용하는 지혜는 바로 이런 선행 경험에서 비롯한다.

今日我行跡遂作後人程
오늘 내가 가는 길이 후인의 길라잡이가 되리..

서산대사의 경구대로다.

'…예술 감각 50%, 노가다 체질 50%로 이뤄진다.'

드라마 연출가 기질에 대한 종학의 신념이다. '노가다'란 때와 장소
를 가리지 않고 현장에서 막일하는 사람을 뜻하는 변형 일본어다. (원
음:도가다 '土方') 노가다는 때로 밤을 잊어야 하고 현장에서 눈을 뜨
고 자야한다. 그래서 '종달이'나 '잠 없는 괴물'이 들려오곤 했다.

연극배우를 대거 기용하여 전속 탤런트로부터 '죽일 놈' 소리도 들
었고 출연자를 완벽한 연기가 나올 때까지 극한으로 몰아넣어 '또라
이'라는 원성도 들었다.

현장 팀을 단순 조직체가 아닌 생명체로 바꿨다.

야외 출발 약속시간을 어기면 용서가 없다. 주연, 조연을 가리지 않
고 그냥 떠난다. 일단 현장에 오기 무섭게 바빠진다. 종학은 사전 콘티
형보다 즉석 연출 형에 가깝다. 현장 분위기와 지형지물, 햇빛과 바람
의 방향에 따라 연출 라인을 조율한다. 19인치 모니터를 지게로 운반해
당시 카메라맨 외에는 볼 수 없었던 영상 진행을 동시 검증했다. 지독
한 깡이었다. 영상예술의 신神인 뮤즈는 바로 이런 순간들에 그에게 미

소를 던지는 모양이다.

속살은 꿈이다.

브라운관에서 스크린으로⋯. 영화에의 꿈이었다.

깊은 곳에서는 항상 필름의식이 발동하곤 했다. 제작한 드라마 방송이 끝나면 으레 집착하는 것은 영화를 향한 꿈이다. 고교 후배인 한정희(드라마PD)와 한때 UCLA의 유학을 꿈꾸기도 했다. 김수현 드라마를 영화로 만들어 한국에 역수출하는 계획도 세웠다.

답답한 것은 조직 층층의 관문에만 그치지 않았다. 종횡비 4:3의 좁은 TV화면을 몹시 답답해했다. 연속 형태의 드라마보다 한 편에 압축하는 스크린 파워를 동경했다. 한 컷에서라도 보다 크고 웅장한 정보를 수용하고 싶었다. 하여 평소 드라마의 제작도 영화 문법을 많이 차용했다. 영상미학과 테크닉은 물론 미장센과 몽타쥬, 장면전환까지도 영화기법을 도입하여 밀도를 높였다.

종학은 유독 깐느 영화제를 주시해 왔다.

숙원은 깐느 영화제의 감독상을 받는 것이었다. 베니스 영화제, 베를린 영화제와 함께 세계 3대 영화제인 깐느 필름 페스티벌은 2018년으로 71회를 맞는다. 영화제(5월) 이외에도 TV드라마 마켓, 광고 콘테스트를 연중에 두루 개최한다. 깐느는 지중해를 접한 프랑스 남부에 위치한 세계 영상문화의 집결지로 각종 영화제로 먹고사는 휴양지를 겸한 소도시다. 영화의 예술적 수준과 상업 효과의 균형성을 중요시하여 세계 영상감독들이 가장 선호하는 잔치다.

그래선지 종학은 자신의 지향성에 잘 맞는 영화제로 간주했다. 우리 영화도 2002년 임권택이 〈취화선〉으로 감독상, 2004년엔 박찬욱 감독이 〈올드보이〉로 심사위원 대상을 수상한 바 있다.

종학의 터미널은 어차피 영화감독이었다. 이곳에서 영화작품으로서 세계적으로 인정받는 필름작가의 위상을 떨치고 싶은 것이었다.

이렇게 삼겹살은 김종학 브랜드를 기억하는 중요한 유전자가 된다. 그런저런 삼 겹의 켜와 층은 서로 충돌하거나 소멸하지 않고 새로운 상상력과 예술적 에너지로 작용한다.

머리는 역사의 진실 탐구, 가슴은 현재의 모순과 부조리 고발, 시선은 미래의 유토피아로, 이것은 삼겹살 시간차의 탄탄한 조화다.

그 열정들이 서로 반응하고 융합되어 맹렬한 마그마처럼 분출한다. 이것이 쌓이고 쌓여 새로운 켜를 이루면서 드라마 가치를 증폭한다.

현장 어語로 승부수

현장에서는 모든 것은 말로 트고, 자르고, 맺어야 한다.

연출자는 '언어의 전선戰線'에 서 있어야 한다. 리더십의 역량은 복잡한 문제를 단순화하는 것이다. 종학의 말투는 짧고 세다. 탁탁 끊어서 던진다. 문체는 요점의 단순함이다. 한 호흡에 대충 10자만 싣는다. 트위터 한 줄의 글자 수다.

그의 어휘는 직관적인만큼 직설적이다. 때로는 도발적이며 기습적이다. 그래서 파괴력을 갖는다.

그의 언변言辯은 견과류 같다.

작지만 탄탄하고 짧지만 튼튼하다. 때로는 유치한 독설이다. 하지만 유치함은 우아함보다 훨씬 두터운 설득력을 싣는다. 못지않게 유머도 섞는다. 현장의 온도에 따라 훈풍도 되고 냉풍도 된다.

음색은 반 금속성에 하이톤이다. 쉽고 단박 명료하게 찔러간다. 많은 스탭과 연기자들을 한 번에 직통하기 위함이다. 진정성이 뭉쳐져 그들의 귀속에 쏙 담긴다. 시간과 노력을 아끼게 된다. 그는 먼저 언어의 근육을 단련했다. 그것이 승부수임을 잘 안다. 발상은 혼자서 하지만 완성은 그들의 살 끝에서 이뤄진다. '모두 여럿이 함께' 해야 한다.

'너 할 수 있지?'

'너니까 해낼 수 있어!'

'쪼그만 더…바로 그거야….'

'오케이-수고했어, 모두 수고들 했어'

말의 전략시대다. 작가가 필력이 생명이라면 연출자는 언력言力이다.

언어로 무장하지 않은 PD는 협상력도 부실해진다. 국가 간 경쟁에서 정치력과 군사력이 중요하듯이 드라마 생태계는 언력이 중요하다.

그는 말의 힘을 창조적 수단으로 조련하고 활용했다. 현장에서는 모두 '참여하고 있다, 동행하고 있다'는 강렬한 연대감과 동질감을 넣었다.

감성에 호소한다, 간명하게 끊는다, 반복한다. 그의 화법이다.

투지는 말로서 생산한다. 경우에 따라 조곤조곤 여성처럼 되뇐다. 적절한 스킨십도 아끼지 않는다. 하여 연기자와 스탭의 열정을 격발한다. 즉시 칭찬한다. 그래서 구성원들의 의욕과 신념을 확장한다.

'고이의 법칙'과 종학의 크기

잉어鯉(일본어 고이)를 작은 어항에 넣으면 8센티밖에 자라지 않지만 커다란 연못에 넣어두면 20센티 이상 큰다. 강에 방류하면 1미터가 넘게 성장한다. 같은 물고기인데도 어항에서 기르면 피라미가 되고 강물에 놓아기르면 대어가 되는 물고기인데 이를 두고 '고이의 법칙'이라 한다. 즉 내가 생각하고 경험하는 세상의 크기가 나의 크기를 결정한다는 뜻이다. 더 큰 꿈을 품으면 품을수록 그 꿈은 크게 자랄 수 있다.

자신이 처해 있는 환경에 따라 크기가 결정되는 것, 종학은 고이의 법칙을 준수 자였던 것 같다. 은연중 현실에 갇혀있는 관습을 떨치고, 자신의 꿈을 키우기 위해 커다란 환경(작품의 선택안)과 조건(제작 시스템)을 스스로 키워낸 것이다. 역사의 무게만큼이나 유장한 〈여명의 눈동자〉와 〈모래시계〉는 이런 고이의 법칙에 충실한 결과물인 셈이다.

"대물을 낚고 싶었다. 1993년, MBC의 김종학을 스카웃했다. 고석만과 김한영도 대상으로 꼽았다. 연출료 1천만 원을 요구해서 수용했다. 본사에서 난리가 났다. SBS프로덕션 신영균 회장에 이건 신생사의 초기투자로서 모험을 걸만하다고 설득했다. 신 회장은 나름의 비전과 판단력을 가지고 있었다. 당시 1천만 원은 큰 액수다. 종학을 만나 100

만 원을 깎아 900만 원을 수정 제의했다, 그는 대물답게 흔쾌히 수락했다."

전 SBS의 임형두 상무의 회고담이다.

타이틀 자막에 '연출 김종학'을 첫 번째로 먼저 넣었다. 연출자 이름을 맨 끝에 넣는 상례를 깼다. 프라이드며 자존심의 발로다.

연출자는 왜 연기자나 작가보다 몸값이 낮아야 하나? 이 대목에서 종학이 주장은 분명하다. 연출자는 중계방송자도 아니며 샐러리맨도 아니다. 육체적 노고와 다원적 기능까지를 전제하면 그 대가는 턱없이 작다. 드라마 프로듀싱은 프로모팅을 겸하고 디렉팅은 마케팅까지 포함한다. 버젯은 펀드 개념으로 확장되었다. 작품뿐만 아니라 돈과 전쟁, 매체와의 전쟁도 감당해야 한다. 몸과 맘이 엄청 소모된다. 그래서 PD는 정확히 평가되고 정당히 대우 받아야 한다는 지론이다.

얼리 어답터(early adopter)로서 차세대 영상 모델의 제시

2000년대 들어 종학이 주목한 것은 컴퓨터 그래픽(CG)와 3D 영상을 드라마에 녹여내는 작업이었다. 이 신기술 도입은 단순한 인공 영상을 넘어 4차원 영상까지 확대하는 것이다. 실제와 가상이 통합되어 사물을 투시적, 지능적으로 제어할 수 있는 시스템의 구축이 전제된다.

아날로그 시대가 끝나고 컴퓨터에 의한 고밀도의 평면화면이 등장하면서 종횡비 4대3에서 16대9의 하이비전으로 진화되었고 IPTV, VOD

등 IT기술과 융합했다.

종학은 얼리 어답터(early adopter)로서 CG영상과 증강영상이 드라마에 수용할 수 있는 가능성을 타진했다.

1999년 〈고스트〉에서 컴퓨터 그래픽을 도입했다. 2002년 〈대망〉(26부)에서는 최초로 HD(하이비전)카메라를 사용하여 고해상도의 화질을 선보였다. 2007년 〈태왕사신기〉(24부)에서는 다국적 시청자를 아우르는 무협 판타지를 위해 정밀한 CG를 개발했다. 제임스 카메론의 영화 〈아바타〉를 보고나서 2012년 〈신의〉(24부)에 3D제작을 시도했다.

혈관 속 여행으로 백혈구가 활동하는 모습이나, 침 뜸이 살 속을 파고들어 어떻게 신경계에 영향을 미치는가를 비주얼로 표현했다.

통상 심리적 움직임의 표현에서 진일보하여 생물학적 움직임마저 영상화하는 것, 그래서 전자電子영상과 실사實寫의 융합을 시도하는 것, 이는 분명 차세대 드라마 영상에 대한 도전이었다. 제반 환경 불비로 대중적인 호응은 끌지 못해 그때는 일렀으나 지금 생각해보면 4차 드라마 영상을 위한 모델을 제시했다고 볼 수 있다.

뉴 프랫폼, 모바일 드라마의 세 유형 개발

2008년을 전후하여, 종학은 '스몰' 드라마 시대를 예감했다.

소위 마이너 리그로서 작은 드라마를 웹에 싣는 '뉴 프레임-뉴 플랫

폼'의 흐름을 구상하는 것이었다. 모든 길은 로마로 통하듯 모든 메시지는 모바일로 통하는 웹 문화가 정착할 것으로 전망했다.

일찍이 황인뢰PD는 지상파에서 '한 뼘 드라마'를 발상하여 5분 연속편성을 시도한 바 있다. 종학은 지상파가 아닌 새 플랫폼에서 서식하는 더 짧고 강한 모바일 드라마를 창출하고자 했다.

'테이크아웃 용 드라마'

테이크아웃 되는 것은 커피만은 아니다. 이제 드라마도 된다. 손바닥 안으로 들어와 언제라도 부름에 응할 수 있다. 종학의 구상은 '스낵 드라마'로서 종전의 가족시청 아닌 개인시청, 고정시간이 아닌 자유시간에 따른 1인 시청시의 예감이었다. 이른바 3분 전후에서 이뤄지는 '초간단성'이 최적화의 제일 조건이 된다.

두 번째 새 모드는 쌍방향 드라마의 개발이었다.

댓글 문화가 활발해지고 드라마에 대한 시청자 피드백이 성행하는 시대에 이를 적극 반영하여 〈제작자-수용자〉간의 원활한 소통과 참여를 통한 쌍방향 드라마를 창출하는 것이었다.

세 번째는 2009년 음악드라마의 개발이었다. 가요의 곡과 가사의 분위기를 재해석하여 드라마로 업그레이드하는 시도다. 청각과 시각의 컬러버레이션을 통해 모바일 화면효과를 입체화한다. 노래 길이는 자연스럽게 드라마의 길이가 된다. 음악프로 〈불후의 명작〉(KBS2)을 보면서 발상한 아이디어였다. 하나의 노래가 가수의 편곡과 자기 해석에 따라 창법과 스타일이 달라지고 전혀 다른 맛과 분위기를 내는 것이 특징이다. 종학은 가요의 본령인 오디오를 비주얼 중심의 드라마로 변주하고 싶었다.

이 조건을 충족하기 위해 '경輕소재, 다多작가' 전략을 택했다. 그리고 김승모 PD를 팀장으로 하여 웹툰 작가를 포함한 다수 만화 작가를 모았다. 이 세 유형의 프로젝트는 프로덕션의 부침과 함께 아쉽게 무산되었고 종학이 세상을 떠난 후인 2013년에 들어 네이버의 웹 드라마 전용관 구축 등 새로운 사이트에서 결실을 보고 있다.

에픽(epic) 또는 고高관여 드라마

에픽(epic)드라마란 관객의 이성에 호소하여 비판적 사고를 촉구하는 서사극敍事劇을 이름한다.

서정극은 감정몰입에 의한 동화同化와 정화淨化작용을 유도한다. 서사극은 이와 달리 논리와 사변으로 결구되는 이화異化작용을 요한다. 관객(시청자)의 감성보다는 이성적인 면을 자극하여 한 범주 내에서 열띤 해석과 사유를 증폭한다. 주제는 대개 사회문제 또는 역사문제로 이슈와 논쟁을 동반한다.

〈여명의 눈동자〉,〈모래시계〉가 이런 전형성을 띤 작품이다.

결론은 시청자의 몫으로 남겨둔다. 드라마 속 체험은 단순 전달에만 그치지 않고 대중적 판단과 '썰전'을 위한 화두를 제공한다.

종학의 드라마는 '편안한 시청'을 거부한다. 합리적 의혹, 또는 논리적 공감 형태를 띤다. 주인공은 박제된 인간형이 아니고 늘 변화하면서 실험대상이 된다. 전개 상황은 이성과 논리에 기초하여 사회적 모순을 발견하고 이에 대응할 수 있는 분석력을 요청한다.

하여 특정 집단을 긴장시키거나 권력집단을 불편하게 만들기도 한다. 드라마는 해피엔딩을 보장하지 않으며 엔딩의 몸체를 드라마 밖의 현실로 끌어내어 확장하기도 한다.

예컨대 〈모래시계〉경우, '역사적 책임을 느낀다' 는 무거운 시청소감과 함께 '학교에서 못 배운 역사를 가르쳐 줬다', '눈멀고 귀멀었던 자신이 안타까웠다' 라는 반응을 나타냈다.

(서울신문 1995.2.16)

안기부, 군, 검, 경 등 권력기관까지 당혹감과 함께 드라마가 사회에 미치는 영향과 파장을 분석하고, 부패 정치인은 마땅히 조사하고 처벌받아야 한다는 시청자 의견 등은 이를 뒷받침한다.

(경향신문 1995.2.16)

'작가 관점이 너무 주관적이다', '학생운동이 지나치게 미화되어 있다', '80년대를 겪지 못한 세대가 꼭 보고 깨우쳐야 할 내용이다'

(서울신문 1995.2.16)

천리안 통신에 비친 이런 의견도 이를 뒷받침한다.

더불어 그는 고高관여 드라마를 지향한다.

광고계에서는 1회용이나 단순 소비에 그친 보통 상품과는 달리 자동차, 냉장고, 화장품처럼 구매 전에 예비정보와 기능분석을 요구하는 제품을 고관여 제품으로 구분한다.

종학의 드라마는 고관여 드라마에 속한다. 시청 전에 상당한 예비지식과 정보를 요구하는 편이다. 방송 중에도 시청자는 인지적 조화를 유지하기 위해 평가를 지속하고 여론을 강화한다. 광주관련 서적에 관심이 높아지고, 비디오와 음반이 불티나고, 검도 붐과 놋쇠 반지 붐, 모래시계 선물 붐이 일고, '너 왜 그렇게 사냐', '태수만큼 해라' 등의 유행어가 일어났다.

(문화일보 1995.2.16.)

'모래시계 불황'을 타파하기 위해 약삭빠른 주점들은 대형TV와 서라운드 스피커까지 설치하여 손님을 끌고, 직장인들은 드라마 방송이 없는 금요일에 회식 날짜를 잡는 풍속도 역시 고관여의 징표다.

저低관여 드라마가 플롯을 중심하여 원인과 결과를 밝히는 구조라면 고관여 드라마는 플롯에 얽매이지 않고, 서사 즉 에피소드 제시와 상황묘사를 통해 관람자가 스스로 극적 진실을 판단하도록 한다. 예컨대 주인공이 당하는 충격적인 고통은 어쩔 수 없는 일로 간주하지 않고 거기에서 벗어나고 피할 수 있는 길을 열심히 찾도록 하는 것이다.

'당연히 그러겠지'로 그치는 것이 아니라 '그렇게 되선 안 되지, 저렇게 갈 수도 있지 않나…'로 전환한다. 말하자면 사고思考가 존재를 결정하는 게 아니라 사회적 존재가 사고를 결정하는 것이다.

'예술은 관람자가 필요하다. 작품이 예술이 되려면 관람자 자신이 의미를 만드는 협업의 과정이 필요하다. 그래서 예술은 늘 현재 진행형이다.'

이는 18세기 프랑스 철학자 마몽텔(1723~1799)이 한 말이다.

예술을 드라마로, 관객을 시청자로 각각 바꿔서 대입해 보면 종학의 지향성이 드러난다. 그는 우뇌형(감성과 직관, 창조)에 못지않은 좌뇌형(이성과 논리, 분석)으로서 균형을 갖춘 연출자였다.

선호 작가, 선호 작품

⟨김성종⟩의 세 편 추리극장에 빠지다.

그간 단막극과 특집극을 통해서 적지 않은 소설 작가를 만났다.

조해일, 김성종, 조정래, 김홍신, 유주현 그리고 만화가로서 허영만, 천계영을 들 수 있다. 그중 최다는 4작품을 취한 김성종이었다.

단막극 ⟨일곱 개의 장미 송이⟩를 비롯, 미니시리즈 ⟨아름다운 밀회⟩ ⟨제5열⟩, 그리고 특별기획 ⟨여명의 눈동자⟩에서다.

빈약한 국내 추리문학에도 불구하고 김성종은 나름의 자기 색깔과 소리를 이어가고 있었다. 그는 한국의 에드거 앨런 포, 도넌 코일쯤에 해당할까? 일곱 장미, 밀회, 5열은 모두 미스터리와 서스펜스를 깔고 있고 5열은 국제 첩보전까지 다룬 것이다.

종학은 평소 추리소설에 탐닉했다.

드라마틱한 요소를 모두 담고 있어서다. 인간의 원색적인 본능과 욕망을 자극하는데 더 이상의 장르가 없다. 인류가 만든 스토리텔링 중 가장 재미있는 장치다. 결말을 위한 치밀한 구성과 전개는 보는 자의 억압된 감정과 욕구의 출구가 된다. 의혹, 함정, 반전을 기본으로 시청자를 방관자가 아닌 당사자로 끌어당기는 데는 최적이다. 흡인과 몰입 효과는 최상이다. 이를 둘러싼 범인 찾기와 진실 찾기는 하나의 게임이며 한 판의 퍼즐이 된다.

〈시드니 셸던〉(1917~2007)

미국의 베스트셀러 추리소설 작가, 천부적인 이야기꾼이다.

인간의 애증과 음모를 대중적이고 감각적인 문체로 묘사하여 세계적인 성공을 거두었으며 미스터리 작가에겐 노벨상의 영예와도 맞먹는 '에드거 앨런 포' 상을 수상했다.

대표작 '깊은 밤의 저편'은 셸던 특유의 재치가 돋보인 작품이다. 야망에 불타는 아름다운 여배우와 권세가인 선박왕, 매력남과 순결여가 엮어내는 배반과 복수의 드라마이다. 종학은 이 흐름을 첫 미니시리즈인 〈아름다운 밀회〉의 작품 기조로 활용했다.

〈일곱 개의 장미 송이〉는 그의 베스트셀러인 '천사의 분노'에서 비슷한 분위기를 따왔다. 천사와 악마의 양면성에 접근해 그것이 집요하게 빚어내는 음모, 야망, 사랑으로부터 진정한 인간상을 추구하는 작품이다.

〈톰 클랜시〉(1947~2013)

그의 소설 'Debt of Honor'의 마지막 부분에, 일본 여객기 조종사가 미 국회의사당에 돌진해 대통령과 참모들이 몰살당한다. 이 장면 때문에 9.11 테러 직후 기자들의 질문공세에 시달리기도 했다. 구성 자료의 정확성이 높아, 펜타곤으로부터 끊임없는 자문 요청을 받았다. CIA 당국도 '상상 가능한 미 본토 공격방법을 모두 시나리오화해서 제출해 줄 것'을 간청했다. 특히 무기체계의 기술적인 부분에 묘사가 세밀하여 밀리터리 스릴러 작가의 확고한 지위를 굳혔다. 첫 작품 '붉은 10월'(1990년 영화화)에서 대성공을 거두었고 이어 '붉은 폭풍(Red Storm Rising)'이 연달아 히트했다.

1998년 연출한 SBS의 20부작 〈백야 3.98〉의 제작계기 모드가 되었다.

〈서극 감독과 홍콩 느와르〉

'홍콩 느와르'는 1980년대에서 1990년대에 걸쳐 홍콩에서 만들어진 어둡고 우울한 분위기의 갱스터 액션 영화들을 지칭한다.

홍콩의 중국 반환(1997년) 결정이 계기다. 이후 감도는 허무함과 불안감을 반영하면서 우정과 의리, 배신과 증오를 앞세운 범죄 영화가 성행했다. 피 튀기는 살육전, 빗속의 총격난사, 한순간 유려하게 변하는 슬로모션, 감성적인 음악 선율, 비극적인 영웅주의는 단골메뉴다.

〈영웅본색〉(서극 제작, 오우삼 감독, 1986년)은 홍콩 느와르의 대표작이다. 긴 코트에 쌍권총 플레이를 펼치는 주윤발과 비정한 형사 장국영은 장르의 아이콘으로 떠올랐다. 생사를 넘나드는 국면마다 입에 문 성냥개비 하나로 감정처리를 나타낸 주윤발의 소품 연출에 눈이 쏠렸다.

종학은 느와르를 주목했다.

무엇보다 사회적 메시지와 거친 액션이 실린 서구적 도시영화의 전형을 보았기 때문이다. 의리, 명예, 희생과 같은 덕목뿐만 아니라, 고독한 인간의 숙명, 비장하게 패배하는 히어로 등은 숱한 과장과 비약에도 불구하고 자기 스타일의 서사를 드센 영상으로 담아가는 데에 독특한 힘을 느꼈다. 어둠과 대비된 강한 조명, 점프 컷, 사선 및 수직 구도로 인간의 감성을 나타내는 각종 연출 테크닉도 눈여겼다.

권총 대신에 각목과 주먹을 쓴 〈모래시계〉는 이런 분위기가 녹아있다. 재희(이정재)가 죽임을 당하는 집단 린치 신은 주국영이 조폭에게 당하는 장면과 오버랩 된다.

서극徐克은 일찍이 느와르 선두에 서서 〈영웅본색3〉, 〈천년유혼〉, 〈황비홍〉 등을 연출했고 주윤발, 왕조현, 이연걸, 임청하, 사정봉 등 스타를 발굴했다. 2000년도 이후 팬미팅을 위해세 차례나 내한한 바 있고 〈칠검하천산〉으로 한중일 합작을 실현한 친한파 감독이다.

종학은 그와 만나 동양권의 영상문화에 대한 열띤 논의를 교환했다.

'…한국은 왜 그리 심각한 벽이 그리 많은가? 이데올로기 문제부터 너무 장애가 많다….' 는 핀잔도 들었다.

자신과 동갑내기이자 동시대의 영화감독으로서 동질감을 느꼈다. 영화와 TV미디어를 왕복하는 행로도 비슷했다. 종학은 TV드라마에서 영화로 지평을 확대하고자 했고 서 감독은 영화에서 TV드라마로 건너와 양 매체를 포섭하고 있었다.

종학을 크게 평가한 또 한 사람의 중국인은 아시아와 허리우드의 가교역을 해 온 프로듀서 테렌스 창(Terrence Chan, 본명:張家振)이다. 그는 일찍이 소지섭, 이민호, 송혜교 그리고 〈베를린〉의 류승완 감독을 각별히 샀다. 또한 종학의 〈태왕사신기〉에 나타난 탁월한 전투 신과 군중 신의 구성력을 높이 평가했다. 그리고 합작 연출을 맡겨 허리우드에 진출하려는 큰 계획도 갖고 있었다.

박달재에서 여의도까지

제천 동명초등교를 졸업하기 무섭게 고향을 떴다. 아버지의 소망에 따라 서울 휘문중에 유학했다. 1969년 휘문고(61회)를 졸업하고 71년 3수 만에 대학(경희대)에 입학했다. 법관을 간절히 원했던 아버지 뜻을 거역한 죄로 대학 등록금이 끊겼다.

부친은 종학의 싹싹하고 영특함을 기대하여 인근 시장 부근의 상당한 땅을 물려주었으나 결국 형제들에 모두 양보했다. 제천시 명동 한

복판은 상업지로 변했고 150여 평 생가터엔 4층 건물이 들어섰다.

서북쪽 30여 리에 위치한 탁사정濯斯亭은 종학이 소싯적 멱 감던 곳으로 '제천 10경'에 들 만큼 청량한 계곡과 소나무 숲이 아름답게 조화되어있다. 북쪽 의림지義林池는 삼한시대에 만든 인공호수(명승 20호)로 어머니와 나들이 갔던 곳이다. 둘레 1.8킬로에 수심이 10미터나 되어 빙어 축제가 열린다. 천둥산 박달재는 서쪽 약 40여리쯤이다.

재학 중 군 복무를 마치고 복교했다. 연극반에 들어온 여섯 살 아래의 여학생을 냉큼 조연출로 붙잡아 맸다. 문리대 화학과에서 100대 1의 경쟁을 뚫고 약대로 편입한 재원이었다. 아내가 된 장현선의 만남은 이렇게 이루어졌다. 소문난 캠퍼스 커플은 1980년 12월 13일 혹한 속에 결혼식을 올렸다.

1977년 11월 MBC 입사하여 예능부에 배속되었다. 박달재에서 드디어 여의도에 입성한 것이다. 2년 후 드라마 제작부로 전출하여 숙원을 이루었다.

1983년 장녀 민정을 보고 86년에 차녀 민주를 보았다. 세 모녀는 아빠 드라마의 평가와 토론을 아끼지 않는 훌륭한 조언자였다. 가족대화는 과거 작품보다는 미래 드라마 구상에 대한 열띤 의견 교환이었다. 여자처럼 아담한 손을 만지작거리며 푸짐한 유머도 섞어냈다. 슬픈 얘기엔 곧잘 눈물을 보이는 울보 아빠가 된다.

드라마 연출자에 대한 동업자 의식은 퍽이나 두텁고 따뜻하다. 자신과 다른 스타일의 PD를 좋아한다. 내가 하지 못한 것을 할 줄 알고, 내게 없는 것을 갖춘 PD를 존중한다. 제 작품은 산고 끝의 혈육처럼 아끼되, 타 드라마에 대한 품평은 삼간다. PD는 PD의 고충과 애로를 안다. 격려와 위로만 보내도 한 보따리다.

'영상을 잘 만들려 하기보다는 자기만의 영상을 만드는 것이 중요하다.'는 조언도 잊지 않는다.

1993년 5월, 16년 만에 정든 MBC를 떠나 영욕의 20년 세월을 겪었다. 2천 년대에 들어 종학은 숙고 끝에 예술 종합학교처럼 연출 사관학교를 만들고자 했다. 드라마 연출을 비롯한 분야별 스탭 양성의 전문스쿨 설립이다. 해외 유학생도 받아 인적 차원에 의한 새로운 한류 공급원을 창출해 볼 심산이었다. 드라마 PD는 무조건 영어에 달통해야 한다고 믿었다. 국제 감각도 언어에서 나온다. '통하면 통한다'—반대로 소통이 안 되면 고통이 온다는 뜻도 된다.

'이진석(JS픽처스 대표)과 김종학의 조합이면 화려한 윈-윈의 목표를 거두었을 것이다. 진석 형은 제작뿐만 아니라 마케팅과 프로덕션 비지니스에 탁월했고 종학 선배는 연출자로서 수완이 출중했음으로 두 기능의 환상적인 조화로 완벽한 콤비를 이루었을 것이다.'

종학의 고향 후배자 진석의 고교 후배인 전 SBS 외주제작팀장 박희설 박사(JP E&M 대표)는 지금도 아쉬워했다.

종학의 일생엔 세 차례의 굵은 떠남이 파인다. 10대 초반 유학 차 고향을 떴고, 40대 초반 옛 둥지 MBC를 떴고, 60대 초반에 세상을 떴다.

■ 김종학 연출작품 리스트 및 수상내역 ■

연출(MBC)

1981년 〈암행어사〉,〈수사반장〉 조연출 및 야외연출

1982년 주간시추에이션 드라마 〈암행어사〉,〈박순경〉

1983년 한국인재발견 시리즈 3편

　　　〈광대가〉,〈다산 정약용〉,〈고산자 김정호〉

　　　6 · 25특집극 〈인간의 문〉

　　　MBC베스트셀러극장 〈갈 수 없는 나라〉,〈모계사〉

　　　새마을 특집극 〈아내는 회장님〉

1984년 3 · 1절 특집극 〈조선 총독부〉, 6.25특집극 〈동토의 왕국〉

　　　노인특집극 〈해 저무는 들녘에〉

　　　MBC베스트셀러극장 〈일곱 개의 장미 송이〉

1985년 6 · 25특집극 〈영웅시대〉, 청소년특집극 〈빛과 그림자〉

1986년 〈북으로 간 여배우〉

　　　조선왕조5백년 시리즈 6화 〈회천문〉, 7화〈남한산성〉

1987년 미니시리즈 〈아름다운 밀회〉,〈퇴역전선〉

1988년 미니시리즈〈선생님, 우리 선생님〉,〈우리읍내〉,〈인간시장〉

1989년 미니시리즈 〈황제를 위하여〉,〈제5열〉

1991년 MBC창사 30주년 특별기획 〈여명의 눈동자〉

2007년 〈태왕사신기〉

연출(SBS)

1995년 특별기획〈모래시계〉

1998년 〈백야 3.98〉

1999년 〈고스트〉

2001년 〈신화〉, 2002년 〈대망〉, 2012년 〈신의〉

수상

한국방송대상 연출상 – 인간의 문 (1983)

한국방송대상 작품상 – 동토의 왕국 (1984), 여명의 눈동자 (1992)

제20회 백상예술대상 TV부문 연출상 – 동토의 왕국 (1984)

제28회 백상예술대상 TV부문 연출상 – 여명의 눈동자 (1992)

제31회 백상예술대상 TV부문 연출상 – 모래시계 (1995)

제31회 백상예술대상 TV부문 드라마 작품상 – 모래시계 (1995)

제39회 백상예술대상 TV부문 연출상 – 대망 (2003)

경실련/시청자가 뽑은 올해의 드라마 – 대망 (2003)

PD연합회대상 작품상 – 대망 (2003)

경희 언론문화인상 (2006)

MBC 연기대상 공로상 – 태왕사신기 (2007)

제26회 한국PD대상 공로상 (2014)

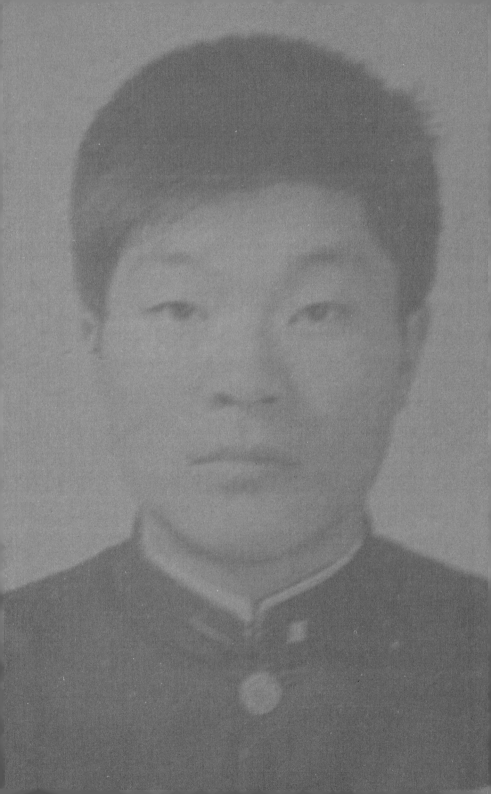

제7장

애도하고 추모함

사랑을 잃고 나는 쓰네.

잘 있거라, 짧았던 밤들아.

창밖을 떠돌던 겨울 안개들아.

아무것도 모르던 촛불들아, 잘 있거라.

공포를 기다리던 흰 종이들아.

망설임을 대신하던 눈물들아.

잘 있거라, 더 이상 내 것이 아닌 열망들아.

장님처럼 나 이제 더듬거리며 문을 잠그네.

가엾은 내 사랑 빈 집에 갇혔네.

이 시는 서른이 못돼 요절한 기형도가 마지막 쓴 〈빈집〉이라는 작품이다.
종학이 유명을 달리한 분당의 한 고시텔 작은 '빈방'과 오버랩시키면
그 절체의 순간이 처연히 다가온다.
시인은 '사랑을 잃고' 유서처럼 써 내렸지만 종학은 '희망을 잃고'
장님이 되어 영원히 생의 문을 잠거 버렸다. 두 사람은 주변의
모든 것들과 이별을 고한다. 밤, 안개, 촛불들, 종이, 눈물에게까지…
'잘 있거라, 더 이상 내 것이 아닌 열망들아…'의 구절은
종학이 모든 것을 내려놓는 최후의 독백같아 찡한 감이 온다.
'나는 파괴될지언정 패배할 수는 없다…'
이윽고 종학의 결연한 목소리도 들려오는 듯하다.

1. 애도함, 아직도 믿기지 않은 그 날 그 자리

비극으로 끝난 '김종학 드라마'

드라마 명장의 안타까운 몰락이다.

'여명의 눈동자'(1991), '모래시계'(1995) 등으로 시대를 풍미한 김종학(62) PD. 영화 못잖은 완성도를 갖춘 TV드라마 시대를 연 스타 연출자가 쓸쓸한 최후를 택했다. 방송 현장에서 '독종', '독사'라고 불렸던 그가 정글 같은 드라마 제작 현실에 무릎을 꿇은 셈이다.

23일 오전 10시경, 성남시 야탑동 S고시텔에서 발견됐다. 경찰에 따르면 그는 한 평 남짓한 방 안의 침대 위에 누워 있었고, 화장실에는 타다 남은 번개탄 하나가 있었다. 창문 등 공기가 통할 수 있는 틈은 모두 청색 테이프로 막혀 있었다. 외부 침입, 외상 흔적도 없었다.

방송계는 충격에 빠졌다. 그가 국내 드라마 산업의 성장과 팽창을 보여주는 상징적 인물이기 때문이다.

한 선배 PD는 '늘 남들이 하지 않는 최고를 선보이고 싶어 했다. 무모해 보일 정도의 완벽주의 성향이 현실의 벽에 부딪히면서 갈등을 빚어왔다. 치열한 경쟁, 방송사와 제작사 간 불공정 관계를 그 역시 피해 갈 수 없었다.'라고 말했다. 한국방송연기자노동조합(위원장 한영수) 도 성명을 내고 '김종학 PD는 잘못된 외주제작 시스템의 가해자이자 피해자'라고 밝혔다.

(중앙일보 2013.7.24)

성남 영생원의 메모리얼 파크에 안장

드라마 거장의 영결식은 유족과 동료 드라마 관계자의 애도 속에 25 일 서울 송파구 서울아산병원 장례식장에서 치러졌다.

오전 9시부터 시작된 영결식에서는 약력소개에 이어 16분간 추모 영 상이 상영됐다. 김종학 PD의 생전 모습과 연출 작품들의 장면이 담긴 영상이 상영되자 식장 곳곳에서 조문객들의 흐느끼는 울음소리가 점차 커졌다.

드라마 PD협회장 전산 PD는 조사에서 울먹이는 목소리로 '백야 3.98' 촬영 당시 선배에게 "드라마가 무엇입니까"라고 묻자 "진실이 아 니겠나"라고 수줍게 말하시던 모습이 떠오른다면서 "고인은 가셨지만 그 분의 드라마는 시청자의 가슴 속에 영원히 살아남을 것"이라고 말했다.

배우 박상원은 조사에서 "얼마나 무서우셨겠습니까. 면목 없고 죄송 합니다. 그리 도움이 되지 않는 저였습니까"라며 비통한 마음을 드러 냈다.

이날 영결식에는 유족과 드라마 제작사 관계자 등 200여 명이 참석해 고인의 마지막 가는 길을 애도했다. 배우 가운데에는 박상원, 최민수, 김희선, 오광록, 윤태영, 류덕환 등이 참석했다.

고인은 화장된 후 경기도 성남 영생원의 메모리얼파크에 안장됐다.

(연합뉴스 2013.7.25)

유서 "검사, 억지로 꿰맞춰… 억울하이"

유서에서 고인은 사기 및 횡령 등 혐의로 자신을 수사해온 서울중앙지검 검사의 실명을 거론하며 억울함과 분노를 표출했다.

시신 발견 당일 경찰은 A4용지 4장 분량의 자필 유서에 '가족에게 미안하다'는 글이 주된 내용이고 최근 피소 내용에 대한 언급은 없다고 밝혔다. 고인은 자신의 수사를 담당한 검사 실명을 거론하며 유서 한 장을 적었다.

그는 '김oo 검사, 자네의 공명심에…, 음반업자와의 결탁에 분노하네. 드라마를 사랑하는 모든 국민에게 꼭 사과하게…'라고 분노했다.

이어 '함부로이 쌓아온 모든 것들을 모래성으로 만들며 정의를 심판한다(?) 귀신이 통곡할세. 처벌받은 사람은 당신이네. 억지로 꿰맞춰, 그래서? 억울하이…'라고 억울함을 토로했다.

고인은 자신의 변호를 담당한 구모 변호사에게는 고마움을 전했다.

그는 '열심히 대변해 주어 감사해, 내 얘기는 너무나 잘 알 테니까. 혹 세상의 무지막지의 얘기가 나옴 잘 감싸주어 우리 가족이 힘들지 않게… 꼭 진실을 밝혀주어 내 혼이 들어간 작품들의 명예를 지켜주게나'

라고 적었다.

선후배 PD들에게는 '드라마에 지금도 밤을 지세고 있는 후배들, 그들에게 폐를 끼치고 가네' 라며 '내 사연은 구 변호사에게 알리고 가며. 혹시나 PD들에게 나쁜 더러운 화살이 가지 않길 바라며…' 라고 미안함을 전했다.

가족 앞으로 남긴 한 장의 유서에서는 '미안하다. 사랑한다' 는 내용이 묻어났다.

고인은 아내에게 '여보 미안해. 몇십 년 쌓아올린 모든 것이… 여보 사랑해…그동안 맘고생만 시키고… 여보 당신의 모든 거 마음에 알고 갈게 근데, 너무 힘들 텐데 어떡해. 다 무거운 짐 당신 어깨에 얹혀 놓고…' 라고 썼다.

고인은 두 딸에게도 '하늘에서도 항상 지켜볼게. 씩씩하게 살아가렴…. 힘들 엄마, 너희들이 잘 보살펴 주길 바란다. 세상 누구보다 사랑해 정말 사랑해 안녕! 왜 이리 할 말이 생각이 안 나지…' 라며 말을 맺었다.

(연합뉴스 2013.7.25)

'리스크테이커' 를 억누르면 미래가 없다.

'…창조는 리스크테이킹(risk taking:위험감수)의 산물이다. 그는 줄곧 담대한 목표를 세워놓고 위험을 무릅썼던, 굶주린 리스크테이커였다.

사회는 창조적 리스트테이커들을 도와줘야 한다. 위험부담을 분산시켜주고 실패했을 때 재기의 기회를 주어야 한다. 결과가 실망스러워도 재기의 싹을 꺾을 만큼 가혹한 매를 들어서는 안 된다. 하지만 김PD의 제작환경은 그렇지 못했다. 본인의 경영마인드가 부족한 상태에서 위험을 나누고 지원을 받을 시스템은 거의 없었다.

창조적 리스크테이커였던 모래시계 PD의 일생은 그 자체가 묵직한 메시지다. 위험을 무릅쓴 모험심은 눈앞에 안주하려는 이들에게 강한 자극제다. 위험을 살피지 못한 저돌성은 무모한 상상을 하려는 이들에게 독한 진정제다. 자극제든 진정제든 선택은 각자의 몫이다. 하지만 어떤 경우든 창조적 리스크테이커를 억눌러서는 미래가 막막하다. PD는 갔지만 사회의 밑바닥에서 모래시계는 계속 돌아가야 한다.'

종학의 담대한 도전정신을 높게 평가한 중앙일보 이규연 논설위원은 이렇게 안타까워했다.

(중앙일보 시시각각 컬럼, 2013.7.26)

대중문화 평론가 배국남은 '사업가보다는 드라마 승부사로서 연출가 김종학 PD일 때가 가장 빛났다, 이제 그의 드라마를 다시 볼 수 없는 사실이 참으로 안타깝고 가슴 아프다'고 탄식했다.

TV 칼럼니스트 이승한은 '김종학 드라마는 단순한 대작을 넘어 한국사의 역린을 과감히 건드리고 시대의 모순을 폭로한 걸작'으로 평하면서 '한순간 한류 성향과 열풍에 매몰되어 자신의 빛나는 재능을 놓쳐버린 천재 독'으로 아쉬워했다.

2. 추모함, 아직도 끝나지 않은 거장의 죽음

알아서 척척 싹싹, 조연출 때부터 두각

민용기 (전 문화방송 제작이사)

김종학이 처음 눈에 들어온 것은 1979년 늦가을, 이태리의 스칼라 오페라단을 초청해 '리골레토' 공연을 준비 중일 때였다. 당시 국제가요제라든가 해외 대형공연 같은 게 있으면 PD들이 차출되곤 했다. 종학은 어려운 일은 마다하지 않고 뛰어다녔다. 어느 날 그와 마주쳤다.

'김 차장에게 들었다, 너 드라마 하고싶다며? 아무나 드라마 하는 거 아니야', '알고 있습니다, 그러니까 더 하고 싶습니다'

신입사원들이 연수를 마치고 본인이 원치 않는 곳에 배당받는 일이 왕왕 있었다. 처음부터 그들의 적성파악을 제대로 한다는 것이 쉬운 일이 아니기 때문이다.

종학이 드라마로 자리를 옮겨 첫 조연출을 맡았을 때 일이다, 야외촬영을 마치고 돌아온 한 여자 탤런트가 이런 말을 했다. "김종학

AD(조연출) 있잖아요, 현장에 도착하자 뛰기 시작하는데 전 그렇게 일을 알아서 척척 하는 AD는 처음 봤어요"

PD들이 입사 후 가장 괴롭고 고통스러운 수모와 좌절을 겪는 시기가 조연출, AD시절이다. 명색이 일류대학을 나왔다는 자들이 수백 대의 경쟁률을 뚫고 합격하면 '아! 이제 나도 PD다' 하는 기쁨과 희망에 들뜨는 것도 잠시다. 그들에게 AD라는 지옥 같은 터널이 기다리고 있다. 테이프 들고 뛰기, 슬라이드 챙기기, 엑스트라 동원하기, 야외 촬영 시 여관 잡기에서부터 술 담배 심부름, 제작기획서 쓰고 결재받기, 출연료 챙겨주기 등등 온갖 잡일과 막노동이 그의 몫이다. 기술, 미술, 스탭에서 탤런트나 출연자들로부터 '인간취급'을 못 받는다고 느껴질 때가 바로 이때다. 일주일에 7일간 집에 못 가고 사무실 책상 위에서 새우잠을 자는 사나이들… 그래서 자조 섞인 말대로 아니꼽고(A) 더러운 (D) 계절이다. 90년대 들어 업무의 세분화가 어느 정도 이뤄졌지만 정신적으로 고통스럽긴 마찬가지다.

그러나 떡잎부터 알아본다. PD의 눈빛만 봐도 뭘 원하는지 눈치채고 입안의 혀처럼 재빨리 움직이고, 밤늦게 녹초가 되어도 다음날 제작준비를 빈틈없이 해내는 놈들, 이런 AD는 새 프로가 시작될 때 PD들이 서로 데려가려고 신경전을 벌일 정도다. 바로 김종학도 그중 한 명이다.

1982년에 그가 처음 맡은 프로는 〈암행어사〉였다. 당시 열악한 제작 환경에서 기대하기 어려운 무술액션을 처음 개척한 드라마다.

"아니 저놈 봐라, 저런 신을 어떻게 찍어 낸 거야?"

당시 여건으로는 불가능한 장면들을 그는 연속 만들어 내 주변사람들을 놀라게 했다. 그러나 그것은 시작에 불과했다. 이후 약 8년간, '동토의 왕국'(84년)으로 이름을 세상에 알리고, 수 편의 단막극과 미니시리즈 제작을 거쳐 91년 36부 대작 '여명의 눈동자'로 정점을 찍는다.

1993년 봄, 신생 SBS가 파격적인 거금으로 김종학을 유혹한다.

그는 잠시 흔들렸으나 곧 냉정을 되찾는다. MBC는 그가 성장한 고향이었다. 비록 벽창호들이 한구석에 버티고 있긴 해도 창작의 나래를 마음껏 펼 수 있는 자유의 나라 MBC를 떠날 생각이 전혀 없었다.

5월에 K이 사장이 부임하고 첫 정기 인사가 었다. 종학은 승진에서 제외된다. 그는 열이 치민다. 관리부서의 동기생 S의 승진을 보고나서 더 분노한다. '내가 회사에 끼친 공로가 그보다 못한단 말인가?…'고민은 계속된다. '여명의 눈동자'를 마치고 난 후 회사는 '장려금이다, 해외 위로여행이다.' 하고 인센티브를 떠들었으나 임원들이 교체되면서 모두 공수표가 되었다. 그는 당시 MBC프로덕션에서 영화제작에 몰두했다. 송지나와 함께 대본 '불사조'를 완성했다. 해외 현지답사도 마치고 촬영에 들어가기 직전에 이 기획은 무산된다. 그때 MBC사장이 교체된 것이다.

새 수장首長은 대개 전임자의 기획과 업적을 부정한다. 해서 연속성은 언제나 없다. 같은 회사, 같은 정부에서 이것은 반복된다. 종학은 위에 어필했지만 그를 더욱 참담하게 만든 것은 새로 구성된 10층(임원실)

의 냉담한 반응이었다.

그는 포기했던 SBS로 발길을 돌린다. 그리고 '여명의 눈동자'를 뛰어넘는 '모래시계'가 그의 고향이 아닌 SBS에서 방송된다. 방송사적 사건이라고 감히 말할 수 있는 '모래시계'는 MBC를 KO시킨다. 그를 그냥 흘려버린 것이 누구였을까? '모래시계'는 TV 50년 사상 최고의 드라마다. 아직도 '모래시계'를 뛰어넘은 드라마는 없다. 김종학 자신도 그 벽을 넘지 못했다. 그가 오른 산이 너무 높고, 그 밑 계곡 역시 너무 험하고 깊었으리라.

(MBC 사우회보, 2015.9.15 '김종학 2주기를 맞아')

2018년 1월 김종학을 다시 생각하며
이경자 (경희대학교 명예교수, 전 방송통신위원회 부위원장)

2018년을 이틀 앞둔 2017년 12월 30일 정훈 선생으로부터 장문의 문자 한 통을 받았다. 고 김종학을 추모하는 책을 출간할 준비가 마무리 단계에 있으니 간단한 추천사를 써 달라는 내용이었다. 유족의 바람이기도 하다는 말도 전했다. 그간의 진행 사항을 듣고 김종학에 대한 기억이 이대로 퇴색돼 가고 있는 것을 안타깝게 생각한 몇 분의 노력이 결실을 맺은 것임을 알게 되었다.

첫 번째 드는 생각은 세월이 흘렀음에도 내 일처럼 나서는 김종학을 생각하는 분들이 주변에 있다는 사실에 그는 하늘나라에서도 외롭지만은 않겠구나 하는 안도의 마음이었다. 그리고 쉽게 하기 어려운 일에 선뜻 마음과 시간을 내준 분들에 대한 고마움. 이어지는 생각은 그가 떠난 후 단지 안타까운 마음으로 아쉬워하며 시간을 보냈을 뿐 달리 아무것도 한 것이 없는 내 자신이 새삼 부끄럽고 미안했다.

선생이라는 직업은 사제지간 이라는 좋은 인연을 쌓아가는 직업이라는 점에서 축복받은 직업이라고 감사하게 생각하며 산다. 어지러운 이해관계가 아닌 단지 상대방의 성장을 돕고, 축복하고, 지켜 봐주는 관계가 사제지간이다. 그래서 각자의 분야에서 자신의 진가를 발휘하며 성장하는 제자를 보는 것은 그 무엇과도 바꿀 수 없는 선생이라는 작업의 가장 큰 보상이고 보람이다. 그런 의미에서 김종학은 선생인 나에게 가장 큰 보상을 안겨준 자랑스러운 제자 중 한 사람이다. 그렇기에 그가 떠난 후 그를 생각할 적마다 아깝고 안타깝다.

내 기억 속의 김종학의 모습은 한결 같다. 경희대학교 정경대 건물에서 연극에 빠져 지내던 시절의 모습이나, '여명의 눈동자', '모래시계' 시절의 스타 연출자 종학의 모습이나, 어려움을 겪던 시기라는 '신의'를 제작하던 무렵이나 그에게서 한 번도 다른 모습을 본 기억이 없다. 졸업 후에도 종종 학교에서 만나면 공부를 더 하는 것이 어떻겠느냐고 권할 때에도, 어느 해인가 심사위원으로 참석한 백상대상 시상식장에서 인사하는 그에게 "오늘 상 탈 줄 알았어?" 하고 물으니 수줍게 "네" 하고 대답할 때에도, 말년에 어려움을 겪고 있다는 소식이 들려 만나서 어떠냐고 물었을 때도 그의 모습은 한결같았다. 서늘함 마저 느껴지는 단호하고 비장한 눈빛과 수줍은 듯한 조금은 어색한 미소, 단호함과 수줍음을 동시에 보여주는 그 모습이었다. 비장하게까지 느껴지는 그의 눈빛은 연출가 김종학의 모습이고, 수줍음이 배어나는 미소 뒤의 모습은 인간 김종학의 본 모습이 아니었나 싶다.

그러고 보니 나 역시 항상 결연한 모습의 연출가 김종학만을 바라본 것 같다. 청년 김종학도 만나면 연극, 영화 이야기를 했고, 어렵던 시절 만났을 때에도 연출가로서 강한 자신감과 의지를 보이며 어려운 상황을 이겨낼 수 있다며 오히려 나에게 너무 걱정하지 말라고 했다. 제임스 카메룬의 영화 '아바타'의 성공으로 한국의 영상 산업계에서도 3D에 대한 관심이 고조 될 때 그는 3D 제작에 대한 강한 호기심과 의지를 보이며 시연도 해 보았다. 뒤돌아보니 우리는 걸출하고 결연한 연출가 김종학만 보았지 수줍은 미소 뒤의 인간 김종학의 모습을 제대로 봐주지 못했던 것은 아닌지 싶어 미안하다. 세상으로부터 온전히 이해 받지 못한 인간 김종학은 참 쓸쓸했겠다 싶어 마음이 시리다.

한국의 드라마 역사는 김종학 이전과 이후로 구분될 것이라 말하는 이도 있다. 김종학을 일컬어 '살아서 전설, 죽어서 역사'가 된 연출가라고도 한다. 역사를 새로 쓰는 일, 역사가 된 걸작을 만드는 일은 작은 재주가 할 수 있는 일이 아니다. 시간과 공간을 넘어 많은 사람을 감동시킬 수 있는 힘 역시 흔히 말하는 운이나 보통의 노력에서 나올 수 있는 것이 아니다. 그것은 주변에 대한 남다른 관심과, 깊은 생각, 자기희생을 담보로 하는 고귀한 사랑과 열정, 노력이 있어야 가능한 일이다.

미처야 가능한 일이다. 얄팍한 이해의 계산기로 계산할 수 있는 그런 일이 결코 아니다. 김종학이 마지막 순간에 자신의 일생의 사랑과 노력과 열정이 결국 얄팍한 이해의 계산기로 계산되고 평가받고 있다는 사실을 알았을 때 참 허무하고, 참기 어려웠을 것이란 생각이 든다. 그를 아끼고, 그의 작품을 눈 여겨봤던 사람으로서 안타깝고 미안하다.

모든 사람은 왔다 간다. 그러나 그 흔적은 사람마다 같지 않다.

김종학이 한국 TV 드라마에 어떤 발자취를 남겼는가는 이미 평가가 이루어진 부분도 있고, 앞으로 좀 더 조명되어야 할 부분도 있을 것이다. 이 부분은 우리 방송계, 학계의 남겨진 과제이기도 하다. 이번 책을 계기로 김종학의 삶과 죽음에 대한 활발한 평가가 재점화되기를 바란다. 김종학의 죽음은 한 개인의 문제라기보다는 우리나라 드라마 제작, 유통 환경과 제도의 문제를 죽음으로 말하고 있다는 점에서 김종학에 대한 논의에서 빠질 수 없는 중요한 부분이다. 그런 의미에서도 이 책에서 제안하고 있는 김종학 기념관, 혹은 연구소가 현실화될 수 있길 기대해 본다. 한 사람이 꾸면 꿈이지만 여러 사람의 간절한 꿈이 모이면 기적을 만들 수도 있다는데 그런 기적을 믿어 보고 싶다. 이 책의 출간이 그런 계기가 되었으면 좋겠다. 이 책이 세상의 빛을 보게 하는데 애쓰신 모든 분들께 감사한다.

끝으로 이 책이 김종학의 영혼을 위로하고 유족에게 새로운 용기가 되길 간절히 바란다.

Non Plus Ultra −혼^魂의 연출가 김종학

김승수 (전 한국방송PD연합회장, 〈주〉포랑 부회장)

지난 주말 난 1박 2일의 남도여행을 마치고 구례구求禮口역에서 서울 행 기차를 기다리고 있었다. 지리산 자락의 희뿌연 겨울 풍광 속에서 농익은 대봉감들은 주황색 연등을 켜놓은 듯 유별나면서도 따가는 사 람이 없어 안쓰러웠다. 그때 온몸을 방한으로 감싼 일행 중 오 선배가 말을 걸어왔다.

"김 형, 저 앞 역에서 '모래시계'의 김영애가 파란 머플러를 날리며 죽었던 명장면을 촬영했던 곳이오.", "예? 어딘데요?", "압록역에요.", "압록강의 압록이요?", "아니, 섬진강의 압록이에요."

선배는 드라마PD 출신이 아닌 편성 전문가였다. 그래서 우리 같은 드라마 전문가인 '꾼' 보다 더 객관적이고 과학적일 수 있다.

사실 난 작년 김 감독의 3주기를 끝으로 그와는 이별을 하였다. 유족 하고는 언젠가 평전을 쓸 날을 대비 몇 차례 유품도 볼 겸 약속을 잡자 고 하였으나 탈상 이후론 뜸하던 차에 오 선배의 책 출판 얘기가 있어 아이쿠 잘 되었구나 하고 쾌재를 부르던 참이었다.

김종학은 지루한 걸 못 견디고, 늘 새로운 걸 갈망하였다. 그 새로움 을 위해서는 모든 걸 바치고 어떤 희생도 마다하지 않았다.

TV드라마의 연출자란 기본적으로 컨베어벨트의 노동자처럼 다량생 산, 즉 Mass Production의 한 책임자일 뿐, 이른바 예술을 할 수 있는 장인의 꽃자리가 아니다. 그런데 그가 연출로 입봉^{入峰}하고는 한 장면을 사이즈별로 여러 컷으로 찍어대기 시작했다. 원성이 사방에서 터져 나왔다. 우선 배우들이 같은 연기를 여러 번 해야 했고, 카메라와 조명도 한 컷을 여러 각도에서 찍어야하니 힘에 부쳤다. 당시 영화도 그렇게 안 찍을 때였다. 좋아하는 사람은 편집자였다. 여러 컷 중에서 베스트 컷을 고를 수 있으니까. 그러나 제일 좋아한 사람은 바로 시청자였다. 그의 미장센(mise en scene)기본은 카메라가 고정으로 대개 풀샷(Full Shot)이면 장면 속 인물들을 쉬 임 없이 움직이게 하거나, 인물들이 움직일 수 없는 고정 장면이면 카메라가 바쁘다. 화면을 늘 능동적으로 입체적으로 만들어 시청자들의 시선을 극 중 인물에 몰입하게 만드는 것이다.

'영혼, 마음, 정신'을 뜻하는 영어, soul을 독일어로는 Seele라고 한다. 접두사 be를 붙여 beseelen하면 '혼을 불어넣다, 생명을 넣어준다.'라는 동사가 된다. 마치 인형이나 가면 자체는 한 오브제에 불과하지만 배우가 그 가면을 쓰거나 인형의 역할로 연기를 하면 그 인형이나 가면에 생명이 넣어져, 살아 움직이는 캐릭터가 되는 것이다.

접두사 ent는 반대로 '없앤다'는 뜻. entseelen하면 '혼을 없애다' 지만 entseelt라는 과거분사 형태는 형용사 '혼이 빠진, 넋이 나간'이 된다. 펄펄 살아 천하를 호령하던 권력자도 혼이 빠지면 넋이 나가 한갓 시체의 모습을 한 인형이나 가면에 불과해지는 뜻이다. 미학은 바로 이 두 단어에서 출발한다. 어느 대상에 어떤 혼을 넣느냐.

김종학은 늘 '더 이상 최고는 없다는 Non Plus Ultra'를 실행한 TV 드라마 연출의 장인이었다. 거개의 연출자들이 일상사와 남녀상열지사에 함몰할 때, 그는 금기의 소재를 TV 안으로 끌어다 놓고, 죽은 역사와 상처받고 잊혀진 사람들을 불러내 혼을 불어넣어 현재에 살아있게 만들어낸 마술의 연출가이기도 했다. '모래시계'로 한국 리얼리즘 드라마의 정점을 찍고는 새 장르 판타지 드라마 '태왕사신기'에 도전했으나 치이고 갇히고 말았다. 결국 못 일어났다.

'드라마란 지루한 부분을 잘라낸 인생이다'라는 알프렛 히치콕의 말처럼 지루할까 봐 일까? 아니면 이제 더 이상 혼을 이끌어 낼 수 없어서였을까? 2013년 한여름 아침, 결국 생의 패를 던져버렸다.

그가 세상을 떠나자 드라마 판은 작가와 배우가 좌지우지하게되었다.

스스로에게 묻는다. 16년 전 내가 MBC 드라마국장을 맡기 전 그는 나를 어느 일식집에 불러놓고 자기는 이제 드라마 대본을 못 보겠다, 영화를 할 테니 '김종학 프로덕션'을 맡아달라고 했다. 그때 그 제안을 내가 받았다면 그는 아직 살아 있을까? (2017.12.14)

죽음으로서 말한 드라마 한류 산업의 허상

윤석진 (충남대 국문과 교수, 드라마 평론가)

한국 드라마의 미학적 · 산업적 비약을 이룬 김종학 감독이 숨졌다. 이제 한류 거품과 함께 외화내빈에 빠진 드라마 산업을 성찰해야 한다.

기억할 것이다. 일본군 위안부로 끌려간 여옥과 태평양전쟁에 강제 징집된 학도병 최대치, 그리고 반전운동에 뛰어들었다가 한국전쟁 직후 빨치산 토벌대 장교가 되어 역사의 비극을 온몸으로 감내해야 했던 '장하림(박상원)'을 통해 친일파와 위안부, 제주 4·3항쟁과 한국전쟁, 좌우 이데올로기 대립 등 처참했던 근대사를 형상화했던 드라마 〈여명의 눈동자〉. 이 작품은 청산되지 못한 역사에 대한 성찰을 이끌어내면서 당대 대중에게 깊은 울림을 주었다.

'미래지향적인 한·일 관계'라는 미명 아래 애써 기억하지 않으려 했던 우리의 비극적인 근대사에 대한 드라마적인 성찰은 그렇게 시작되었다. 그리고 한국 드라마는 사회문화적으로 매우 중요한 영상예술로서의 역사를 새로이 만들어가기 시작했다. 김 감독은 바로 그 흐름을 주도했던 작가다.

사회학적이면서도 인간적인 관점에서 범죄를 추적한 〈수사반장〉, 일제의 무단통치기를 배경으로 구한말 우국열사들의 활약을 다룬 〈조선총독부〉, 북한의 정치를 사실적으로 그렸던 〈동토의 왕국〉, 폭군으로 알려졌던 광해군을 실리외교의 명수로 재평가한 〈조선왕조 5백년–회천문〉, 정묘호란과 병자호란 그리고 효종의 북벌 계획 의지 등을 주목한 〈조선왕조 5백년–남한산성〉 등 김 감독의 초기 연출작들을 관통하는 것은 사회와 역사에 대한 끊임없는 물음이었다.

정치적인 내용이 금기시되다시피 했던 1980년대 방송 환경에서 역사를 통해 현재를 성찰하려 했던 그의 치열한 작가의식의 산물이었던 것이다. 만약 이 시기의 작품들이 없었다면, 1990년대 초반의 정치·경제·사회·문화적 격변을 알렸던 〈여명의 눈동자〉가 탄생하기 힘들었을지도 모를 일이다.

소재의 새로움과 작가의식의 치열함이 만들어낸 걸작 〈여명의 눈동자〉는 드라마의 형식 미학을 발전시키는 견인차 구실을 했다.

〈여명의 눈동자〉를 통해 모색했던 영상예술로서 드라마 미학에 대한 그의 고민은 〈모래시계〉를 통해 빛을 발하며 한국 드라마의 영상미를 획기적으로 변화시켰다.

〈모래시계〉는 1979년 10·26으로 몰락한 유신정권의 뒤를 이어 등장한 전두환 신군부 정권에 대한 저항이 거셌던 격동의 1980년대를 배경으로 청춘남녀의 사랑과 열정을 그렸다. 이 드라마는 여전히 치유되지 못한 비극으로 현재진행형인 5·18 광주민주화운동을 전면적으로 다루면서, 이른바 '386 세대'를 상징하는 드라마로 자리매김했다.

제대로 청산하지 못한 역사에 대한 통찰에서 비롯한 작가의식으로 무장한 그의 연출은 시대적 아픔에 대한 우리 사회의 성찰을 이끌어냈을뿐 아니라, 드라마의 문화산업적 가치를 새롭게 인식하게 만들기 시작했다.

이처럼 한국 드라마의 발전을 견인했던 김 감독은, 이후 방송 산업을 획기적으로 발전시키기 위한 정책의 일환인 외주제작 사업에 뛰어들어 프로덕션을 설립하고 제작자로 변신한다. 하지만 안타깝게도 감독으로서의 능력이 제작자로서의 경영을 보장하는 것은 아니었던 모양이다.

지속적인 성장 가능성이 검증되기도 전에 거품부터 일었던 한류 문화산업이 기형적으로 성장하면서 한국 드라마의 제작 규모는 시장에 맞지 않게 급격히 팽창했다. 그 결과 한국 드라마는 외화내빈의 상태에 빠지면서 경제적 악순환을 거듭하게 된다. 감독과 제작자를 병행하던 김 PD 역시 이런 상황에서 예외이기 어려웠다.

그럼에도 그는 감독으로서 여전히 열정적이었다. 디지털 기술의 발전에 주목하여 조선 시대 경제 드라마라는, 당시로써는 획기적인 장르 실험을 시도한다. 조선 시대를 배경으로 한 남자의 야망과 사랑을 담아낸 〈대망〉을 한국 드라마로서는 최초로 HD 카메라로 촬영했던 것이다. 하지만 새로운 장르 실험이라는 욕심이 지나쳤던 때문인지, 최초의 HD 드라마라는 의미 외에는 미학적이나 산업적 측면에서 〈대망〉은 별다른 반향을 불러일으키지 못했다. 이러한 실패는 어쩌면 감독과 제작자라는 두 개의 자아가 충돌하면서 예견된 것이었는지도 모른다.

외주제작에 뛰어든 뒤 연이어 실패, 순조롭지 못한 제작 일정에도 불구하고 단군신화와 고구려사를 결합해 판타지 역사 드라마의 새로운 지평을 개척한 〈태왕사신기〉, 이 역시 잃어버린 고토故土에 대한 민족의식을 자극하는 데는 성공했을지 모르지만, 그의 특기였던 시대정신에 대한 통찰이 담보되지 못한 까닭에 〈여명의 눈동자〉나 〈모래시계〉 같은 폭발적 반응을 불러일으키지는 못했다.

한류 드라마 시장을 겨냥한 초국적 혹은 탈국적 서사 전략은 〈태왕사신기〉의 감독으로서 그의 진정성을 의심하게 만들었다. 김종학은 산

화돼버리고, 외형만 화려한 한류 드라마가 남은 꼴이었던 것이다.

이처럼 비정상적인 상황은 시공을 초월한 '타임슬립' 드라마 〈신의〉에서도 반복되면서 감독으로서나 제작자로서 그의 자존감에 치유할 수 없는 상처를 남겼다.

김종학 감독은 비극적인 역사에 대한 통찰력으로 한국 드라마의 역사를 새로 써내려간 작가였다. 시대의 아픔을 외면하지 않았던 그가 거품 때문에 실체가 제대로 보이지 않는 한류 문화 산업에 희생되었다는 것은 참으로 기가 막힌 역사의 아이러니가 아닐 수 없다. 문화산업을 중심으로 '창조경제'를 육성하겠다는 정책 의지가 강한 2013년의 대한민국에서 열정과 능력을 겸비했던 감독이 스스로 자신의 길을 포기하고 비극적 결말을 맞이했다는 것을 과연 어느 누가 믿을 수 있을까?

시대의 아픔을 끌어안았던 그는 어쩌면 자신의 죽음을 통해 2013년 대한민국 문화 산업의 허상을 알리고 싶었을지도 모른다.

한국 드라마의 발전을 견인했던 감독의 처연한 죽음을 슬퍼하기 전에 그가 마지막으로 말하고 싶었던, 기형적인 한국 드라마 산업의 병폐에 대한 근본적인 해결책이 필요하다. 그래야만 한국 드라마를 대표했던 김종학 감독의 죽음에 대한 애도가 가능해질 것이다.

(시사IN, 2013.8.6)

형의 모래시계는 왜 그리 빨리 멈추었소

손석희 (JTBC 뉴스 담당 사장)

  그와의 개인적인 관계부터 밝히고 시작하자면 그는 나의 고등학교 6년 선배이고 MBC의 입사 선배이기도 하다. 세속적인 의미로 보자면 그만큼 가까울 수 있는 핑계도 없을 것이다. 하지만 평소 교류가 많지 않다면 그저 그렇고 그런 선후배 사이일 수도 있는 것이다. 게다가 내가 그의 존재를 알았을 때 그는 이미 잘 나가던 드라마 피디였고, 나는 이제 갓 입사해 제 몫도 겨우 해내는 처지였으니 인간 김종학을 처음부터 잘 알았다고 할 수는 없다. 요즘은 그런 모임도 시들해졌고, 또 내가 성격상 그런 걸 챙기는 스타일도 아니긴 하지만, 아무튼 그때는 회사 내에서 고등학교 동문 모임이 간혹 있곤 했다. 그래봤자 무슨 이익 집단의 성격을 띤 것도 아니어서 그저 시간이 맞춰지면 모여서 남자들의 본능이랄 수 있는 '선후배 간에 서열을 다시 확인하는' 정도(?)의 자리랄까…. 내 기억으로는 그는 특별한 일이 없는 한 그 자리에는 꼬박 나오는 편이었다. 내가 처음 그를 본 것도 그 자리였으니까….

  내가 보기에 그는 거칠 것이 없는 사람이었다. 언행은 직선적이었고, 자신감에 넘쳤다. 목소리는 좌중에서 가장 컸으며, 선배를 대하는 데에도 당당함이 있었다. 단지 그럴 뿐만이 아니라 적절한 유머도 구사해서 분위기를 띄우는 데에도 일가견이 있었다. 내가 입사했던 초기에 그는 이미 '동토의 왕국'을 연출해서 전국적인 인물이 되어 있었으니 그런 자신감은 다 이유가 있는 것이기도 했다. 그러나 그의 캐릭터는 그가 이룩한 일에 의해 생겨난 것일까를 나는 그때도 가끔 생각했는데 당시의 내 결론은 사실은 반대였다. 그는 원래 그런 사람이라는 것. 두 가지의 예화로 증명할 수 있을 것 같다.

내가 처음 들은 그에 대한 일화는 그가 신입사원 때부터 대형 승용차를 타고 다녔다는 것이었다. 당시만 해도 누구나 차를 갖고 다니는 시대가 아니었고, 게다가 신입사원이라면 차를 갖고 다니는 게 요즘도 눈치가 보이는 터에 그 옛날, 그것도 대형차라니…. 그렇다고 그가 무슨 갑부집 아들도 아니었는데 왜 그랬을까를 굳이 확인해 보지도 않았다. 나는 그가 충분히 그럴 수 있는 사람이라는 것을 그냥 느낌으로 받아들였다. 즉, 김종학은 관행에 얽매여 우리처럼 박제된 일상을 살 것 같지 않았다는 것. 자기 자신을 남에게 투영시키는 것이 아니라 자신의 뜻대로 살 수 있는 사람이라는 것. 그것이 나의 그에 대한 느낌이었다.

둘째로는 그의 연출 방법이었다. 내가 아는 한 거의 모든 배우와 스탭들이 그와의 작업을 두려워했다. 적어도 드라마가 시작되기 전까지는…. 그의 연출은 장면 하나를 놓고도 끊임없이 반복을 거듭하는 완벽주의였기 때문이다. 그의 모든 작품들이 그런 과정을 통해서 나왔을 것이다. 그가 만든 극들이 대부분 선이 굵은 시대극, 역사극, 사회극들임에도 이런 디테일을 중시하는 연출스타일을 고수한 것이야말로 그의 작품들이 방송사에 남는 이유가 된 것이 아닐까 한다. 나는 그가 방송 드라마 사에 있어서 바로 그런 선 굵은 드라마를 연출했던 거의 마지막 세대의 마지막 주자였다고 생각한다. 그것도 그런 세세한 디테일을 포기하지 않았던 장인의 정신을 가졌던 연출자로서 말이다.

이제는 끝으로 그와 나와의 일화를 털어놓을 차례다. '모래시계'가 막바지로 가고 있던 95년 초의 겨울 어느 날, 나는 그의 전화를 받았다. 어떤 용건의 전화였는지는 지금 정확하게 기억나지 않지만, 몇 마디를 주고받은 후 그가 불쑥 내게 물었다.

"너 요즘 내가 연출한 드라마 보고 있지? 니 감상을 얘기해 봐라."

아, 이런…. 나는 그럴듯한 대답을 그에게 주지 못했다. 그가 '감상'이라고 표현한 것으로 봐서 내게 어떤 분석적인 모니터를 요구한 것이 아니라는 것은 알았지만, 나는 그 어떤 감상을 말할 수는 없었다. 지금도 그 이유를 잘 모른다. 단지 거침없이 쾌도난마와 같았던 그에게 나의 감상 따위는 그리 중요하지 않았으리라는 것 밖에는…. 그러나 동시에 그때 아무 말 하지 못했던 것이 가장 후회되는 일이기도 하다. 이제쯤 그가 내게 똑같은 질문을 해온다면 이렇게 대답할 수는 있겠다.

"형님의 모래시계는 어찌 그리 빨리 멈춰 버렸느냐"고….

(2018.1.5)

제작현실 개선으로 새로운 드라마 역사 써야

양성희 (중앙일보 논설위원)

유명인의 죽음은 늘 충격이다. 그것도 스스로 택한 최후엔 더욱 비감이 든다. '여명의 눈동자', '모래시계'로 한국 TV드라마 역사를 새로 쓴 김종학 PD. 1990년대 최고의 히트 메이커였을 뿐 아니라, 연속극에 불과했던 우리 TV 드라마를 영화 못지않은 영상예술로 끌어올렸다. 시청자들이 연출자 이름을 보고 드라마를 선택하는 스타 PD 시대도 열었다. 그 자신은 '태왕사신기'라는 한류 드라마에 발목이 잡혔지만 그가 없었더라면 오늘의 드라마 한류도 없었을 것이다.

그의 죽음 이후 한국드라마제작사협회는 성명서를 발표했다. "김종학 PD의 죽음이 헛되지 않도록 외주 드라마 제작 시장 개선을 위해 제언한다"는 내용이다. 한국연기자노동조합이 애도 성명을 통해 "김 감독은 부실한 외주 제작의 가해자이자 피해자였다"고 평가했던 것의 연장선이다. 실제 그의 죽음이 알려진 직후 SNS에는 "과연 천하의 김종학도 죽음으로 내모는 드라마시장이라면 도대체 뭐가 문제인가?"라는 글들이 올라왔다.

드라마제작사협회는 성명에서 "외주 제작사 신고제를 등록제로 바꿀 것, 스타 작가와 배우들이 고액 개런티를 자제해줄 것, 방송사는 불공정한 갑을 관계에서 벗어나 외주사에 합리적인 제작비를 산정할 것"을 요구했다. 특히 부실 제작사 걸러내기를 강조했다. 제작 경험 없이 그저 한탕을 노리고 드라마 시장에 진입해 '돈 지르기'를 통해 작가와 배우의 몸값을 올리고, 그걸 무기로 편성을 따내 시장 질서를 어지럽힌 뒤 문제가 생기면 '먹튀'하는 불량 외주사들 말이다. 한 프로듀서는 "오픈세트 명목으로 땅에 투자하거나 M&A를 통해 주식 장사를 하는 등 드라마 제작과 관계없는 투자로 일확천금을 노리는 일부 제작사들이 문제"라고 일침을 가했다.

이런 부실 제작사들에 편성을 주는 방송사들도 책임을 면키는 어려워 보인다. 평소엔 갑이다가 제작사들이 문제를 일으키면 돌연 나 몰라라 하는 방송사의 무책임한 태도 또한 문제다. 방송사는 편성을 무기로 제작비를 압박하고, 제작사는 알면서도 손해를 감수해야 하는 갑을 관계도 고질적이다.

차제에 보다 본질적인 검토도 필요하다. 공영방송, 상업방송 구분 없이 모두가 비슷한 드라마로 경쟁하는 구조, 문제가 터지면 개런티 상한가 제한 등 경쟁 자제를 약속하지만 언제나 말뿐인 구조, 그래 봤자 예전보다 반 토막 난 시청률에 소수의 작가와 스타만이 배부른 구조, 이건 아무래도 정답이 아니다. 묘책이 필요하다.

어쩌면 김 PD는 미완의 드라마를 한 편 써놓고 간 것인지도 모르겠다. '드라마 제작 현실 개선을 촉구함'이라는 제목으로 말이다.

(분수대 칼럼, 2013.7.27)

'김종학이니까 돌파해야 한다' 끝까지 도전정신

김승모 (TV드라마 PD)

1995년 CJ그룹의 제안으로 설립한 '제이콤'의 연출부로 입사하면서 김 감독과의 인연은 시작됐습니다.

〈모래시계〉의 여진으로 김 선배의 사회적 영향력은 대단했고 언론사 선정 '한국을 이끌 30인'에 꼽힌 것도 바로 이즈음입니다. '감독' 이상의 위상에 올라 다양한 제안을 받으면서 부담도 커졌지만, 본업에만 충실하려고 부단히 애썼던 모습이 아직도 선합니다.

이후 대기업과 손잡은 행보는 언론의 스포트라이트를 받기에 충분했습니다. 엔터테인먼트 사업을 시작한 CJ그룹이 미주 파트너로 드림웍스를, 아시아 파트너로 골든하베스트를 영입하면서 한국 측 파트너로 김종학 감독을 지목한 것입니다.

영화연출과 드라마 사전제작이 가능한 자금과 환경, 세계시장과의 네트워크를 원했던 그에게 CJ그룹 측의 제안은 또 한 번의 기회이기도 했습니다. 김 선배는 제이콤을 설립하면서 드라마는 물론 영화와 애니메이션 인력도 대거 영입했습니다.

제이콤 설립 후, 영화의 꿈을 현실로 옮기는 작업을 시작합니다. 영화 〈쿠데타〉는 김 감독이 가슴에 품은 첫 영화였습니다. 문민정부, 군 수뇌부, 북한의 삼각관계를 국제적 음모에 대입한 시놉을 듣고 조연출자로서 전율을 느꼈던 기억이 생생합니다. 〈모래시계〉 이후 첫 작품이라 많은 이목이 쏠린 것은 물론 평생 꿈꿔온 영화작업이었기에 (거의 매일 영화 2편씩 보고 잠들던) 김 감독의 완성도에 대한 집착은 대단했습니다.

특히 VFX, SFX, 미니어쳐의 완성도를 위해 호주와 할리우드의 업체와 스탭을 접촉, 〈에이리언1〉, 〈스타워즈:제국의 역습〉, 〈레옹〉 등의

SFX를 담당했던 닉 얼더(Nick Allder)를 초빙, 기술자문을 받고 콘티 작업을 했습니다. 하지만 제작비 등 여러 문제가 겹쳐 수차례 연기 끝에 제작은 중단됐습니다.

"김종학이니 돌파해 내야한다"

그 이후 CJ그룹과의 관계가 끝이 난 김 감독은 1998년 '김종학 프로덕션'을 설립하며 독립합니다. 이 시기에 그의 관심은 한반도를 둘러싼 국제정세와 남북의 젊은이들로 확장됩니다.

미국의 베스트셀러 작가 톰 클랜시의 작품 같은 원작을 아쉬워하던 그에게 한태훈의 소설 〈백야 3.98〉은 최고의 대안이었으며, 1989년 김성종 원작의 첩보물 〈제5열〉을 연출하며 느꼈던 아쉬움과 한국적 스릴러에 대한 열망이 겹쳐 〈백야 3.98〉의 드라마화를 추진했습니다.

그는 1997년 3월 모스필름 방문을 시작으로 본격적인 제작에 착수했습니다. 첫 방송이 1998년 8월이었으니 미니시리즈로는 엄청난 제작기간(1년 7개월)이 소요된 것입니다. 김 감독은 러시아와 키르기스스탄의 새로운 풍광, 첩보물다운 첨단영상, 실제 AK47과 미그기를 동원한 리얼한 전투신과 전투기 콕핏 세트 등 완성도 높은 비주얼을 위해 많은 예산을 책정했습니다. 하지만 그에게 시련은 또다시 찾아왔습니다. 1997년 외환위기로 인해 해외촬영비가 급등해 결국 기술적인 부분에서 아쉬움이 많은 작품으로 남았습니다.

2000년을 전후해 김 감독은 '하고 싶은 얘기, 다루고 싶은 시대' 보단 '한국 드라마의 기술, 장르, 시장적 한계 확장'에 더 비중을 두는 듯

했습니다. '이야기와 테마 부분은 이제 할 만큼 했다'는 뉘앙스의 말을 사석에서 가끔 했습니다. '김종학만이 할 수 있는 무엇' 또는 '김종학이니 돌파해 내야한다'는 고민이 있었습니다.

SBS 드라마 〈고스트〉(1999)는 새로운 TV호러물로서 주요 연출작 목록에선 종종 제외됐지만, '판타지성 장르물'이란 관점에선 2000년대 김 감독 작품의 시작점이었다고 볼 수 있습니다. '퇴마록'과 무협지에 열광했던 그가 '모래시계 감독'이란 무게감의 제약만 없었다면 보다 본격적으로 연출에 나섰을지도 모를 아이템이었습니다.

김종학프로덕션의 제작 노하우가 축적되고 제작환경이 변하면서 김 감독의 고민은 아무리 성공해도 명확한 매출 상한선(방송사 지급액, 일본수출, 기타 아시아 시장, 협찬, OST 등)이 존재하는 드라마의 시장 한계를 넘는 것에 집중됐습니다.

판타지 요소를 도입해 '한 나라의 역사극'이라기보다 보편적인 '신화'의 느낌으로 접근, 다양한 국가의 시청자가 우리 역사에 기반을 둔 이야기를 거부감 없이 즐길 수 있길 바랐고, 판타지이기에 가능한 본격 '원 소스 멀티 유즈'(OSMU)를 구상했습니다.

영화 '반지의 제왕'의 영향을 받았으나 미국 드라마 '왕좌의 게임'보단 시기적으로 앞섰던 판타지 사극 TV시리즈 〈태왕사신기〉, 최초의 3D 미니시리즈를 꿈꿨던 〈신의〉는 그러한 목표로 탄생한 작품입니다. 그러나 안타깝게도 그 비전을 실현하기 위해 적지 않은 시행착오와 R&D 비용 손실이 분명히 존재했습니다. 기존 수익모델과 아시아 시장

만으로는 제작비 회수가 어려운 기획이었습니다.

선배는 얼마든지 편하게 누리고 살 수 있었지만, 끝까지 도전정신을 버리지 않았던 연출자였습니다. 해내야 할 이유보다 중단해도 될 핑계가 훨씬 많아져 어려운 프로젝트를 포기하고 싶어질 때, 김종학 감독을 떠올리며 마음을 다지게 될 듯합니다.

(PD저널, 2013.7.31)

우리 그 사람 조금만 이해해 주자….
그 사람 정말…그럴 수밖에 없었을 거야….

정찬미 (TV드라마 작가)

전화가 왔다. 새벽이었다. 늘 그렇듯이 대뜸 본론부터 시작이다.

"검사 캐릭터를 조금 바꿔야 할 것 같아. 우리가 너무 이상적인 검사를 그리려 했나봐…."

감독님은 당시, 각종 송사들로 세간의 비난을 받고 있는 고통스러운 상황이었다.

하루 종일 검찰 조사를 받고 나오자마자 전화를 거신 감독님은, 우리가 준비 중인 드라마 캐릭터의 수정방안에 대해 한참을 얘기하셨다.

"조만간 만나서 우리 또 얘기해, 나도 공부 열심히 해서 올게.

아… 그리고 혹시 말이야…."

하지만 나는 더 이상 감독님과 드라마 얘기를 할 수 없었다.

삼일 후… 감독님이 떠나셨다.

가끔 사람들이 묻는다. 그날 마지막 전화… 뭔가 이상하지 않았냐고.

주인공이 살면서 가장 아팠을 때가 언제였을까 고민하셨다.

이런 장면은 이런 곳에서 찍으면 좋겠다는 말씀도 하셨다.

감독님은 온통 드라마 얘기만 하셨다. 그날 새벽에도 변함없이.

사람들은 감독님의 죽음을 둘러싸고 많은 이야기들을 쏟아냈다.

이제 막 드라마에 걸음마를 떼는 신출내기 작가가,

그 많고 복잡한 이야기들의 진실을 알 수는 없었다.

나는 그저 아까웠다. 아까워 미칠 것만 같았다.

자신의 죽음을 생각하는 그 순간에도,

드라마만 생각했던 그의 열정이 묻혀버린 게 아까웠고,

우리가 어떻게 사람들을 달래 줄 수 있을까….

그의 영혼이 담긴 드라마가 멈춰버린 게 아까웠다.

거장 김종학 감독이 아니라, 꿈꾸기를 멈추지 않았던 인간 김종학의 삶이 나는 미치도록 아까웠다.

"나는 말이야. 공장에서 찍어낸 수십 개의 만 원짜리 도자기는 되기 싫어. 수천 번씩 깨진 후에 빚어지고 달궈진, 도공의 혼이 치열하게 깃든 그런 수공예 도자기가 되고 싶어."

연출을 할 때마다 옥상에서 뛰어내리고 싶은 충동을 수없이 느꼈다는 감독님.

매 작품마다 자신의 모든 것을 걸고, 자신의 삶을 전부 바쳐서, 혼을 녹여내는 작품을 만들고 싶다던 감독님.

감독님 작품에 담긴 깊이와 여운은 이토록 큰 고통을 대가임을….

사람들은 알까….

그 새벽…, 문득 감독님이 물었다.

"이 사람 말이야…. 정말 강물에 몸을 던졌을까?

시신 찾으려면 많은 사람들이 힘들 텐데….

물에서 건져 올린 모습을 보면 가족들이 많이 놀랄 거야.

아마 이 사람…. 하나밖에 없는 딸이 놀라지 않게,

다른 사람이 먼저 발견할 수 있는 곳에서 마지막을 맞이했을 거야."

드라마 속 주인공이 강물에 몸을 던져 죽음을 맞이하는 상황을,

고시원 같은 곳으로 바꿔보자고 하셨다.

감독님은 그런 사람이었다.

자신의 마지막 고통까지도 처절하게 드라마에 담으려 했던 사람.

감독님의 죽음 앞에 많은 이야기들이 쏟아졌다.

열악한 외주제작사 환경을 비판하기도 했고,

돈 때문에 명예에 먹칠한 안타까움에 대한 논쟁,

대한민국 드라마를 이끌어간 거장에 대한 존경도 있었다.

비가 오면 몹시도 쓸쓸해 했던 외로웠던 한 인간,

해바라기를 좋아했던 순수한 소년,

동네 이발소에서 머리 깎고, 팥빙수를 즐겨먹었던 동네 아저씨,

그리고….뭣도 모르는 신인작가에게

"아…. 그리고 혹시 말이야…. 꿈꾸기를 절대 포기하지마"

떠나시기 3일 전해 주셨던 촌스럽던 말….

적어도 나는 감독님을 다르게 기억하고 싶었다.

모두가 다 아는 스타감독도, 세간에 비난받았던 제작자도 아닌.

한없이 연약하고 따뜻했던, 인간 김종학으로.

그리움이 사무칠 때면…, 가끔씩 따져 묻고 싶다.

꼭 그러셔야만 했냐고…. 그 방법밖에는 없었냐고.

그럼 감독님은 이렇게 말씀하실 게 분명하다.

"우리 그 사람 조금만 이해해주자…. 그 사람 정말…, 그럴 수밖에 없었을 거야"

또 바보같이 드라마 얘기만 줄창 하시겠지….

(2018.1.8)

김종학 다큐정신 – 다큐PD가 본

정 훈 (다큐멘터리 PD)

하늘에게 물어보자.

하늘 아래 진짜와 가짜가 있다. 살다 보면 참과 거짓을 본다.

미욱한 내가 그 구분을 못 하여 머뭇거리다가 기준을 떠올렸으니 그 것이 '업'이다.

자기 업을 지키고 그 업을 다할 경우에 진짜인지 가짜인지 구분이 됨을 늦게야 깨달았다. 내가 다큐를 제작하면서 때론 남의 드라마를 보면서, 내가 또 그들이, 자기 업을 다해서 기획하고 구성하고 촬영하고 편집하고 음악을 골랐는가를 기준으로 보게 되었다. 게으름이나 타협이나 지나친 연출은 없었는가?

김종학PD는 진짜이자 참이었다. 그가 만든 작품엔 그만의 냄새가 났다. 드라마 작가가 바뀌면 신문에 나지만 PD교체는 아무도 신경 안 쓰는 풍토에 그는 말 그대로 혼신을 다함으로써, 아, 김종학 작품이구나! 하는 탄성을 자아내게 만들었다. 그 성과로 작품성이 높아져 음악이면 음악, 연기면 연기, 촬영이면 촬영, 대사면 대사…. 모든 스탭들도 그와 함께함으로써 자신이 빛남을 체험했다. 특히 인간시장, 여명의 눈동자, 모래시계에서 진한 사회적 메시지를 던졌는데 그 점에서 나는 '김 PD가 다큐PD였다면?' 하는 상상도 했다. 인간 냄새 짙은 시장이든, 남의 전쟁에 끌려간 이 땅 젊은이들의 애절한 사랑이든, 광주 비극이든 현대사의 Fact에 예술을 입혀 Truth를 창출함에 김종학은 진짜이고 참임을 보여주었다. 그래서 그의 제작정신과 삶은 '업'으로 남았다.

사람마다 성격과 성질이 있다.

김 PD의 성격이 작품마다에 지키려했던 자신의 품격이라면, 최고를 좇는 완벽주의와 상처 입음을 견디지 못하는 여림이 공존함은 타고난 성질이었다. 그래도 나는 김종학의 참과 진짜가 업으로 영속됨을 입증함으로써 그를 바로 세우고 싶었다. 그 길이 기록이 부끄러운 우리네 방송사를 바로 세울 뿐 아니라 아빠에의 깊은 신뢰를 지닌 그 가족을 바로 세우는 길이라고 판단했다. 2016년 여름 그의 3주기 추모식을 진행하면서 따님 민정양이 보내온 자료 '고 김종학 감독 3주기'에서 '고'를 빼고 감독을 'PD'로 바꾸었다. 육신은 떠났으나 그의 업은 살아서 동지들과 후학들에 전해질 것이며, 그는 드라마 아티스트로서 보기 드문 저널리스트이기에 PD라는 이름을 지키고 싶었다. 5월마다 광주를 맞을 때 나는 다큐 PD인 김윤영의 '어머니의 노래'와 남성우의 '광주는 말한다'와 드라마 '모래시계'를 겹쳐서 떠올리곤 한다. 그렇게 장르를 초월하여 오늘날 '변호인', '택시 운전사', '1987'를 만나면서, 또 세월호와 촛불을 응시하면서 김종학은 지금 무엇을 만들고 있을까를 생각한다.

오늘날의 PD….

여러 장르의 프로그램들에서 PD는 월급쟁이로 들어앉는가. 그래서 17년 1월 전국PD대회에 20분 특강 주제를 김종학의 PD정신으로 잡았다. 예능프로엔 대형기획사가 연예인들을 넣거나 빼고, 교양프로에선 작가에게 구성을 맡기다 못해 출연자들이 작가 '선생님'의 섭외를 받으며 그의 지시를 따르게 되었다. 라디오에선 진행자가 청취율을 좌우하고 드라마의 PD는 쪽 대본 받기에 급급하다.

PD정신은 무엇인가? PD에게 사회의식과 저널리즘 정신은 왜 소중한가? 광고는 인터넷방송으로, 매체는 모바일 만능시대로 자극적 영상과 소리, 짧아지는 호흡에 길들여지는 청소년들은 어떤 인성을 갖추게 될까? 사육되는 K-POP이 한류의 본질인가? UHD, 4K, 대형 스크린이 TV판매사와 성형외과, 화장품 회사 말고 우리 백성들 삶에 무슨 시급함이 있는가? 돈이 도는 통신업계의 우대를 받게 된 방송학자들은 제자들에게 고뇌하는 사회의식과 저널리즘을 가르칠 수 있을까? 결국 김종학 PD 같은 긴 호흡의 제자를 앞으로 길러낼 수 있을까?

높은 신앙은 종교가 달라도 서로 만나듯 고차원 메시지는 장르를 초월하여 통한다.

김 PD가 드라마에 메시지를 진하게 담을 시기에 만난 작가 송지나는 원래 KBS 시사다큐 '추적 60분'의 사실 취재로 뛰어난 능력을 다졌었다. 한편 정권에 순치되지 않는다고 없앴던 MBC 시사다큐 'PD수첩'의 책임PD가 17년 말에 그 방송사 책임자로 복귀함을 보며 김종학 선배는 무슨 말을 할까.

오늘은 2017년 12월 31일이다.

감사함도 마음을 따르는가. 김 PD 작품에 대해 평소 기록하고 계셨던 오명환 선배는 올해 7월 전립선암 진단을 받았었다. 동행한 병원 길에 내가 의사께 물었다. 써야 할 책이 있는데 집필해도 되겠냐고. "전이가 안 됐으니 암세포도 데리고 다스리면서 치료하십시다. 정열 바쳐 쓰고 싶은 책 쓰시면 면역력도 생겨요." 오 선배는 이번 집필이 소명이라고 내게 말했다. 한편 출판해 주겠다는 '답게' 출판사의 장소님 대표는 집필의도를 읽곤 자신의 사명으로 받아들인다고 했다.

하늘은 스스로 돕는 사람을 돕는다는 말씀에 감사하며 하늘을 본다.

참과 진짜, 김종학의 업이 지금 살아남을 몸으로 받으면서.

'김종학 기념관'을 그리며

바람아 어쩌란 말이냐 / 임은 산처럼 까딱 않는데 /

바람아 날 어쩌란 말이냐 …

그의 묘지 앞에 다시 서니 청마靑馬의 시 '파도야 어쩌란 말이냐'가 '바람'으로 바뀐다.

'날 어쩌란 말이냐'의 해법은 이제 산 자의 몫이다.

그래서 '김종학 기념관'이 나와야 한다.

단지 추모를 넘어서 우리 드라마 산업의 후학과 미래 전당을 위해서다.

김승수 PD의 말대로 '더 이상 최고는 없다'(Non Plus Ultra)라는 그의 장인 정신을 이어받아 K드라마로 나래를 더 펼 수 있도록 보우해야 한다.

2012년 '한운사 전시관'이 건립됐다. 건립비 9억, 사후 3년 만이다. 충북 괴산군 청안읍 고향 생가터의 887m²(270평)부지에 2층 건평 239m²(73평)이다. '빨간 마후라', '현해탄은 알고 있다', '남과 북', '꿈나무' 등을 집필한 방송계의 증인이자 원로작가(1923~2009)다.

육필원고, 유품 전시는 물론, 작은 도서관, 북카페, 영상 관람실, 멀티미디어실, 세미나 강연장, 소공연장을 포함, 지역주민 및 청소년을 위한 작은 문화센터를 겸하고 있다. 드라마 60년사에 초유의 일이다.

일천한 역사와 장르에 대한 경시풍조 탓인지 방송인들에 대한 추모

사업은 무척 야박하다.

1972년, 불후의 일일극 〈아씨〉를 쓴 임희재의 묘지제막 (파주 공원 묘역)이 어렴풋 기록에 남는다. 그나마 방송작가협회 주선과 성금으로 어렵게 이뤄진 것이었다. 운사의 기념관 건립은 그로부터 꼭 40년 만이다. 2016년에 작고한 방송작가 '신봉승 기념관'은 고향 강릉 시립도서관에서 머지않은 손성목 영화박물관으로 이전했다는 소식이다.

이에 비해 소설가, 시인을 기리는 문학관이나 기념관은 매우 많다.

강원도에 있는 이효석(평창), 박인환(인제), 경상도의 이육사(안동), 박경리. 유치환(통영), 이병주(하동), 서울의 윤동주(종로구), 천상병(관훈동), 한무숙(명륜동), 그 외에 서정주(고창), 정지용(옥천), 조병화(안성)... 그리고 최근 2017년 11월, 광명시 소하동에 요절 시인 '기형도 문학관' (3층)이 개관했다.

동서대학(부산)에는 '임권택 영상예술대학' 영화과가 생겨났고 부속 '임권택 영화박물관'에는 그의 첫 영화 '두만강아 잘 있거라'에서 100번째 작품인 '천년학'에 이르기까지 발자취가 모두 전시되어 있다.

종학이 태어나서 유년을 보낸 제천시 명동 바로 북쪽에 세명대학이 자리하고 있다. 인문예술대학 내에 미디어문화학부, 콘텐츠창작학부, 공연영상학과가 있는 큼직한 종합대학이다. 후학을 위한 '김종학 아카데미' 설립 등 어떤 형태로든 향토 예술인을 포용할 수 있는 명분과 가치는 차고 넘는다. 출신교 경희대학에도 언론정보학과(신방과)와 연극영화과가 있다. '김종학 연구소' 쯤의 설치 운용은 역시 충분한 실효성을 띤다.

황순원의 대표작 '소나기'의 배경인 양평군 수능리 일대는 '황순원 소나기 마을'이 되어 발길을 멎게 한다.

한용운이 '님의 침묵'을 쓴 인제 백담사 부근은 '만해 마을'로 거듭나고 경춘선의 강촌 다음의 신남역은 아예 '김유정역'으로 고쳐 역시 눈길을 멎게 한다. 모두가 지역과 연관된 문인들의 이름으로 바꾼 사례들이다.

32세로 생을 마친 가객 김광석을 기리기 위한 '김광석 거리'는 그가 태어난 대구시 대봉동에 약 350미터로 조성되어 애절한 그의 노래와 함께 다양한 벽화를 만나게 한다.

그런가 하면 강원도 정동진역은 〈모래시계〉에서 혜린(고현정)이 잡혀가는 단 한 컷으로 관광명소로 떠올랐다. 종학의 드라마 한 장면이 대번에 판을 바꾼 예다.

고향 남쪽 청풍랜드에 자리한 '홍민 카페'(축하 카페)에서 차 한 잔을 들면서 불현듯 '모래시계 마을'을 떠올려 본다.

'김종학 기념관' 아니면 '모래시계 탑'

제천 생가, 청풍호(충주호), 그리고 탁사정, 의림지, 박달재…. 모두가 유서 깊은 충북의 자원 속 어딘가에서 종학을 다시 만나고 싶다.

지자체, 지역 문화인, 방송 직능단체 등의 힘을 합친다면 못 이룰 리도 없지 않은가?

저자와
협의하여
인지 생략

불꽃 당신 김종학

지은이 | 오명환
펴낸이 | 一庚 장소님
펴낸곳 | 답게

초판 인쇄 | 2018년 5월 18일
초판 발행 | 2018년 5월 22일

등 록 | 1990년 2월 28일, 제 21-140호
주 소 | 04994 서울시 광진구 면목로 29(2층)
전 화 | (편집) 02) 469-0464, 02) 462-0464
          (영업) 02) 463-0464, 02) 498-0464
팩 스 | 02) 498-0463

홈페이지 | www.dapgae.co.kr
e-mail | dapgae@gmail.com, dapgae@korea.com

ISBN 978-89-7574-295-8

ⓒ 2018, 오명환

나답게 · 우리답게 · 책답게

* 책값은 뒤표지에 있습니다.
* 잘못 만들어진 책은 구입하신 서점에서 교환해 드립니다.